J. F. Schröder

# *Apokalypse 1626*

Bibliografische Information der Deutschen Nationalbibliothek
Die Deutsche Nationalbibliothek verzeichnet diese Publikation in der Deutschen Nationalbibliografie; detaillierte bibliografische Daten sind im Internet über http://dnb.ddb.de abrufbar.

ISBN 978-3-940751-88-1



www.mitzkat.de

J. F. Schröder

# *Apokalypse 1626*

## Mitten im Dreißigjährigen Krieg zwischen Harz und Weser

Verlag Jörg Mitzkat
Holzminden 2014

## Prolog – Ein gar merkwürdig Ding

Spätsommerliche Hitze lag über dem Land. Die meisten Soldaten befanden sich in ihren Zelten oder lagen unter Bäumen, die ihnen Schatten gaben. Kein Marsch war angesetzt, kein Exerzieren, keine Übungen mit der Pike oder Muskete. Die Männer ruhten sich aus nach der großen Schlacht. Manchen ihrer Kameraden hatte der Feind auf dem Feld niedergestreckt. Andere waren später ihren Blessuren erlegen oder von Krankheiten dahingerafft worden. Die Schanzsoldaten hatten Tage zu tun gehabt, um die vielen Toten, auch die des geschlagenen Gegners unter die Erde zu bringen. Die Strapazen waren vielen noch anzumerken.

Am Eingang des Zeltlagers entstand Bewegung. Laute waren zu hören, erst undeutlich das leise Wiehern und Schnauben eines Pferdes, nun menschliche Stimmen. Ein höherer Offizier zu Pferde näherte sich. Soldaten, die um eine Marschtrommel lagerten, ließen hastig die Spielkarten verschwinden. Des Teufels Gebetbuch wurde nicht geduldet. Kam derartiges gar dem obersten Feldherrn zu Ohren, so setzte es drakonische Strafen.

Der Offizier verhielt sein Pferd, stieg ab und band es mit den Zügeln an einen Baum. Er fragte nach ihrem Feldwebel. Man wies ihn zu einem entfernt stehenden Zelt. Der Obrist, denn um einen solchen handelte es sich, rief nach dem Mann, sprach mit ihm. Der Feldwebel zuckte einige Male ratlos mit den Schultern. Der Oberst redete um so dringlicher auf ihn ein. Die Männer bei der Trommel schauten sich fragend an. Nur wenige Wortfetzen wehten zu ihnen herüber. Zu gerne hätten sie etwas erfahren, so wichtig, wie die Angelegenheit dem hohen Offizier zu sein schien. Der Ton des Obristen wurde nun sehr bestimmt, der Feldwebel fügte sich. Beide schritten eine

Reihe von Zelten ab, in denen die Schanzsoldaten untergebracht waren. Immer wieder sprachen sie mit einzelnen Männern, immer wieder ein Kopfschütteln. Nun trat einer der Soldaten auf den Obristen zu, sagte etwas, wies mit der Rechten eine Richtung. Die Züge des Offiziers hellten sich auf. Er legte dem Mann eine Hand auf die Schulter und führte ihn ein Stück von den Kameraden weg. Ein längerer Wortwechsel entspann sich. Der Soldat griff in seine Jacke und förderte einen merkwürdigen Gegenstand zu Tage. Dieser war ein wenig kleiner als eine ausgestreckte Männerhand, an zwei Seiten hing eine Schnur herab. Der Obrist nickte, nahm das Ding und steckte es ein. Der Soldat sprach weiter, mit ausholenden Gebärden schien er dem Offizier etwas zu erklären. Sein Gegenüber nickte erneut. Nicht erfreut, aber beinahe erleichtert wirkte er. Der Obrist langte in sein Lederkoller und zog einen Beutel heraus. Ein Geldstück wechselte den Besitzer.

Der Obrist war kaum davongeritten, als einige Soldaten neugierig zu dem Feldwebel traten. Aber dieser gab sich wortkarg, winkte ab. Erst der Soldat, der die Münze für diesen seltsamen Gegenstand erhalten hatte, berichtete seinen erstaunten Kameraden über jenes ungewöhnliche Anliegen, das den Offizier zu ihm geführt hatte.

# 1 Die Widerborstigen

Ein nebliger Morgen im November des Jahres 1625. Zwei Männer waren im Solling unterwegs. Die Straße, die von Uslar herführte, hatten sie lange hinter sich gelassen. Etwa bei der Wüstung Winnefeld waren sie auf einen schmalen Waldweg eingebogen. Der erste der beiden Männer erschien eher schmächtig und klein. Etwa zwanzig Lenze mochte er zählen. Der zweite, vielleicht zehn Jahre älter, war von kräftiger Statur. Seinen Gefährten überragte er um gut einen Kopf, er maß wohl an die sechs Fuß. Gekleidet waren die beiden in derbe Kittel und Hosen aus graubraunem grobgewebtem dickem, dichten Leinen. Die Füße steckten in schweren Lederstiefeln. Auf ihren Köpfen trugen sie breitrandige dunkle Hüte.

Allerdings zeigten die ungewöhnlichen Werkzeuge, die sie mit sich führten, dass es sich hier nicht um gewöhnliche Bauern oder Holzfäller handelte. Während der Schmächtige zwei Wurfspieße hielt, trug der Kräftige auf seiner rechten Schulter eine große unhandliche Armbrust. Die Winde zum Spannen der Sehne und die Tasche mit den zugehörigen Bolzen wurden an einem Riemen auf dem Rücken des Mannes gehalten. Von den Gürteln der beiden hingen Messer in langen Lederscheiden. Begleitet wurden die Männer von einem großen Hund mit zottigem schwarzen Fell. Nur an der Nase des Vierbeiners mehrten sich die weißen Haare und verrieten, dass seine besseren Zeiten bereits vorüber waren. Die Augen waren jedoch hell und blank wie früher und die aufgestellten Ohren zeugten von der Wachsamkeit des Tieres. Der Waldweg, den sie entlang schritten, führte in Biegungen und sanften Wellen westwärts nach Derental. Es hatte tagelang geregnet und der Waldboden war aufgeweicht, bisweilen sogar morastig und glitschig. Nur wenige schon vom Regen verwaschene Abdrücke von Stiefeln und Hufen verrieten, dass dieser Weg eher selten benutzt wurde. Gelegentlich waren Karrenspuren zu sehen. Für schwere Fuhrwerke war dieser Weg nicht geeignet. Der Große deutete auf eine uralte umgestürzte Buche ein Stück abseits des Weges. Einer der letzten Stürme hatte sie gefällt. Der kräftige Stamm hatte nicht nachgegeben und so war die Wurzel aus der Erde geworfen worden. Gewaltig ragte sie aus dem Boden hervor.

„Das ist die Stelle, Hannes," sagte der Große und setzte seine Armbrust ab. „Die Grube hinter der Wurzel nimmt uns bequem auf. Vom Wege aus werden wir nicht zu sehen sein!"

Der Schmächtige sah ihn fragend an. „Glaubst du allen Ernstes, Christoffel, dass wir hier gute Beute machen? Wir hätten uns besser an die Straße nach Beverungen legen sollen. Dort hat es öfter Kundschaft!"

„Klar, damit wir uns gleich einer Reiterschwadron gegenüber sehen! Heut' sind wir nur zu zweit. Darum lass' es uns hier versuchen!"

Sie trugen etwas Laub in die Grube, um sich bequem darauf zu lagern. Der Hund rollte sich zu ihren Füßen zusammen.

„Jetzt schläft er schon wieder," knurrte Hannes. „Meinst du nicht, dass er allmählich zu alt wird für solche Unternehmungen?"

„Sag' nichts gegen meinen guten alten Flax. Der hat uns allemal treue Dienste geleistet. Seine Augen und Ohren tun es noch und seine Zähne hat er mehr als einmal in die Arme und Beine dieses Söldnergesindels geschlagen."

Langsam drang die Sonne durch den Hochnebel. Die Zeit verrann und die Schatten der Bäume hatten bereits einen Achtelkreis zurückgelegt, während sie hier warteten. Allmählich kroch die Kälte durch die Kleider. Plötzlich setzte sich der Hund auf und seine Ohren fuhren in die Höhe. Er blaffte leise.

„Hannes, wir kriegen Besuch!“ Christoffel rüttelte seinen Begleiter an der Schulter.

„Ach wo, der Flax wittert ein Kaninchen!“ Hannes gähnte herzhaft.

„Dann hätte er die Nase ganz anders in der Luft! Nein, da kommt jemand!“ Christoffel ergriff die Armbrust und stellte sie kopfüber fast senkrecht auf ein abgerissenes Wurzelstück. Er trat mit seinem linken Fuß in den Bügel, der sich vorne an der Waffe befand und setzte die Winde an. Er hatte immer darauf geachtet, dass der Mechanismus gut gefettet war und sich fast geräuschlos bewegen ließ. Unter stetigem Drehen der Kurbel spannte er die Bogensehne, bis er sie in den Haken, der oberhalb des Abzugsbügels gelagert war, einrasten ließ. Sorgfältig legte er einen langen gefiederten Eisenbolzen in die geteilte Metallschiene seiner Waffe.

„Wo hast du dieses uralte Ding eigentlich her?“ fragte Hannes. „Eine Muskete wäre viel besser! Wir haben doch schon welche erbeutet!“

„Die Dinger sind mir zu laut. Die Armbrust habe ich von meinem Großvater!“ antwortete Christoffel. „Und der hat mal einen erschlagen, weil er zuviel gefragt hat! Nun halt dein Maul!“

Von der östlichen gerade noch erkennbaren Wegbiegung ertönte ein Rascheln, Knacken, Schlürfen und Schmatzen. Zwei Reiter näherten sich. Die Pferde gingen in gemächlichem Schritt, immer wieder mit den Hufen im feuchten Boden einsinkend. Die Reiter waren Soldaten, in Lederkollern mit breiten Schultergurten, geschlitzten bunten Jacken und Hosen. Stulpenhandschuhe schützten die Hände. Füße und Beine steckten in schweren ledernen Reitstiefeln. Sie trugen Barette mit Federn. Ihre Bewaffnung bestand aus Stoßdegen und langläufigen Reiterpistolen. Der eine, der eine schöne Fuchsstute ritt, verharrte, schwang sich aus dem Sattel und wandte sich zum Wegesrand. Der zweite sagte etwas zu ihm.

„Was reden die da?“ flüsterte Hannes. „Unsere Sprache ist das nicht!“

„Was weiß ich?“ gab der Stoffel ebenso leise zurück. „Dieses Pack kommt aus aller Herren Länder. Der Tilly ist nicht wählerisch. Nicht nur Bayern, auch Schotten, Franzosen, Italiener, Kroaten – such dir was aus! Protestantische sind derzeit nicht in der Gegend!“

„ ... por favor!“ klang es halblaut herüber.

„Das sind Spanier, gütiger Gott!“ giftete der Christoffel mit grimmigem Gesicht. „Diese Laute werde ich nie vergessen! Die haben Bodenfelde, Lippoldsberg, Nienover, Uslar und andere Dörfer verwüstet und abgebrannt, die Leute totgeschlagen und totgequält und die Frauen ... .“ Er fasste die Armbrust fester. „Und meine Familie war auch darunter!“

Der abgesessene Reiter nestelte derweil an seinen Beinkleidern, während der andere seinen Rappen parierte, mit der Zunge schnalzte und langsam weiter ritt.

„Hannes, den lassen wir vorbei! Flax, ganz still!“ Der Hund legte sich flach auf den Bauch und die beiden Männer drückten sich tiefer in die Deckung. Der Spanier trieb sein Pferd gemächlich den Weg entlang. Bald hatte er die umgestürzte Buche passiert und nach wenigen Augenblicken war er hinter der nächsten Wegbiegung verschwunden. Inzwischen hatte sich der zweite erleichtert, stieg wieder auf sein Pferd und brachte es in den Schritt. Die Buche lag schon hinter ihm, da zischte es heran. Der Mann brach lautlos im Sattel zusammen und sackte seitlich vom Pferd. Er schlug auf dem Waldboden auf, wo er ohne jede Regung liegen blieb. Die Fuchsstute blieb stehen und schaute auf ihren Reiter. Christoffel setzte in aller Eile wieder die Winde an die Armbrust. Er brachte das Kunststück fertig, halb im Liegen die Waffe erneut schussbereit zu machen. Von Westen ertönten Rufe. Der erste Spanier kam zurück!

„Runter!" raunte der Stoffel.

Der Reiter erblickte seinen Kameraden, sprang mit einem Satz aus dem Sattel und riss eine der Pistolen aus dem Gürtel. Ein deutliches Knacken war zu hören, als er den Hahn spannte.

„Josè, eh!" Der Spanier umfasste mit der freien Linken den Kopf seines Kameraden, während er sichernd in die Umgebung schaute und die Pistole schwenkte. Plötzlich zog er die Hand zurück und schaute entsetzt auf das Blut, welches von seinem Handschuh tropfte. Er packte den leblosen Körper und drehte ihn mit aller Kraft herum. Aus dem Hinterkopf des Toten ragte das Ende eines gefiederten Armbrustbolzens!

Der Spanier sprang auf, hetzte zu seinem Pferd, warf sich darauf und trieb das erschreckte Tier mit aller Gewalt an. Der Rappe rutschte und strauchelte auf dem nassen Untergrund, fing sich wieder und preschte mit seinem Reiter davon. Christof und sein Begleiter traten aus ihrer Deckung hervor.

„Warum hast du den zweiten nicht auch erledigt?" fragte der Hannes.

„Ganz einfach - er soll den Tillyschen die grausige Kunde bringen, dass es im Solling nicht geheuer ist und man besser draußen bleibt! Sie kennen mich dort schon als den Winkelstoffel, den Christof Schiltknecht aus dem Winkelhof von Lippoldsberg!"

Hannes band das Pferd mit den Zügeln an einen Baum. Die beiden Wegelagerer plünderten den toten Spanier bis auf das Hemd aus, wickelten die Waffen mit den Kleidern zu einer Rolle und befestigten sie auf dem Sattel der Stute. Sie trugen die Leiche zur Wurzelgrube der umgestürzten Buche und legten sie hinein. Mit den Spießen, denn bessere Werkzeuge hatten sie nicht zur Hand, scharrten sie den Toten ein und warfen noch etwas Laub auf das Grab.

„Wenigstens die wilden Tiere sollen sich nicht an ihm vergreifen!" sagte Hannes und murmelte halblaut so etwas wie ein Gebet, während der Schiltknecht gleichmütig mit den Achseln zuckte. Hannes führte das Pferd am Halfter. So gingen sie den Weg zurück und nahmen schließlich die Richtung nach Neuhaus. Der Wald erschien immer undurchdringlicher. Sie bogen an einer Stelle ab, die für Ahnungslose kein Durchkommen erkennen ließ. Nachdem der Hannes sorgfältig ihre Spuren am Wegrand beseitigt hatte, arbeiteten sie sich durch ein wahres Labyrinth umgestürzter Bäume. Der Wald teilte sich und sie erreichten eine kleine Siedlung von hölzernen Hütten. Der Hannes brachte die Stute zu einer Einfriedung und präsentierte den Gefährten ihre Beute, die Kleider und Waffen des Spaniers.

„Allmählich können wir eine kleine Armee ausrüsten," kam der Kommentar aus der Runde.

Christof Schiltknecht lachte nur.

Die Männer des Nachschubtrecks hatten mancherlei Mühsal auf sich genommen, ihre vierzehn großen und mit jeweils vier Zugpferden bespannten Planenwagen unbeschadet ans Ziel zu bringen. Es war lang erwarteter Nachschub für die Truppen General Tillys, vor allem Waffen und Ausrüstungen. Noch etwa zwei Tagesreisen, dann sollten sie ihr Ziel Holzminden erreichen. Nicht an der Weser hinauf, sondern über Hofgeismar und Trendelburg waren sie gefahren. Diese Strecke war zwar mühevoller, die Gefahr von Überfällen sollte aber geringer sein.

Begleitet wurde der Treck von einem Trossführer mit rund sechzig schwer bewaffneten und gepanzerten Reitern. Auch die Fuhrleute waren gerüstet. Diesen Zug sollte erst einmal jemand angreifen! Helmarshausen und die Ruine Krukenburg lagen bereits hinter ihnen. Bald wollten sie ihre eigentliche Route entlang der alten Heerstraße an der Weser erreichen. Der Trossführer ritt neben dem ersten Fuhrwerk und hielt ein kleines Schwätzchen mit einem der Fuhrknechte des ersten Wagens. „Nun, Meister Sundmayr, bald haben wir es ja geschafft, dann hat die Plackerei ... holla, was kommt uns denn da entgegen? Wenn ich mich nicht sehr irre, sind das welche von unseren!"

Aus der nächsten Wegbiegung kam ein Trupp Soldaten. Ein Feldwebel von kräftiger Statur führte die Kolonne an. Musketiere, Hellebardiere, es waren wohl drei Dutzend voran. In der Mitte der Marschkolonne liefen gefangene Bauern, die mit gesenkten Köpfen missmutig dahintrotteten, von weiteren Soldaten bewacht. Die Nachhut bildeten wieder Soldaten.

„Wagen rechts ran. Lasst die Marschkolonne durch," brüllte der Trossführer. „Na, Kamerad, was habt Ihr da für einen Fang gemacht?"

Der Feldwebel hielt an, während seine Marschkolonne mit den Gefangenen den Wagenzug passierte. „Eine ganze Bauernbande haben wir gefasst. Wir haben sie überrumpelt, als sie gerade rasteten und sich allzu sicher fühlten. Ein paar sind gleich auf dem Platze geblieben. Ich habe Order, sie zur nächsten Garnison zu bringen. In Trendelburg liegen doch noch unsere Tillyschen?" fragte der Feldwebel mit leicht besorgtem Unterton.

„Ich kann Euch beruhigen, guter Mann," lachte der Trossführer. „Heute Mittag waren sie noch da!"

„Heutzutage weiß man nie. Die Lage ändert sich dauernd. Selbst jetzt, wo es auf den Winter zugeht!"

„Ich rieche Lunte!“ sagte der Trossführer, der eine feine Nase und scharfe Augen besaß. „Ihr lasst Eure Musketiere mit angesteckter und glimmender Zündschnur marschieren?“

„Jawohl! Immer schussbereit. Wenn einer von den Bauernschelmen Reißaus nehmen will – Muskete anschlagen, Lunte anblasen, Zündpfanne auf und abgezogen – ruckzuck, peng, dann kollern sie wie die Hasen!“ grinste der Feldwebel.

„Donnerwetter!“ staunte der Trossführer. „Ihr seid aber scharfe Hunde!“

Ein Pfiff ertönte, als die Spitze der Marschkolonne das Ende des Wagentrecks passierte, während die letzten gerade am Feldwebel vorbeiliefen.

„Ganz scharfe Hunde sind wir!“ entgegnete der Feldwebel, riss seine Radschlosspistole aus dem Gürtel, spannte den Hahn im Hochziehen und schoss den Trossführer aus dem Sattel. Weitere Schüsse fielen, gefolgt von einer ganzen Musketensalve. Die vermeintlich gefangenen Bauern zogen Morgensterne, Äxte und Eisenkeulen unter ihren Kitteln hervor. Zusammen mit den Hellebardieren hieben sie die wenigen noch verbliebenen Panzerreiter von ihren Pferden und die Trossknechte von den Fuhrwerken. Wenige leisteten Gegenwehr, zu plötzlich war der Überfall gekommen. Das Schießen, Hauen, Stechen, Morden währte nur kurz.

Der Pulverdampf der Musketen hatte sich langsam verzogen. Das Gejohle und Sieggeschrei der Angreifer war verklungen. Vom Wagentreck schien keiner überlebt zu haben, Pardon wurde nicht gegeben. Die Angreifer zählten drei Tote und einen leicht Verletzten in ihren Reihen.

„Auf die Wagen, Männer. Die Toten lasst liegen! Wir müssen so schnell wie möglich weg hier!“ kommandierte der Feldwebel. Schiltknecht war sein Name. Die Wagen wurden besetzt, die Leute bestiegen die herrenlosen Pferde und der Treck setzte sich wieder in Bewegung. Nur zwei Fuhrwerke, bei denen Zugtiere getötet worden waren, ließen sie stehen. Zum Umschirren war keine Zeit. Der Anführer trieb seine Leute gnadenlos an. In einer Gewaltfahrt ohnegleichen erreichten sie Herstelle. Diese uralte Weserfurt hatte schon Karl der Große mit seinem Heer genutzt, als er gegen den Sachsenherzog Widukind gezogen war. Das Wasser spritzte auf, als die Fuhrwerke in die Weser fuhren. Das Leitpferd eines Wagens scheute in dem kalten Wasser und die übrigen drei Pferde an der langen Wagendeichsel gerieten ebenfalls in Panik. Wenige Augenblicke später kippte das Fuhrwerk in den Fluss, kam quer zu liegen und versperrte den letzen drei Wagen die Durchfahrt. Schiltknecht zwang sein Pferd noch einmal in die Weser und sprengte zu der Unglücksstelle.

„Schneidet die Geschirre durch! Führt die Pferde heraus!“ Sie warfen die Ladungen der festgefahrenen Wagen ins Wasser. „Besser es verdirbt, als das es dem Feinde nutzt!“

Auf dem östlichen Weserufer sammelten sie sich und beluden die Pferde mit Beutegut. Der Rest einschließlich zweier Artilleriestücke landete in der Weser. Die schweren Fuhrwerke ließen sie am Ufer zurück. Eine lange Kolonne setzte sich Richtung des Sollings in Marsch.

## 2 Eine gewisse Frechheit

In diesen Tagen war Seine Exzellenz Johann Tserclaes Graf Tilly, General der bayrisch-ligistischen Armee, nach der Bataille bei Seelze mit mehreren Regimentern in Holzminden eingetroffen. Ein größeres Fachwerkhaus am Johannismarkt wählte er als Quartier. Seine Kommandantur nahm er im Rathaus. Der Bürgermeister musste sich andere Räumlichkeiten suchen. Graf Tilly beanspruchte den Ratssaal für die großen Lagebesprechungen und das angrenzende Kontor für Unterredungen in kleiner Runde.

Vor der Tür des Kontors, flankiert von den beiden Schildwachen, stand der Obrist Casselius, Ordonnanz und enger Vertrauter des Grafen Tilly. Das besondere Talent des Obristen bestand neben einer perfekten Organisationsfähigkeit vor allem darin, mit den unterschiedlichsten Charakteren gut auszukommen und wenn es Not tat, auch für entsprechenden Ausgleich zu sorgen.

„Meine Herren," wandte er sich an einige wartende Offiziere. „Wir müssen uns noch ein wenig gedulden. Pater Ansgar nimmt Seiner Exzellenz gerade die Beichte ab. Die Morgenandacht wird gleich beendet sein."

Ein junger Rittmeister sprach leise seinen Nachbarn an: „Seine Andacht ist dem Grafen so heilig, er würde sie auch nicht unterbrechen, wenn der Feind schon im Vorzimmer stünde!"

„Hütet Euer loses Mundwerk, Rittmeister von Falkenburg. Ihr seid schon einige Male missliebig aufgefallen! Von meinem Adjutanten erwarte ich tadelloses Benehmen!" herrschte ihn der Angesprochene an.

„Verzeihung, Freiherr zu Altenberg!"

Die Tür des Kontors wurde geöffnet. Der Jesuitenpater trat heraus, bedachte die Anwesenden mit einem freundlichen Kopfnicken und strebte zu einem Nebenausgang des großen Rathaussaales. Die allgemeine Unterhaltung verstummte schlagartig, als nun ein Mann von hagerer und eher kleinerer Gestalt in der Tür erschien. Die sechzig Jahre hatte er schon deutlich überschritten, wie sein Gesicht und die weißen Haare verrieten. Scharfgeschnittene Gesichtszüge, wache dunkle Augen unter buschigen Brauen, ein sorgfältig gezwirbelter Spitz- und Knebelbart, die ganze Erscheinung in straffer, aufrechter Körperhaltung kündeten von der enormen Energie und Autorität, die diesem Mann zu eigen war. Er trug einen graugrünen Rock mit goldfarbenen Zierlitzen. Um den Hals schloss sich ein weißer steif gefältelter Stehkragen, wie er vor Zeiten bei den Spaniern in Mode war. Die Beinkleider bestanden aus hellgrauem Leinen, während die schwarzen auf Hochglanz polierten Lederstiefel von feinster Qualität zeugten.

„Meine Herrschaften, ich bitte zur Morgenbesprechung!“ sagte Graf Tilly. „Tretet ein und nehmt Platz!“

Nachdem sich die Stühle um den langen rechteckigen Tisch gefüllt hatten, wandte sich der General zunächst an seinen Ordonnanzoffizier: „Mein lieber Casselius, was berichten unsere Kundschafter, wo stehen unsere verehrten protestantischen Gegner?“

„Herzog Christian, der tolle Halberstädter, hat das Paderborner Land drangsaliert und mittlerweile völlig verheert. Wie es scheint, bewegt er sich nach Westen. Ernst von Mansfeld marschiert weit im Norden. Unser Verbündeter Wallenstein liegt ihm quer. Die Dänen nehmen Winterlager zu Wolfenbüttel. König Christian zeigt keinerlei Elan.“

„Oberst Casselius, unterschätzt niemals den Gegner,“ wandte Graf Tilly ein. „Der König mag vielleicht kein Fuchs sein, aber er hat einen Fuchs, den General Fuchs von Bimbach. Ein tüchtiger Mann. Der König dünkt sich, ein guter Stratege zu sein, General Fuchs dagegen ist es! Wenn der König ihm nicht immer wieder dreinreden würde, hätten wir noch viel mehr Scherereien. Wie viel machen seine Truppen aus?"

„Etwa 20 bis 25.000 holsteinische und niedersächsische Soldaten dürften unter dänischem Kommando stehen. Seine Landeskinder hat der Däne bisher verschont. Nur seine Leibgarde, etwa 300 Mann, kommen aus dem eigenem Land."

„Nun gut, sei es drum. Der Däne ist auch Herzog von Holstein." Graf Tilly lehnte sich zurück und sah in die Runde. „Solange Christian sich nicht rührt, werden wir die Entscheidung nicht suchen. Jetzt zum Winter hin schon gar nicht. Die Pest hat in unserem Heer gewütet. Viele sind krepiert, andere desertiert! Wir sind geschwächt. Wenn uns nur Wallenstein Verstärkung stellen würde! Aber als Verbündeter bereitet er mir bald mehr Probleme als unsere versammelten Gegner. Bei unserer Unterredung im Oktober bei Hemmendorf hat er uns tüchtig vorgeführt. Dass er sich meinem Befehl nicht unterordnen wollte, verstehe ich. Schließlich hat er sich bei unserem Kaiser Ferdinand verdingt. Mich aber vor vollendete Tatsachen zu stellen, indem er seine Armee ins fette Anhalt, in die Börde legt und mir nur das magere Harz- und Weserland lässt – das geht zu weit. Dabei hätte zumindest ein vereintes Schlagen des Dänen uns vorangebracht. Aber nein, der Herr Friedländer kocht sein eigenes Süppchen, immer auf seinen persönlichen Vorteil bedacht. Unsere gerechte Sache, der Kampf um unseren Glauben, der interessiert ihn doch gar nicht. Oder könnt Ihr Euch vorstellen, meine Herren, dass der Wallenstein auf seinen Fahnen die Jungfrau Maria führt und vor der Schlacht eine Andacht halten lässt? Und wisst Ihr, was das Schlimmste ist? Mittlerweile dürfte es ein offenes Geheimnis sein. Der Wallenstein, der sich auf die Erträge seiner böhmischen Güter stützt, sich ansonsten vom Kaiser belohnen lässt, er zahlt auch höheren Sold und gewährt bessere Versorgung, als ich das kann! Selbst Offiziere mustern ab, wenn ihre Verträge auslaufen und können es gar nicht erwarten, in die Dienste des Friedländers zu treten. Wie gesagt, der Böhme ist bald schlimmer als der Feind!"

Für den sonst eher wortkargen General Tilly war dies eine erstaunlich lange Rede. Nach einer Pause räusperte er sich: „Kommen wir zu den weiteren Punkten. Ich hörte wieder von verschiedentlichen Desertionen in den hiesigen Regimentern! Wie viele sind abgängig? Graf Anholt, Ihr beginnt!"

„Zu meinem Bedauern, Exzellenz, siebenunddreißig an der Zahl, zumeist Pikeniere und auch einige Musketiere!"

„Freiherr zu Altenberg?"

„Vierundzwanzig."

Es wurde eine traurige Aufzählung. General Tillys Gesichtzüge versteinerten zusehends.

„Meine Herren, Ihr wisst so gut wie ich, die Armee existiert nur durch Disziplin, Disziplin und nochmals Disziplin!" Graf Tilly schlug wiederholt mit der flachen Hand auf den Tisch.

Mit leiser Stimme setzte er hinzu: „Aber es ist immer das selbe. Zum Winter hin nimmt die Zahl der Deserteure sprunghaft zu."

„Exzellenz," erwiderte sein Ordonnanzoffizier, „Dafür müssen wir sie nicht durch den Winter bringen. Im Frühjahr kommen viele von ihnen wieder. Hartes Durchgreifen würde sie nur verschrecken!"

„Ihr wisst es auch immer zum Positiven zu wenden, Casselius. Was liegt sonst an? Wie sind die Verbindungen zu den umliegenden Garnisonen? Gibt es besondere Vorfälle?"

Der Angesprochene nickte: „Nach dem Anschlag auf unsere Kurierreiter vor einigen Tagen wurde gestern nahe Helmarshausen einer unserer Nachschubtrecks überfallen, obwohl er von schwerer Kavallerie gedeckt war. Fast alle Männer sind tot. Nur ein Fuhrmann und ein Trossbube, die sich totstellten, blutbespritzt wie sie waren, haben überlebt. Sie konnten uns berichten. Die Räuber waren Bauern, die sich zum Teil als Soldaten gekleidet hatten. Der Beschreibung nach muss der Anführer der berüchtigte Schiltknecht gewesen sein. Die Räuber erbeuteten jede Menge Munition, Ausrüstung und Fourage!"

„Da hat der Winkelstoffel bestimmt ein Fest gegeben!" platzte Rittmeister von Falkenburg mit unterdrücktem Lachen heraus. Die übrigen Anwesenden erstarrten.

„Das findet Ihr wohl auch noch lustig," empörte sich General Tilly und wurde zornrot. „Wollt Ihr mich hier vor meinen Offizieren lächerlich machen?"

„Verzeiht, Exzellenz!" versuchte Freiherr zu Altenberg zu schlichten. „Mein Adjutant, Rittmeister von Falkenburg, ist noch von einem gewissen jugendlichen Übermut. Aber sonst ist er ein guter Offizier!"

„So, Rittmeister von Falkenburg," sagte der General ganz langsam und gedehnt. Mit gefährlich leiser Stimme setzte er hinzu: „Ich sage Euch, wo Ihr ab morgen Euren jugendlichen Übermut lassen könnt – Ihr fangt wieder von der Pike auf an! Und bis dahin werdet Ihr beim Profoss im Kerker zu Gast sein, damit Ihr nicht auf dumme Gedanken kommt. – Wache!"

Die Tür wurde aufgerissen. Die beiden Wachposten kamen herein und gingen in Achtungsstellung. Graf Tilly deutete auf den Rittmeister: „Bringt ihn in den Kerker!"

Die beiden Wachen nahmen ihn in die Mitte. Der ältere Posten wandte sich an von Falkenburg: „Gebt Ihr mir Euer Ehrenwort, dass Ihr keinen Fluchtversuch unternehmt!"

„Ihr habt mein Ehrenwort – und Marsch!“ Es war erstaunlicherweise der Rittmeister, der den eigenen Abgang kommandierte.

Der General schüttelte den Kopf: „Übermütig und unbeherrscht – aber seinen Schneid lässt er sich nicht abkaufen!“

Dann wandte er sich an die Offiziersrunde. „Meine Herren, die Sitzung ist beendet! Mit Euch, Freiherr zu Altenberg, habe ich noch zu sprechen! Casselius, Ihr bleibt bitte auch!“

Nachdem sich der Raum geleert hatte, ergriff der General wieder das Wort.

„Warum habt Ihr dieses Kind mit hierher gebracht, Altenberg?“ Die Augen des alten Feldherrn funkelten zornig.

„Er wollte unbedingt einmal bei einer kleinen Lagebesprechung dabei sein. Der Mann hat durchaus seine Verdienste, daher mochte ich ihm den Wunsch nicht abschlagen. Es war mein Fehler, ich bitte nochmals um Verzeihung!“

„Worin bestehen denn seine Verdienste?“ fragte der General mit einer gewissen Neugier.

„Der Falkenburg hat unter anderem bei Stadtlohn diese tollkühne Kavallerieattacke geführt und die erste Geschützbatterie des Halberstädters außer Gefecht gesetzt!“ antwortete Freiherr zu Altenberg.

„Alle Achtung, er hat also wirklich Schneid!“

Nun wandte sich Oberst Casselius an den General: „Exzellenz, wenn ich zu bedenken geben darf: Steckt der Falkenburg erst unter den Pikenieren, ist es mit seinem Ruf vorbei. Kein Soldat würde ihn wieder als Offizier respektieren. Ein Pikenier mehr oder weniger ist nicht von Belang. Aber ein tüchtiger Offizier kann eine ganze Schlacht entscheiden!“

„Da mögt Ihr Recht haben, Casselius. Aber ich kann und werde diesen Auftritt nicht durchgehen lassen! Wie ich Euch jedoch kenne, habt Ihr bestimmt schon einen Vorschlag, wie wir diese Sache lösen!“

„In der Tat!“ antwortete der Oberst. „Unser drängendstes Problem ist die Versorgungslage. Ihr schickt den Falkenburg auf eine besondere Mission. Da kann er sich die Hörner abstoßen und seinen jugendlichen Elan wieder einmal sinnvoll einsetzen. Mein Plan sieht folgendes vor ... .“

Und dann brauchte der Oberst Casselius wohl eine gute halbe Stunde, um seine Idee darzulegen. Seine Exzellenz Johann Tserclaes Graf von Tilly machte danach einen sehr ruhigen und zufriedenen Eindruck.

## 3 Eine besondere Order

Am nächsten Morgen stand Oberst Casselius vor dem Gitter des Kerkers und ließ vom Profoss aufschließen.

„Haben der Herr wohl geruht?“ fragte er den Rittmeister, der sich gähnend aus dem Heuhaufen wälzte. „Bisschen kalt hier unten!“

„Danke der Nachfrage. Wenn man sich ins Heu eingräbt, lässt es sich aushalten. So manches Biwak auf freiem Feld war ungemütlicher. Gestern Abend wurde es noch ganz lustig. Ich habe mit den beiden Wächtern Karten gespielt!“

„Durchs Gitter?“ fragte der Oberst erstaunt.

„Nicht doch. Vorne in der Wachstube. Wein gab's auch! Was schaut Ihr so, Oberst? Die Wachen hatten doch mein Ehrenwort, dass ich keinen Unfug mache! Ach übrigens, hat der Alte, ich meine natürlich der General sich wieder abgeregt?

„Ja,“ antwortete Oberst Casselius leicht indigniert. „Er will Euch jetzt Spießruten laufen lassen, dreimal durch die Gasse!“

Von Falkenburg erbleichte: „Das kann er nicht machen! Das hat kaum einer überlebt!“

„Nein, das macht er auch nicht. Ich wollte nur Euren schon wieder reichlich vorhandenen Übermut dämpfen. Der Vorfall von gestern scheint Euch nicht sonderlich beeindruckt zu haben. Ist Euch überhaupt klar, warum General Tilly so erbost reagiert hat?“

„Die Sollingbauern mit ihren dauernden Überfällen regen ihn auf!“

„Die gesamte Versorgungslage unserer Armee ist desolat. Und Ihr macht Eure Witze darüber! Mensch, Falkenburg, werdet endlich erwachsen. Wie alt seid Ihr überhaupt?“

„Einundzwanzig Jahre, Herr Oberst!"

„Dann wart Ihr bei Stadtlohn erst neunzehn!"

„Ja - das war vielleicht `ne Rauferei!" Von Falkenburg bekam glänzende Augen. „Mein Helm war völlig hinüber. Brust- und Rückenpanzer sahen auch nicht viel besser aus. Der tolle Christian hat seine erste Batterie eingebüßt und ich hab' nur ein paar Schrammen abgekriegt!"

Der Rittmeister sah ihn an: „Was verschafft mir eigentlich die Ehre? Ihr wollt mich doch nicht persönlich bei den Pikenieren abliefern?"

„Ich glaube, etwas besseres für Euch zu haben! Geht erst einmal in die Wachstube und bringt Euch in appellfähigen Zustand, dann erfahrt Ihr Näheres!"

„Ihr macht mich neugierig!"

Gleichmäßig brannte das Feuer im Kamin und verbreitete eine wohlige Wärme. Oberst Casselius überreichte dem Rittmeister ein versiegeltes Schreiben: „Das ist Eure Order! Lest das Schreiben genau durch und gebt es mir zurück! Als Offizier könnt Ihr doch lesen?"

„Ich war sogar auf einer Lateinschule!"

„Wahrscheinlich als Schrecken der Mönche!"

Von Falkenburg grinste und brach das Siegel des Generals auf. Er öffnete das Schreiben. Als er zu Ende gelesen hatte, sagte er: „Gut, ich bin Euer Mann. Die Sache kann ja nicht so schwer sein. Ich dachte schon, ich sollte den Winkelstoffel überreden, ins Kloster zu gehen!"

Nun lachte sogar der Oberst: „So weit entfernt liegt Ihr mit dieser Vermutung gar nicht. Wir hatten zunächst den Plan, einen der unseren bei den Aufständischen einzuschleusen. Der sollte dem Christoffel das Lebenslicht ausblasen. Wir sind aber wieder davon abgekommen. Diese Sollingbauern sind eine verschworene Gemeinschaft, da kennt jeder jeden. Und ein Angriff mit überlegenen Kräften käme nur in Frage, wenn wir wüssten, wo sie ihre Schlupfwinkel haben. Aber der Schiltknecht ist im Moment nicht unser Thema."

Oberst Casselius nahm das Schriftstück wieder an sich, ging zum Kamin und warf es in das lodernde Feuer.

„Nehmt Platz, Rittmeister," sagte er, während er auf einen der Stühle deutete. „Widmen wir uns dem Herrn, der im Schreiben Graf Tillys erwähnt war. Rittmeister, Ihr stellt Euch die Sache zu einfach vor. Ihr glaubt, dorthin zu reiten und ein nettes Plauderstündchen mit dem Mann zu führen. Ihr überzeugt ihn von Eurem Anliegen und kehrt wieder zurück."

„Ja, so ähnlich!" Rittmeister von Falkenburg gähnte leicht.

„Mitnichten, mein lieber Falkenburg. Vom Erfolg oder Scheitern Eurer Mission hängt das Schicksal tausender Menschen ab, womöglich sogar Euer eigenes. Alle Welt glaubt, dass dem Grafen Tilly die Menschen egal sind, vor allem seine Gegner stellen ihn gerne in dieses Licht. Natürlich ist er nicht die Güte in *persona*, aber er ist sich seiner Verantwortung durchaus bewusst. Allerdings wird er immer den Glauben an die Jungfrau Maria und die unbedingte Treue zu seinem Herrn, unserem Kurfürsten Maximilian von Bayern voranstellen. Alles andere hat sich dem unterzuordnen. Nichts desto weniger sind seine Exzellenz Graf Tilly immer bestrebt, das Ziel ohne Gewalt und Blutvergießen zu erreichen. Und das ist der tiefere Grund für Euren Auftrag. Ihr kennt nun das Ziel Eurer Reise und den Namen des Mannes, den Ihr vom Besseren überzeugen sollt. Das ist eine diplomatische Mission, mein lieber Falkenburg!"

Der Rittmeister reagierte leicht verunsichert und ein wenig ärgerlich zugleich: „Warum schickt Ihr dann keinen ausgewiesenen Diplomaten, einem Mann, der auf diesem

Parkett zu Hause ist. Einen von diesen geschliffenen Wortakrobaten, der viel sicherer den Erfolg verbuchen könnte."

„Es freut mich, Herr Rittmeister, dass Ihr Euch die ersten ernsthaften Gedanken in dieser Sache macht. Ich will Euch sagen, warum ausgerechnet Ihr mit dieser Mission betraut seid. Ihr mit Eurem Elan, Eurem Mut und Draufgängertum gebt zumindest eine gewisse Garantie dafür, dass Ihr das Ziel Eurer Reise überhaupt erreicht. Ihr wisst auch noch, was in einer Situation zu tun ist, in welcher der Gegner die Oberhand hat. Wollte Graf Tilly einen Diplomaten schicken, so müsste er ihm wohl eine große Anzahl schwerer Reiter als Sicherheit mitgeben. Binnen weniger Tage wäre die Kunde über das Vorhaben an alle Fürstenhöfe des Reiches gelangt. Genau das aber gilt es zu vermeiden!"

„Das Hauptproblem besteht für mich darin, dass ich den Mann nicht kenne," entgegnete der Rittmeister. „Ich weiß nicht, wie er reagieren wird!"

„Sehr gut erkannt!" lobte Oberst Casselius. „Dem kann aber zumindest ein wenig abgeholfen werden. Der besagte Mann hat einst im Regiment unseres Grafen von Anholt als Offizier gedient. Der Graf kennt ihn also recht gut. Ich habe Euch bereits einen Termin bei Anholt gemacht. Er wird Euch einiges über diesen Menschen zu berichten wissen!"

„Ihr denkt aber auch an alles!"

Oberst Casselius lachte geschmeichelt: „Nun ja, sagen wir, an fast alles. Sonst wäre ich wohl kaum Ordonnanzoffizier und rechte Hand unseres verehrten Grafen Tilly geworden."

„Das heißt aber mit anderen Worten, dass es sich bei diesem Herrn um einen Deserteur handelt!" stellte der Rittmeister sachlich fest.

„In gewisser Weise ja. Ganz so einfach ist die Sache aber nicht. Dieser Offizier in Diensten des Dänenkönigs geriet einst bei einer Bataille in die Hände unserer Soldaten. Nun ist es gerade in diesem Kriege nicht unüblich, die Fahnen zu wechseln. Er wurde Offizier im Regiment Anholt, nutzte aber die Gelegenheit zur Flucht. Er kehrte zu seinem alten Kriegsherren zurück, den er wohl von seiner Lauterkeit überzeugen konnte. Allerdings muss er nun fürchten, dass Graf Tilly ihn hoch oder noch höher aufhängen lässt, wenn wir seiner habhaft werden! Dieser Umstand macht Eure Mission nicht eben leichter."

„Sehr delikat!"

„Darum überlegt Euch gut, wie Ihr gegenüber diesem Mann auftreten wollt!"

„Dürfte ich ihm Pardon anbieten?"

„Davon hat Graf Tilly zwar nichts gesagt, aber wenn es in der Situation nutzt?"

„Dann gebt mir ein entsprechendes Schreiben mit!"

„Wenn das die falschen Leute bei Euch finden, seid Ihr tot! Ihr erhaltet nur einige Geschäftskorrespondenzen, die Euch als reisenden Kaufmann ausweisen."

„Ich bin also ganz auf mich allein gestellt!"

„So ist es!"

„Dann habe ich eine Bitte!"

„Nur zu, wenn es in meiner Macht steht, sie zu erfüllen."

„Ich würde es sehr begrüßen, wenn mich mein braver Diener Hans Meinrad begleiten dürfte. Er ist nicht auf den Kopf gefallen und zudem ein ausgezeichneter Fechter und Pistolenschütze!"

„Eure Bitte sei gewährt! Und nun verfügt Euch zum Grafen Anholt, damit er das Naturell des besagten Herren darlegen kann! Die weiteren Vorbereitungen der Reise nehmt in der Kleiderkammer und beim Waffenmeister vor!“

Es war früher Nachmittag, als Rittmeister von Falkenburg und sein Diener sich im Hof des Rathauses zu Holzminden von Oberst Casselius verabschiedeten.

„Eine Frage noch, verehrter Oberst. Was passiert, wenn ich mit meiner Mission scheitere?“

„Nun, dann bleibt immer noch die militärische Lösung des Problems. Aber auch in diesem Falle lasst es Graf Tilly unbedingt wissen. Es ist absolut wichtig für seine weitere Disposition!“

„Wie halten wir Verbindung? Es kann sein, dass die Armee wieder marschieren muss.“

„Im Winter zwar eher unwahrscheinlich, aber Ihr habt recht! Ihr kennt die Orte unserer Garnisonen. Wendet Euch an den jeweiligen Kommandanten. Wir stehen über Kurierreiter in Verbindung! Also dann, viel Glück“

Oberst Casselius hob die Hand zum Abschied und die beiden Reiter ließen ihre Pferde antraben.

## 4 Ein schauriger Wegweiser

Wohin reiten wir?" fragte Hans Meinrad, als sie den Rathausplatz passierten.

„Wir bewegen uns entlang der Weser nach Süden!" entgegnete der Rittmeister. „Ich bin mir nur noch nicht schlüssig, welche Uferseite die bessere ist. Östlich haben wir die Bauernhaufen zu fürchten, westlich verläuft die große Heerstraße. Dort treibt sich noch mehr Volk herum, dem man besser nicht begegnet. Deserteure, Marodeure, Versprengte, Bettler, vielleicht auch ganze Fähnlein des tollen Halberstädters. Sicher ist in diesen Zeiten nichts mehr."

„Was hat Vorrang? Schnelles oder sicheres Ankommen?"

„Letzteres!"

„Lasst uns die Treidelpfade benutzen, zunächst östlich und ab Höxter auf der anderen Weserseite!" schlug der Diener vor. „Wir müssen zwar fast jeder Wasserschleife folgen und kommen nur langsam voran, dafür werden wir aber kaum einem Menschen begegnen!"

„Meinrad, Euer Wort in Gottes Ohr!" Von Falkenburg lenkte sein Pferd in Richtung des südlichen Stadttores. Meinrad folgte ihm. Die Stadtwache erkannte den Rittmeister, grüßte und ließ einen der großen Torflügel öffnen. Das Eisengitter wurde nur so weit hochgezogen, dass die beiden passieren konnten. Hier schloss sich eine Zeltstadt an. Sie ritten wohl eine halbe Meile, bis das Heerlager hinter ihnen lag. Von einem nahen Hügel erklangen Hammerschläge. Zimmerleute errichteten einen Galgen. Von Falkenburg sah seinen Diener fragend an: „Kennt Ihr den Anlass?"

„Allerdings! Heute früh, als Ihr noch im Verlies wart, habe ich es erfahren. Es hat in der Garnison einen Mord gegeben. Beim Streit um eine Frau hat ein Soldat einen anderen abgestochen. General Tilly hat nach Aburteilung durch ein Offizierstribunal verfügt, dass der Täter morgen gehängt wird. Bei der Hinrichtung müssen die Regimenter der nahen Umgebung antreten – es soll der Abschreckung dienen!"

Gleich beim ersten Feldweg schwenkten die beiden Reiter ab in Richtung des Weserufers. Bald hatten sie den Treidelpfad erreicht. Auf diesem Weg zogen die Flussschiffer ihre flachen Kähne entweder mit eigener Kraft, mit Ochsen oder Pferden wieder die Weser aufwärts, nachdem sie teils bis über Bremen hinaus mit der Strömung gefahren waren. Das war möglich geworden, nachdem einige Landesherren diese neumodischen Schleusen hatten erbauen lassen, mit denen man die Höhenunterschiede im Fluss per Schiff überwinden konnte. So war das Jahrhunderte lange lästige Umladen der Waren in andere Flusskähne an den Stufen des Flusses entfallen. Während früher an und auf der Weser geschäftiges Treiben herrschte, war die Flussfahrt durch die Kriegswirren zum Erliegen gekommen.

„Lasst uns eine kurze Rast machen!" schlug der Rittmeister nach etlichen Meilen vor. „Dort vorne kommt man direkt ans Wasser. Führt die Pferde hinunter, damit sie saufen können!"

Meinrad kehrte gleich zurück und setzte sich neben den Rittmeister, der es sich mittlerweile auf einem umgestürzten Baum bequem gemacht hatte.

„Warum reisen wir eigentlich in dieser merkwürdigen Verkleidung als vermeintliche Kaufleute? Graue Mäntel und Beinkleider. Hüte statt der Barette!" fragte Meinrad. „Die Pferde tragen auch nicht die Brandzeichen unserer Armee."

„Nun, keine Seite wird uns sofort als Gegner ansehen. Vor Überfällen schützt uns das natürlich nicht!“

„Da verlassen wir uns lieber auf solche hübschen Dinger.“ Der Diener zog seine langläufige Pistole unter dem Mantel hervor. „Ausgezeichnete Nürnberger Büchsenmacherkunst. Das ist etwas anderes als diese groben Landsknechtsmusketen.“

Die Waffenkammer hatte sich nicht lumpen lassen und die beiden mit dem Besten ausgestattet. Kugelbeutel, Dichtfilze und Pulverflaschen vervollständigten ihre Ausrüstung. Die Säbel boten eine gute Verteidigung im Nahkampf. Der Rittmeister führte zudem einen Dolch im Stiefelschaft mit sich.

Sie erreichten den Ort Lüchtringen oder vielmehr das, was der Krieg von dem Dorf übrig gelassen hatte. Die meisten Häuser waren bis auf die Grundmauern niedergebrannt. Nur die aus Feldsteinen erbaute Kirche stand noch. Ihr Dach war eingestürzt. Vor dem Kirchenschiff befanden sich mehrere Reihen frisch aufgehäufter Gräber. Einfache Holzkreuze standen darauf. Eine alte Frau saß auf den Treppenstufen der Kirche, starrte ins Leere und sang ein eintöniges Lied, dessen Worte nicht zu verstehen waren.

„Gibt es hier noch andere Menschen?“ fragte der Rittmeister sie. Die Alte zuckte zusammen und starrte die beiden erschrocken an. „Ihr seid keine Soldaten. Ihr tut mir nichts. Niemand tut mir etwas. Dazu bin ich zu alt. Alle sind fort. Nur die Toten haben sie begraben!“

„Wer hat das Dorf zerstört?“

„Soldaten. Sie wollten unsere Essensvorräte und unser Vieh stehlen. Wir hatten aber selber nichts mehr. Sie haben uns drangsaliert und wollten unsere Verstecke herauspressen. Wir hatten aber doch nichts mehr … . Dann haben sie viele von uns totgeschlagen und die Häuser angezündet.

Die Kirche haben sie verwüstet, die Fenster herausgerissen und aus den Bleifassungen Kugeln gegossen - ihre ganze Beute! Das ist nun drei oder vier Monde her."

„Waren das Protestantische oder Tillysche?"

„Weiß ich es? Soldaten eben! Marodeure, Mördergesindel, allesamt!"

Die alte Frau erhob sich und ging langsam davon.

Die beiden Reiter konnten den Kirchturm des Dorfes Boffzen in der Ferne sehen. Rechts zweigte der Weg nach Höxter ab. Im Straßengraben lag ein Toter. Den Resten der Kleidung nach zu urteilen, musste es sich wohl um einen Soldaten gehandelt haben. Ein Bein fehlte oberhalb des Knies. Grobe Krücken lagen bei der Leiche. Ein Invalide, ein unnützer Esser. Totgeschlagen, vielleicht von seinen eigenen Kumpanen. Die Krähen und anderes Getier hatten die besten Partien längst abgenagt. Sie interessierten sich nicht mehr für den Toten. Er war weitgehend skelettiert. Aus leeren Augenhöhlen starrte er die Reisenden an. Die beiden Zahnreihen standen hervor. Es sah aus, als ob er grinste. Ein Arm war grotesk in die Höhe gereckt, als wolle er den rechten Weg weisen. Meinrad wandte sich ab.

Die Stadt Höxter war schon in Sichtweite. Es galt nur noch, die Weserbrücke zu überqueren.

„Wisst Ihr eigentlich, Meinrad," begann der Rittmeister. „Hier hat unser General Tilly im Sommer 1623, als wir die Truppen des Herzogs von Braunschweig verfolgten, etwas sehr Ungewöhnliches gemacht."

„War das die Geschichte mit der Schiffsbrücke?"

„Richtig. Unser General wollte seine Truppen über die Weserbrücke und durch Höxter marschieren lassen. Der Bürgermeister bat ihn flehentlich, davon abzusehen. Er befürchtete Übergriffe der Soldaten. Unser General sah die

Sache genau so. Hätten die Soldaten das Plündern begonnen, wäre an eine Verfolgung des Feindes nicht mehr zu denken gewesen. Folglich hat man sich arrangiert. Rat und Stadt stellten sämtliche Weserkähne, deren sie habhaft werden konnten und dazu Mengen von Bauholz. Zimmerleute haben zwischen Höxter und dem Kloster Corvey mit erstaunlicher Geschwindigkeit eine Schiffsbrücke über die Weser geschlagen. Der Marsch ging ungehindert weiter. Hernach wurde die Brücke wieder abgebaut."

Die beiden Reiter erreichten die Vorposten an der alten steinernen Weserbrücke. Der Wachhabende ließ sie ungehindert passieren. Gleich hinter der Brücke kamen sie an das Stadttor. Hier gerieten sie an einen sehr misstrauischen Hauptmann der Stadtwache: „Warum soll ich Euren Erklärungen glauben? Ihr habt keinerlei Legitimationen! Die Briefe, die Ihr vorweist, könnt Ihr selbst geschrieben haben. Vielleicht seid Ihr Spione!"

„Guter Mann, Eure Dienstauffassung in allen Ehren. Aber glaubt Ihr nicht, dass gerade Spione mit erstklassigen Legitimationen aufwarten? Im übrigen könnt Ihr sicher sein, dass die Stadtbefestigungen von Höxter bei allen kriegsführenden Parteien längst bekannt sind! Soweit ich weiß, geltet Ihr als offene Stadt. Warum sollten wir also spionieren?"

„Was wollt Ihr dann hier?"

„Wir suchen eine gute Schänke. Vielleicht könnt Ihr uns eine ordentliche Wirtschaft empfehlen!"

Der Hauptmann wurde umgänglicher und beschrieb ihnen den Weg: „Und falls Ihr es nicht gleich findet, das Gasthaus ‚Zum Trompeter' kennt hier jedes Kind!"

Die beiden Reiter bedankten sich und setzten ihren Weg in die Stadt fort.

„Wie im tiefsten Frieden," staunte der Rittmeister. „Ähnlich wie in Holzminden oder Hameln!"

„Ja, die Stadtväter haben den besseren Teil der Tapferkeit gewählt," entgegnete Meinrad. „Wäre auch schade, wenn solche schönen Städte zerstört würden. Es gibt schon genügend niedergebrannte Dörfer."

Das Gasthaus ‚Zum Trompeter' befand sich in einer Nebengasse unweit des Stadttores zur Landstraße nach Godelheim. Die Herberge war ein altes Fachwerkhaus, mit den Nebengebäuden gegliedert wie ein Bauernhof. Sie hatten gerade das Anwesen erreicht, als ein etwa zwölfjähriger Junge kam und ihre beiden Pferde an den Halftern nahm.

„Mein Vater würde sich sehr freuen, Euch als seine Gäste begrüßen zu dürfen!"

„Sehr schön ausgedrückt, mein Junge," lachte der Rittmeister. „Er wird also für uns das Herdfeuer noch einmal anschüren."

„Aber ja," strahlte der Junge. „Geht nur in die Gaststube. Ich versorge derweil Eure Pferde!"

Der Rittmeister und sein Diener nahmen ihre Satteltaschen auf die Schultern und stiegen die Treppe zur Wirtsstube empor. Oben stand der Wirt, breit, rund, gemütlich und begrüßte die beiden ebenso herzlich wie sein Sohn.

„Ihr habt wohl nicht viele Gäste?" fragte der Rittmeister.

„Leider - in diesen unruhigen Zeiten sind kaum noch Reisende unterwegs. Wenn die Ratsherren uns nicht öfters beehren würden, könnte ich das Haus schließen. Ihr müsst wissen, wir sind berühmt für unsere exzellente Küche. Mein Frau ist hier die gute Fee!"

„Was könnt Ihr uns denn empfehlen?"

„Rossbraten mit Hirsebrei, sehr lecker!"

Von Falkenburg und sein Diener schauten sich an. „Rossbraten ...?"

„Nun – bei der heutigen Versorgung? Das Pferd ist erst gestern nach der Kollision zweier Fuhrwerke verschieden, ganz frisch und kein alter Klepper!"

„Zwei Mahlzeiten bitte. Wir haben schon anderes gegessen!"

Der Rittmeister schaute sich in der verrauchten Gaststube um. Die Wände waren mit Holz vertäfelt. In einer Ecke spendete ein Kachelofen wohlige Wärme. Ein gewaltiger Balken verlief wenig über Kopfhöhe gestützt von zwei Ständern quer durch den ganzen Raum. Aufsitzende Ständer trugen wiederum die Decke. Der niedere offenliegende Balken war mit einigen Kleiderhaken versehen und diente zugleich als Ablage für die Kopfbedeckungen. Auf der anderen Seite, fast verdeckt durch angehängte Mäntel saßen drei Männer an einem Tisch nahe dem Fenster und unterhielten sich. Vor ihnen standen Weingläser.

„Wir wünschen einen guten Tag," sagte der Rittmeister. Aber der Gruß wurde nur von einem der Gäste halblaut und mürrisch erwidert. Von Falkenburg zuckte die Achseln und nahm mit Meinrad an einem der Tische nahe der Tür Platz.

Der Wirt kam und brachte die Schüsseln mit dem Essen. „Den Herren einen guten Appetit!"

„Danke! Sagt, guter Mann, warum läuft dieser gewaltige Balken durch Eure Gaststube?"

„Das Haus wurde im Jahre 1166 als Bauernhof erbaut. Es war von den Räumen her ganz anders aufgeteilt. Dies hier waren einmal zwei Ställe und das ist noch einer der Wandbalken. Im Jahre 1492 wurde das Anwesen von einem meiner Vorfahren gekauft und zum Gasthaus umgebaut. Den Balken konnte er nicht entfernen, sonst wäre das Haus eingestürzt!"

„Umgebaut im Jahre 1492, sagtet Ihr," antwortete sinnend der Rittmeister. „Das war also in dem Jahr, als ein gewisser Christoforo Colon, dieser Genueser Seefahrer, die Neue Welt entdeckte. Und warum heißt Euer Haus ‚Zum Trompeter'?"

„Genau weiß ich das nicht," antwortete der Wirt. „Irgendwann in grauer Vorzeit soll ein feindliches Heer die Stadt belagert haben. In der Nacht entdeckte der Stadttrompeter vom Turm, dass der Feind versuchte, mit Sturmleitern die Mauern zu übersteigen. Er gab Alarm und die Eroberung konnte verhindert werden. Dem unbekannten Trompeter zu Ehren hat mein Vorfahre das Haus benannt. Aber vielleicht ist es auch nur eine Sage!"

Von Falkenburg und Meinrad hatten gegessen und zahlten ihre Zeche.

„Wollt Ihr heute noch weiterreiten?" fragte der Wirt. „In welche Richtung soll's denn gehen!"

„Nach Süden," antwortete der Rittmeister, während an dem Tisch auf der anderen Seite der Gaststube die Unterhaltung verstummte.

„Es dämmert früh in diesen Dezembertagen," entgegnete der Wirt. „Meine übrigen Gäste übernachten hier. Ich biete Euch gerne eine Kammer an!"

„Das ist ein guter Vorschlag," antwortete der Rittmeister, mehr einer Eingebung folgend.

Meinrad blickte ihn erstaunt an, sagte aber nichts. Die beiden Reisenden nahmen ihre Sachen. Der Wirt ging mit einer Laterne voran eine steile Stiege hinauf und zeigte seinen Gästen das Zimmer. „Ich bringe Euch gleich noch einige Decken!"

Der Rittmeister schloss die Tür und legte sich der Länge nach auf eines der Betten. Sein Diener blieb mitten im Raum stehen. „Sagt, warum reiten wir nicht weiter. Viel haben wir heute wirklich nicht geschafft."

„Der Wirt hatte recht, es dunkelt schon. Da war aber noch etwas anderes. Ist Euch aufgefallen, dass die Unterhaltung an dem anderen Tisch schlagartig endete, als ich unsere Reiserichtung nannte?“

„Nach Süden,“ antwortete Meinrad. „Na und? Mit solch einer allgemeinen Angabe kann doch niemand etwas anfangen!“

„Vielleicht täusche ich mich, aber irgend etwas war da!“ Der Rittmeister hatte einen Arm unter seinen Kopf gelegt und blickte nachdenklich zur Decke. In diesem Moment klopfte es. Der Wirt kam mit zwei Laternen, von denen er eine auf den Tisch stellte. Die Decken legte er auf das Bett Meinrads.

„Sagt, Herr Wirt,“ fragte von Falkenburg. „Wie viele Gästekammern hat Euer Haus?“

„Insgesamt drei. Ein Zimmer liegt hier neben Eurem. Das andere ist auf dem Gang gegenüber. Sie werden von den Herrschaften belegt, die Ihr unten in der Wirtsstube gesehen habt.“

„Vielen Dank,“ sagte der Rittmeister.

„Ich wünsche allerseits eine gute Nacht!“ Der Wirt verließ das Zimmer und schloss die Tür.

Der Rittmeister sprang aus dem Bett und deutete auf eine große Truhe. „Meinrad, fasst mit an!“

Gemeinsam trugen sie das schwere Möbel vor die Zimmertür.

„Befürchtet Ihr einen Überfall?“ fragte der Diener. Der Rittmeister setzte sich auf einen Stuhl nahe dem großen Schrank, der auf vier massiven Füßen an einer Stirnseite des Zimmers ruhte. Er gab die Antwort erst nach einer kurzen Pause: „Ich kann es selbst nicht begründen. Es ist nur eine Ahnung!“

„Rittmeister, eine Frage, die mich schon die ganze Zeit beschäftigt ... .“

„Ihr wollt den Sinn und Zweck unserer Reise erfahren?"

„Richtig!"

„Meinrad, glaubt mir, es ist besser, wenn Ihr es zunächst nicht wisst!"

„Traut Ihr mir etwa nicht?"

„Um Himmels Willen, Meinrad. Ich vertraue Euch beinahe mehr als mir selbst. Ich habe mir ausdrücklich von Oberst Casselius erbeten, Euch mitnehmen zu dürfen! Wir könnten aber in eine Situation geraten, in der es besser ist, wenn Ihr nicht alles wisst!"

„Verstehe!" antwortete Meinrad, obwohl ihm die Sache nun völlig rätselhaft wurde.

„Soviel will ich Euch verraten. Wir werden einen Mann treffen, den ich in seinem Verhalten umstimmen soll."

„Er soll also die Seiten wechseln, zu uns überlaufen?"

„Im gewissen Sinne – ja. Die Sache ist von einer gewissen Tragweite. Der Mann wurde mir als schwierig beschrieben!"

„Da Diplomatie durchaus Eure Stärke ist, kann gar nichts schief gehen!" entgegnete Meinrad sarkastisch und grinste.

„Amüsiert Euch nur. Diese Geschichte hat sich Oberst Casselius ausgedacht und General Tilly für gut befunden!"

Nun war es Meinrad, der staunte: „Also Order von ganz oben!"

Der Rittmeister nickte. Unterdessen waren Geräusche auf der Treppe zu hören. Das Klappen einer Tür erklang.

„Die anderen Gäste," sagte von Falkenburg. Meinrad lag halb auf seinem Bett, Schultern und Kopf an die Wand gelehnt. Nebenan waren gedämpfte Stimmen zu hören.

„Ich wüsste zu gern, worüber die sich unterhalten!" murmelte von Falkenburg. Der Diener schaute plötzlich aufmerksam am Rittmeister vorbei auf die Fußpartie des Schrankes.

„Was ist?“ fragte von Falkenburg, dem die Reaktion Meinrads nicht entgangen war.

„Dort, unter dem Schrank. Ein ganz feiner Lichtschein!“ Der Diener ging zum Tisch und drehte den Docht der Laterne tiefer. Es wurde fast dunkel im Zimmer. Der Rittmeister kniete sich hin, legte den Kopf auf den Boden und schaute unter das große Möbelstück. „Dahinter ist eine Tür! Sie öffnet zu unserer Seite. Meinrad, wir müssen den Schrank wegschaffen!“

„Dieses Riesending?“

„Los, Meinrad, wir drehen ihn zur Seite!“

Die beiden gingen an der linken Schmalseite des Schrankes in die Knie und fassten unter den Korpus. „Auf drei ...“. Es gelang ihnen unter Aufbietung aller Kräfte, den Schrank ein wenig anzuheben. Als sie ihn jedoch drehen wollten, erklang ein markerschütterndes kreischendes Geräusch: „Absetzen!“ befahl der Rittmeister.

„Selbst wenn wir den Schrank wegbewegen. Was wollt Ihr dann machen? Die Tür öffnen?“

„Genau das! Ich bin mir sicher, dass auf der anderen Seite genau so ein Möbel steht! Wir können die Leute zwar hören, sie sehen uns aber nicht!“ Der Rittmeister kramte in seinen Satteltaschen. Er entnahm eine Dose und einen Putzlumpen.

„Bestes Lederfett. Geeignet für Stiefel und Pferdegeschirr!“ deklamierte von Falkenburg. Er nahm ein Regalbrett aus dem Schrank. Die beiden hoben das unhandliche Möbel noch einmal an und Meinrad schob das Brett mit einem Stiefelabsatz unter das Fußpaar. Von Falkenburg rieb die Dielen sorgfältig mit dem fettigen Putzlappen ein. Beim erneuten Versuch glitt der Schrank geräuschlos zur

Seite. Der Rittmeister bewegte vorsichtig den schmalen Türdrücker und zog ein wenig daran.

„Sie ist nicht abgeschlossen," flüsterte er und öffnete die Tür einen Spalt. Wie der Rittmeister vermutet hatte, versperrte ein Schrank im anderen Zimmer die Sicht. Die Stimmen waren nun jedoch deutlich vernehmbar.

„... mein Schwager hat vor zwei Jahren bei Nürnberg am Pegnitzufer die Gstettnermühle übernommen!"

„Eine Getreidemühle?"

„Nein, viel besser. Eine Papiermühle! Er beliefert sogar Merian in Frankfurt für seine Städteansichten mit feinstem Bütten. Und seitdem überall diese fliegenden Blätter in Mode gekommen sind, hat er richtig zu tun ... ."

Die Unterhaltung ging längere Zeit in dieser Weise. Der Rittmeister wollte die Tür schon wieder schließen, da ließ ihn ein Satz aufhorchen.

„ ... haben wir eine Garnison bekommen. Der Däne stellte vierhundert gut ausgebildete Infanteristen und eine leichte Geschützbatterie mit Mannschaft. Vier treffliche Artilleriestücke sind schon ein Argument. Falls die Ligistischen uns angreifen, lässt es sich eine Zeit aushalten, bis Entsatz eintrifft!"

„Meint Ihr, dass die Gefahr so groß ist?"

„Nun, wir sollten die Situation nicht unterschätzen. Wir sitzen wie ein Pfropf auf den Nachschublinien unseres Gegners. Und der weiß, dass wir getreu zur protestantischen Sache stehen! Er muss und er wird sich etwas einfallen lassen. Wir sollten dagegen gewappnet sein. Unsere Aufgabe ist es nun, den tollen Halberstädter zu finden, damit seine Truppen zu uns und zum Dänenkönig stoßen! Gemeinsam können wir das ligistische Heer schlagen."

Meinrad räusperte sich leise „Es kann sich doch nur um die Stadt ... ."

„Pscht!“ flüsterte der Rittmeister. „Man könnte uns hören!“

„... handeln, richtig?“

„Ja, nun seid still!“

Die beiden lauschten noch eine Weile und erfuhren Verschiedenes über Truppenstärken und Bewegungen. Als sich das Gespräch im Nebenraum nur noch um Belanglosigkeiten bewegte, schloss der Rittmeister die Tür leise wieder.

„Jetzt kann ich mir denken, wer dort Euer Gesprächspartner sein wird!“ sagte Meinrad nachdenklich. „Ich habe von dem Offizier aus dem Anholtschen Regiment gehört, der eines Tages verschwunden war. Da wünsche ich uns aber viel Erfolg!“

Der Rittmeister ging nicht weiter auf die Bemerkung ein: „Das bestätigt die Vermutungen unseres Generals. Er wird handeln müssen. Das haben die Herrschaften im Nachbarzimmer glasklar erkannt!“

## 5 Kratzbürste und Mäuseroulette

Es war ein kalter und klarer Dezembermorgen. Die Sonne schien. Ein Hauch von Raureif lag auf den abgestorbenen Gräsern. Während die beiden Reiter auf dem Treidelweg des westlichen Weserufers Meile um Meile zurücklegten, ging dem Rittmeister wieder das Erlebnis in dem Gasthaus durch den Kopf. Zu gerne hätte er die Identität der drei anderen Gäste erfahren. Aber seine vorsichtigen Versuche, vom Wirt Informationen zu erhalten, führten zu keinem Ergebnis. Entweder wusste der Mann wirklich nichts oder er hatte die Verschwiegenheit zu seinem Geschäftsprinzip gemacht.

Beverungen war vom Krieg böse gerupft worden. Die Stadtmauern waren gleich an mehreren Stellen demoliert und eine Anzahl von Häusern sah nicht besser aus. Am Stadttor gab es nur einen Posten, der sie durchwinkte. Auf dem Marktplatz befand sich eine kleine Gruppe von Spielleuten, um die sich zunehmend ein Tumult entwickelte. Eine zierliche junge Frau wurde von einem Stadtwächter festgehalten. Ein älterer vornehm gekleideter Mann beschimpfte das Mädchen auf das übelste. „Sie hat mich betrogen mit ihrem Mäuseroulette. Obendrein wird sie eine Hexe sein. Büttel, werft sie in den Turm!"

„Verehrter Ratsherr, beruhigt Euch," antwortet der Wächter . „Wir werden sie ihrer gerechten Strafe zuführen!"

Der Rittmeister erfasste nur, dass die junge Frau hier in eine schlimme Situation geriet.

„Werter Herr, wie groß ist Euer Schaden!" fragte er den Ratsherren.

„Sie hat mich um einen Reichsgroschen betrogen!" tobte dieser.

„Er lügt!“ kreischte das Mädchen und bäumte sich unter dem Griff des Wächters auf. „Sein Einsatz hat nur einen Pfennig betragen!“ Ihre Augen sprühten vor Zorn und die lockigen schwarzen, fast dunkelblauen Haare flogen im Wind.

„Die Hexe bezichtigt mich der Lüge!“ empörte sich der Ratherr.

„Guter Mann,“ versuchte es der Rittmeister erneut. „Ich ersetze Euch den Schaden und Ihr gebt Ruhe!“ Von Falkenburg griff in seinen Beutel und händigte ihm eine Münze aus.

„Na gut,“ knurrte dieser. „Ich hätt' die Hex' zu gern brennen sehen!“

Der Büttel wandte sich an das Mädchen. „Ich will hier keinen Ärger. Pack deine Sachen zusammen und mach', dass du aus der Stadt kommst!“ Er ließ die junge Frau los. Diese ging wortlos zu einen merkwürdigen bunten Gebilde, das entfernt an ein Miniaturzirkuszelt erinnerte. Sie griff unter die Kuppel und zog mit geschicktem Griff eine quietschende Maus hervor, die gleich in einem kleinen Käfig landete. Das Gestell war schnell zusammengeklappt und mit dem Gebilde auf einem Eselskarren verstaut. Das Mädchen verabschiedete sich von den übrigen Spielleuten. „Es ist besser, wenn ich verschwinde. Wer weiß, welche Triumphe der Wahnsinn hier noch feiert!“ Sie warf dem Ratsherren, der gerade auf die nahe Marktkirche zustrebte, böse Blicke hinterher.

Die junge Frau sah den Rittmeister an: „Danke. Ihr habe mich vor einer schlimmen Anklage bewahrt!“

„Oh, ich rette gerne kleine Hexen vor dem Scheiterhaufen,“ grinste der Rittmeister. „Vor allem, wenn sie so hübsch sind wie Ihr!“

„Bildet Euch bloß keine Vorteile ein!“ fauchte das Mädchen wie eine Katze.

„Als das Temperament verteilt wurde, habt Ihr Euch bestimmt zweimal gemeldet! Ihr seid eine ganz schöne Kratzbürste!“

Das Mädchen lachte: „Lucia heiße ich und beißen kann ich auch!“

„Wo wollt Ihr hin?“ fragte von Falkenburg.

„Nach Lauenförde. Einen anderen Ort gibt es hier wohl nicht in der Nähe. Der Fluss führt derzeit nicht viel Wasser. Die Furt müsste passierbar sein.“

„Auf der anderen Weserseite ...,“ antwortete der Rittmeister, ohne den Satz zu vollenden.

„Seid Ihr dort nicht wohlgelitten?“ fragte Lucia plötzlich sehr aufmerksam.

*Schau an! Die junge Dame hat eine sehr flinke Auffassungsgabe!*

Schweigend zogen sie zum Ufer der Weser. Die beiden Reiter saßen auf und der Rittmeister nahm das Mädchen auf sein Pferd. Meinrad führte den kleinen Esel, der den Karren zog, an dessen Halfter. Er bockte zwar ein wenig, als er das kalte Wasser spürte, ließ sich aber doch zur Querung des Flusses bewegen. Es war ein merkwürdiger Zug, der sich durch das flache Wasser der Weserfurt bewegte.

In dem kleinen Dorf Lauenförde sah es noch schlimmer als im Nachbarort aus. Eines der Bauernhäuser hatte wenigstens noch ein Dach, wenn auch das Eingangstor zerschlagen war.

Vor dem Haus lagen die zerbrochenen und zerfetzten Reste eines Marktstandes.

„Ist hier jemand?“ rief der Rittmeister.

Nach einer Weile tauchte zu seiner Überraschung ein älterer Mann aus dem Halbdunkel des Hauses auf.

„Allerdings! Wenn Ihr rauben und plündern wollt, nur zu, bedient Euch! Wenn Ihr noch etwas findet, sollte es mich überraschen!“ Der Mann breitete die Hände aus und zuckte mit den Achseln.

„Weniger rauben, vielmehr essen!“ entgegnete der Rittmeister. „Wir zahlen es Euch. Wie steht’s damit?“

„Schlecht, ganz schlecht! Etwas Bier könnte ich Euch anbieten. Vielleicht finde ich noch Mehl und ein paar Eier für Pfannkuchen!“

„Meinrad, schaut in meine Satteltasche. Da sollte noch ein Stück Schinken zu finden sein!“

Der Mann schaute erstaunt auf: „Nun, das könnte etwas werden.“

Nach einiger Zeit waren die drei unerwarteten Gäste, die sich an dem schweren Eichentisch nahe der Feuerstelle des Hauses niedergelassen hatten, mit einer Mahlzeit versorgt.

„Sagt, Lucia, was hat es mit dem Mäuseroulette auf sich?“

„Ganz einfach. Rund um die kleine Arena sind zwölf Häuschen angeordnet. Die Mitspieler setzen auf eines der Häuschen. Ich platziere die Maus in der Mitte und sie rennt natürlich in eines der Häuser, weil sie sich verstecken will. Wer auf das richtige Haus gesetzt hat, streicht die Einsätze ein. Wurde auf das Haus, in dem die Maus verschwand, nicht gesetzt, gehören die Einsätze mir. Es gibt aber unterschiedliche Regeln für dieses Spiel. Manche Gaukler geben etwa Glasperlen als Gewinne aus.“

„Und – helft Ihr Eurem Glück manchmal nach?“ fragte Meinrad. Lucia kicherte: „Ein Stückchen Käse ist manchmal ganz hilfreich. Es darf nur keiner merken!“

„Und der Ratsherr vorhin, der hat es gemerkt?“

„Der?“ Das Mädchen schnaubte verächtlich. „Ich hatte kaum die Maus losgelassen, da versuchte dieser alte Bock, mir unter die Röcke zu fassen. Worauf er meine Hand ins Gesicht bekam!"

„Warum habt Ihr das dem Büttel nicht gesagt?"

„Das Wort einer Gauklerin gegen das eines angesehenen Ratsherren! Nein, das wäre sinnlos gewesen!" Lucia wandte sich an den Rittmeister. „Und was macht Ihr, wenn Ihr nicht gerade kleine Hexen vor lüsternen Ratsherren beschützt?"

„Wir sind Kaufleute und schließen Handelsverträge ab!"

„Wer kann denn heute noch Handel treiben?"

„Die Söldnerführer. Schließlich brauchen die Armeen alles Mögliche!"

„Wenn sie es nicht rauben können!" erwiderte die junge Frau. „Ihr handelt also mit Tod und Teufel! Und wie geht es Euch dabei?"

„Danke, wir können nicht klagen!"

„Und Ihr fühlt Euch gut dabei?"

„Eine zarte Seele kann man sich in diesen Zeiten nicht leisten!"

„Warum habt Ihr vorhin überhaupt eingegriffen?"

„Wenn es der Ratsherr bei dem Betrugsvorwurf belassen hätte, wäre das kein Anlass für mich gewesen. So arg wäre es wohl nicht geworden. Aber als der Alte Euch der Hexerei bezichtigte, da ... ."

„Ja?"

„Ich habe einmal eine Hexenverbrennung mit angesehen. Ich wollte das kein zweites Mal erleben. Es war in Lemgo. Dort ist man besonders fleißig in diesem Metier. Die Frau hat die ganze Zeit ihre Unschuld beteuert. Normalerweise erdrosselt einer der Henkersknechte das Opfer blitzschnell, sobald die Flammen hochzüngeln. Das sensationsgierige Publikum kriegt es gar nicht mit. Hier aber ist die arme Frau lebend verbrannt. Sie hat geschrieen, geschrieen ... bis zuletzt."

„Warum seid Ihr überhaupt dabeigeblieben, wenn es Euch so berührt hat?"

„Wir waren dort zur Absperrung des Richtplatzes abkomm ... ." Von Falkenburg biss sich auf die Lippen.

„Ich habe mir gleich gedacht, dass Ihr nicht der seid, der Ihr zu sein vorgebt!" Lucias Augen und Mund wurden zu schmalen Schlitzen. „Wer seid Ihr? Was habt Ihr vor?"

„Ich bin der Rittmeister Mathias von Falkenburg. Und das ist mein Diener Hans Meinrad. Mehr werde ich Euch nicht sagen!"

„Wahrscheinlich seid Ihr Kundschafter für den nächsten Feldzug! Ihr seid nichts besser als diese raubende und mordende Soldateska. Ach nein, ich vergaß. Ihr seid viel vornehmer. Ihr lasst rauben und morden! Wahrscheinlich im Namen der Jungfrau Maria!"

„Ja - nein!" Dieses Mädchen brachte ihn völlig aus dem Konzept. Wenn ihm ähnliches bei der geplanten Unterredung mit der Gegenseite passierte, dann gute Nacht!

„Entscheidet Euch! Mörder oder nicht Mörder? Wie gefallt Ihr Euch am besten?"

Der Rittmeister schwieg.

*Vielleicht ist sie doch eine Hexe, eine ganz raffinierte dazu. Sie hat dich dazu gebracht, etwas zu sagen, was du selbst auf der Folter nicht zugeben wolltest! Und was die Sache noch schwieriger macht – das Mädchen gefällt dir ungemein. Das willst du dir natürlich nicht eingestehen!*

Das weitere Essen verlief schweigend.

„Ich war zu heftig," kam es schließlich von Lucia, „Schließlich habe ich Euch einiges zu verdanken, vielleicht sogar mein Leben! Es tut mir leid!"

Der Rittmeister sagte immer noch nichts.

„Mathias, es tut mir leid!“

*Jetzt nennt sie dich schon beim Vornamen*!

Der Rittmeister lenkte ein: „Schon gut. Aber wir sind in einer Angelegenheit unterwegs, die genau das verhindern soll, was du befürchtest!“

Sie schaute ihn zweifelnd an.

„Glaube es oder lasse es,“ antwortete von Falkenburg. „Ich kann dir nicht mehr sagen!“

„So wie du dich vorhin verhaspelt hast, gehört ihr beiden zu Tillys Leuten!“

Der Rittmeister schwieg.

„Du brauchst nichts zu sagen. Ich weiß es jetzt sowieso!“

Schweigen.

*Das Mädchen ist schlimmer als eine ganze Legion von Folterknechten!*

„Herrgott noch mal, was befürchtet du? Dass ich über Land laufe und es überall herumerzähle?“

„So ähnlich!“

„Etwas mehr Menschenkenntnis hätte ich dir zugetraut!“

*Am besten, du sagst jetzt gar nichts mehr.*
*Sonst machst du alles nur noch schlimmer!*

Er verkrampfte seine Hände ineinander. Eine schmale Mädchenhand legte sich darauf.

„Ich werde Euer Vorhaben nicht gefährden. Ich werde auch nicht weiter fragen!“ Sie lächelte ihn an.

„Nicht in dieser Sache," setzte sie gleich darauf hinzu. „Aber eines interessiert mich. Der Tilly, euer General, das soll doch ein sehr frommer Mann sein?"

„Das ist er," seufzte der Rittmeister.

„Wie kann er seine Taten mit seinem Glauben vereinbaren?"

Von Falkenburg schaute sie verständnislos an.

„Wie gehen diese Kriegsgräuel mit seinem Marienglauben zusammen?"

„Herr, der du meine Hände gelehrt hast den Krieg ... ."

„Steht bei David, irgendwo im Alten Testament. Ich möchte nicht mit dir über Bibelstellen diskutieren. Eure Soldaten lesen auch nicht aus der Bibel vor, bevor sie unschuldige Leute massakrieren!"

„Die Gegenseite auch nicht!"

„Rechtfertige nicht ein Verbrechen mit dem anderen!"

„Der wahre Glaube muss auch gegen Widerstand durchgesetzt werden!"

„Und wer den wahren Glauben hat, das bestimmt ihr oder die anderen?"

„Der katholische Glaube ist der einzig wahre!"

„Ich dachte, die Grundlage des Christentums sei die Nächstenliebe! Da kann es doch wohl egal sein, ob ihr euch Katholiken, Lutheraner oder Calvinisten nennt." Lucia setzte nach: „Ich glaube an den einzig wahren Gott. Und passt nur auf, dass der Herrgott Euch am Ende aller Tage nicht eine ganz andere Rechung aufmacht. Graf Tilly, Ihr habt in Namen der Jungfrau Maria gemordet! Habt Ihr jemals über Euer Tun nachgedacht? Und die anderen werden genau so gefragt werden. Und dann, im wahrsten Sinne des Wortes, gnade Euch Gott. Aber ich bin mir sicher, dass es bei Eurem verdammten Krieg überhaupt nicht um den Glauben geht. Das ist nur vorgeschoben!"

„Worum geht es dann?"

„Um Macht, um Ansehen, um noch mehr Macht! Schau dir doch den Maximilian von Bayern an. Erst war er Herzog. Er hat ein marodes Staatswesen übernommen. Er hat etwas daraus gemacht. Man kann ihn einen Buchhalter, eine Krämerseele nennen, aber er hat etwas geschaffen, Er ist ein tüchtiger Mann!"

„Woher weißt du das?" Dieses Mädchen wurde ihm unheimlich.

„Du meinst, eine kleine Gauklerin kann sich gar kein Urteil über solche Dinge erlauben?"

„So deutlich wollte ich es nicht ausdrücken!"

„Ich gehörte nicht immer zum fahrenden Volk. Ich komme aus Heidelberg. Mein Vater war dort Stadtschreiber. Ein sehr gelehrter und gebildeter Mann. Er hat mir vieles beigebracht, unter anderem auch das Denken und Nachdenken. Graf Tillys Truppen haben Heidelberg im September 1622 erobert, teils zerstört und viele Menschen umgebracht. Meine Eltern waren unter den Toten. Meiner Mutter wurde von so vielen Soldaten Gewalt angetan, dass sie daran gestorben ist. Mein Vater musste gefesselt zuschauen. Dann haben sie ihm die Kehle durchgeschnitten. Ich lag unter dem Bett und war vor Entsetzen starr. Mehrere Wochen konnte ich nicht sprechen. Eine Truppe von Spielleuten hat sich meiner angenommen. Sie hatten auch mehrere Tote zu beklagen. So bin ich an den Eselskarren mit dem Mäuseroulette gekommen."

„Es tut mir sehr leid für dich, Lucia. Das habe ich nicht geahnt."

„Falls du noch die Herkunft meines Namens wissen möchtest," fügte das Mädchen hinzu. „Er stammt von meiner Mutter. Sie kam aus Portugal und war gläubige Katholikin. Mein Vater hat sie auf einer Reise kennen gelernt. Er war Protestant. Der Glaube hat niemals zwischen ihnen gestanden. Dazu waren sie zu klug. Ich habe nie ein glücklicheres Paar erlebt. Nun sind sie beide tot!" Sie begann zu weinen. Der Rittmeister nahm die junge Frau unwillkürlich in den Arm, bis sie sich beruhigt hatte.

„Es ändert nichts!" sagte sie und wischte sich die Tränen ab. „Ich war bei Maximilian stehen geblieben. Er hat nicht nur seinen Staat saniert, er hat auch eine Armee, ein stehendes Heer geschaffen!"

„Das ist für sich gesehen nichts Schlimmes," wandte von Falkenburg ein „Die Zeiten waren immer unruhig, man braucht nur an den Glaubensstreit von Donauwörth zu denken. Maximilian musste seine Truppen dazwischen schicken, sonst wären die Auseinandersetzungen zwischen den Bürgern eskaliert. Und zur Verteidigung braucht man ebenfalls Truppen. Steht der Feind vor der Stadt, lässt er sich durch gute Worte kaum aufhalten."

„Es mag gewisse Fälle geben, da haben Soldaten etwas Sinnvolles. Aber was hat Herzog Maximilian gemacht? Nach dem Prager Fenstersturz 1618 und dem Aufstand der protestantischen böhmischen Stände hat er sich seinem Schwager, dem Habsburger Kaiser Matthias angedient und ihm sein Heer zur Verfügung gestellt."

„Was sollte daran falsch sein? Die böhmischen Stände, die den Pfälzer Kurfürsten Friedrich zu ihrem König gemacht hatten, gefährdeten mit ihrer Revolte gegen den Kaiser die Einheit des Reiches! Die Niederschlagung in der Schlacht am Weißen Berge bei Prag diente dazu, wieder Ruhe und Frieden herzustellen!" antwortete der Rittmeister.

„Diesen Aufstand hatte der Kaiser selbst verursacht, weil er den Protestanten in Böhmen die verbriefte Religionsfreiheit nehmen wollte. Mein lieber Mathias, du verwechselt Ursache und Wirkung!" Lucia kam richtig in Fahrt. „Und Wallenstein interessierte nur Macht und Geld, sonst nichts. Er raubte den böhmischen Ständen die

Kasse und händigte sie dem Kaiser aus, sozusagen als Einstand. Anschließend vermietete er sein Heer und bekam als Belohnung die Güter der hingerichteten adligen Anführer des Aufstandes. Allerdings machte Wallenstein nie einen Hehl daraus, dass ihn der Glaube nicht interessierte. Ganz im Gegensatz zum Herzog Maximilian mit seinem fanatischen Marienglauben. Ich weiß nicht, wer schlimmer ist, der gottlose Wallenstein oder der verlogene Maximilian!"

„Warum nennst Du Maximilian von Bayern verlogen?" fragte der Rittmeister.

„Ganz einfach, Was war ihm wichtiger - Glaube oder Macht? Was verlangte und erhielt er denn für seine Dienste? Ich will es dir sagen. Er bekam die Kurfürstenwürde und die Oberpfalz, nachdem der Kaiser über den eigentlichen Kurfürsten, den Pfälzer Friedrich die Reichsacht verhängt hatte!"

„Na und, der war als Rebell gegen den Kaiser doch nicht mehr tragbar!"

„Der Krieg hätte zu Ende sein können. Stattdessen ging der Irrsinn erst richtig los!"

„Das war nicht Schuld des Kaisers oder Maximilians!"

„Oh doch. Es war klar, dass die übrigen protestantischen Kurfürsten es nicht hinnehmen konnten, dass ein protestantischer Kurfürst abgesetzt und sein Titel und seine Ländereien einem anderen, noch dazu katholischen Fürsten zugesprochen werden. Das verstieß gegen geltendes Reichsrecht. Außerdem wollen die Gerüchte nicht verstummen, dass der Kaiser den katholischen Glauben wieder im ganzen Reich durchsetzen und dazu ein Restitutionsedikt erlassen will. Daher traten protestantische Reichsfürsten mit ihren Truppen auf den Plan, vereint gegen den Kaiser zu ziehen … ."

„… und Tilly und Wallenstein zogen ihnen mit ihren Heeren entgegen. So kam der Krieg in die Rheinpfalz und nach Norddeutschland!“ vollendete der Rittmeister ihren Satz.

„So ähnlich, auch wenn das recht vereinfacht wiedergegeben ist. Und wenn du noch immer der Meinung bist, dass der Glaube die vorherrschende Rolle spielt – wie gefällt dir, dass der französische Kardinal Richelieu den Dänenkönig, der sich als militärischer Anführer an die Spitze der protestantischen Truppen gesetzt hat, bislang mit hohen Geldzahlungen unterstützt! Ein Katholik hilft einem Protestanten gegen den katholischen Kaiser!“

„Davon habe ich noch nichts gehört. Warum sollte er das tun?“

„Weil Frankreich von den spanischen Habsburgern sowohl vom Stammland als auch von den spanischen Niederlanden her und von den österreichischen Habsburgern in die Zange genommen wird. Es geht nur vordergründig um den Glauben. Tatsächlich aber geht es um den Erhalt der Macht und Vergrößerung derselben!“

Hans Meinrad hatte dem Disput schweigend zugehört. Nun meldete er sich zu Wort:

„Vielleicht können wir uns auf die Feststellung einigen, dass Glaube und Machtstreben mit seltsamen Allianzen Hand in Hand gehen!“

„Vielleicht – im weitesten Sinne!“ stimmte ihm Lucia schließlich zu. Der Rittmeister nickte nur schweigend.

Die drei verließen die Schänke. Der Wirt hatte freundlicherweise die beiden Pferde und Lucias Esel mit Wasser versorgt.

„Sag’ Lucia, von wem hattest du diese Nachricht. Ich meine die Sache mit Richelieu?“ fragte von Falkenburg.

„Das hat mir der Wind erzählt!“ Lucia lachte. „Nein, im Ernst. Ich habe es aus verschiedenen fliegenden Blättern erfahren. Man muss zwar nicht alles glauben, was dort verbreitet wird. Vieles ist nur billige Polemik gegenüber dem jeweiligen Gegner. Aber es gibt auch Leute, die gute Informanten an entscheidenden Stellen haben und durchaus neutral derartige Dinge öffentlich machen können. Manchmal kommt man in den Städten an solche Schriften."

„Diesen Blättern habe ich bislang kaum Beachtung geschenkt," sagte der Rittmeister.

„Mathias, eine Bitte," wechselte Lucia das Thema. „Könnt Ihr noch einmal nach Beverungen übersetzen und meinen fahrenden Freunden sagen, wo sie mich finden? Ich darf mich in dem Ort nicht mehr sehen lassen!"

„Wir wollen ohnehin auf das Westufer zurück. Wir sagen ihnen Bescheid. Wo wollt Ihr denn hinziehen!"

„Ich weiß nicht genau. Wenn ich Thomas, unseren Anführer recht verstanden habe, wollen wir nach Süden in die nächste befestigte Stadt. Das wäre Münden. Dort sind wir hoffentlich ein wenig sicherer!"

„Lucia, pass auf dich auf. Vielleicht sehen wir uns eines Tages wieder!"

„Ich wünsche Euch alles erdenklich Gute!" Die kleine Person stellte sich auf die Zehenspitzen und gab dem Rittmeister einen sanften Kuss. Dieser umarmte sie wortlos.

Von Falkenburg und Meinrad stiegen auf ihre Pferde und ritten zurück zur Weserfurt, während die junge Frau mit ihrem Eselskarren nahe dem Bauernhof zurückblieb.

Das Gespräch mit Thomas war nicht nach den Vorstellungen des Rittmeisters verlaufen. Zwar hatte er sofort zugesagt, Lucia in Lauenförde abzuholen. Dem Vorschlag von Falkenburgs, nach Norden zu ziehen, konnte er allerdings nichts abgewinnen.

„Verehrter Thomas," hatte er ihn zu überzeugen versucht. „Wenn ihr es schafft, nach Oldenburg zu kommen, dürftet Ihr und Eure Leute in Sicherheit sein. Bislang hat der dortige Reichsgraf Anton Günther es auf meisterhafte Weise verstanden, sein Land aus den Kriegshändeln herauszuhalten und es ist anzunehmen, das es ihm auch weiterhin gelingen wird."

„Wie Ihr schon treffend sagtet!" hatte Thomas geantwortet. „Wenn es uns gelingt, dorthin zu kommen. Genau da liegt der schwache Punkt Eurer Empfehlung. Wir müssten deutlich mehr als hundert Meilen zurücklegen und die Aufmarschgebiete verschiedener Armeen passieren. Ich glaube kaum, dass wir dort lebend ankommen. Seid vielmals bedankt, auch für Eure Hilfe gegenüber Lucia. Aber es scheint mir das Sicherste, wenn wir hinter den Mauern der Stadt Münden Schutz suchen! Wir werden östlich der Weser weiterziehen. Den Winkelstoffel und seine Gesellen haben wir als arme Spielleute wohl kaum zu fürchten."

Der Rittmeister und sein Diener waren wieder auf dem Treidelpfad an der westlichen Weserseite unterwegs. Bei Herstelle bot sich ihnen ein seltsames Bild. Mitten in der Weser lag ein umgestürztes Pferdefuhrwerk, ein großer Planenwagen. An der Abzweigung nach Helmarshausen machten sie Rast.

„Nehmen wir den Weg über den Reinhardswald?"

fragte Meinhard.

„Nein, ich möchte bei nächster Gelegenheit, vielleicht bei Oedelsheim oder Bursfelde die Weserseite wechseln! Darum nehmen wir den Uferweg."

Meinrad schaute ihn verständnislos an.

„Ich erkläre es später! Es hat schon seinen Grund!"

Allmählich brach die Dämmerung herein.

„Wo wollen wir die Nacht verbringen?" fragte Meinrad.

„Natürlich im ersten Haus am Platze, Fürstensuite!"

„Der Herr belieben zu scherzen!"

„Seht Ihr dahinten? Ein Gehöft. Es steigt kein Rauch auf!"

Sie führten die Pferde an den Zügeln und näherten sich langsam mit gezogenen Pistolen dem Bauernhof.

„Scheint verlassen zu sein!" sagte der Diener. Sie banden die Pferde an einen der tiefragenden Dachbalken. Das Haustor stand halb offen. Es hing schief in den Angeln.

„Meinrad, Ihr haltet hier Wache, ich gehe in das Haus!" befahl der Rittmeister. Mit der Pistole im Anschlag ging er nach allen Seiten sichernd über die Tenne. Er erreichte den Wohnteil und entdeckte eine schwach glimmende Feuerstelle. An einem Haken darüber hing ein Topf mit Hirsebrei. „Ich fürchte, wir sind hier nicht alleine!" murmelte er.

„Da habt Ihr recht!" ertönte hinter ihm eine Donnerstimme. „Auf Euch sind drei Hellebarden gerichtet. Eine Bewegung und Ihr seid bei Eurem Schöpfer! Wir strecken jetzt ganz weit die Hände nach außen! So ist es gut! Und nun langsam die Pistole auf den Tisch."

Von Falkenburg gehorchte.

„Ihr dürft Euch umdrehen!"

Zwei Bauern standen in der Tür. Dahinter war noch ein weiterer zu sehen. „Was habt ihr unter dem Mantel?"

„Meinen Säbel!"

„Legt ihn auch auf den Tisch!"

„Was habt Ihr mit meinem Kompagnon gemacht?"

„Den haben wir in Verwahrung genommen! Hier kommt er!"

Ein Poltern und Rumpeln ertönte. Meinrad stolperte in den Raum, von weiteren Bauern mit Musketenkolben gestoßen. „Verzeiht! Sie kamen von zwei Seiten gleichzeitig. Gegenwehr war nicht möglich!"

„Schon gut, Meinrad!" Und an die Bauern gewandt: „Was wollt Ihr von uns?"

„Nicht so vorlaut! Seid froh, wenn wir Euch nicht gleich abstechen! Wir fragen lieber, was Ihr hier wollt?"

„Übernachten!"

Die Männer lachten: „Wer seid Ihr?"

Der Rittmeister konzentrierte sich diesmal auf seine Antworten. Ein einziger Fehler dürfte ihr sofortiges Ende zur Folge haben. „Wir sind reisende Kaufleute!"

„Und das sollen wir Euch glauben? Womit handelt Ihr? Heutzutage ist nur noch Kriegsvolk unterwegs!"

„Wir sind Tuchhändler, Compagnie von Falkenburg und Meinrad. Wir beliefern alle Armeen!"

„Und wo ist Eure Ware?"

„Sicher an festen Plätzen verwahrt! Wir schließen nur Lieferkontrakte!"

Die Bauern waren in die Wohnstube eingetreten, ließen aber von ihrer drohenden Haltung nicht ab.

„Ihr könnt uns nichts vorwerfen, allenfalls versuchtem Mundraub!" Der Rittmeister deutete auf den Kochkessel. „Wir würden unseren Proviant mit Euch teilen!"

„Oh, welch ein feiner Herr, wie nobel," höhnte einer der Landmänner.

Von Falkenburg wurde ärgerlich: „Mensch, haltet endlich den Schnabel, wir haben Hunger!"

Die Bauern schwiegen einen Moment verblüfft, dann brachen sie in schallendes Gelächter aus: „Was bist denn du für einer? Frech bist du gar nicht! Ihr seid vielleicht zwei komische Vögel!"

Der Wortführer sagte schließlich: „Na gut, nehmt Platz. Aber allzu viel können wir Euch nicht abgeben!"

Einer der Bauern schürte das Feuer unter dem Kessel wieder an, legte Holz nach und rührte mit einem großen Holzlöffel den Hirsebrei um.

Meinrad machte sich bemerkbar: „Ich würde derweil gerne unsere Pferde versorgen, wenn es gnädig gestattet ist!"

„Hartmann, geh' mit und pass auf!" antwortete der Anführer.

Der Angesprochene, ein grober kräftiger Kerl erhob sich und ergriff eine Partisane. Er überragte Meinrad um Haupteslänge.: „Na los, beweg dich und mach keinen Unfug!"

Mit einer unmissverständlichen Bewegung der langen Stichwaffe unterstrich er seine Worte.

Der Hirsebrei war allmählich warm geworden. Der Bauer legte den Löffel weg und zog sich einen ledernen Handschuh an. Er nahm den Kessel vom Haken und stellte ihn auf den Tisch.

Die Bauern suchten ihre Löffel hervor und langten in den Kessel.

„Na, Kaufmann, kein Schanzzeug?" fragte der Anführer mit gutmütigem Spott.

„Ich hoffe, dass Meinrad daran denkt!" Mit seinem Wächter im Gefolge kam der Genannte herein. Er trug die Packtaschen beider Pferde und kramte darin herum. Nach kurzem Suchen legte er Esswerkzeug und den Rest ihres Räucherschinkens auf den Tisch.

„Oh, sehr gut!" sagte der Anführer und schnitt das Fleischstück mit seinem Messer in kleine Stücke. „Wisst Ihr überhaupt, warum wir Euch nicht gleich niedergeschossen haben?" wandte er sich an die beiden.

„Verratet uns den Grund Eurer Freundlichkeit!" antwortete der Rittmeister mit leicht ironischen Unterton.

„Wir haben Euch schon kommen sehen, als Ihr vom Treidelweg abgebogen seid. Wir waren alle dafür, Euch gleich über den Haufen zu knallen – bis auf den da!" Er deutete auf einen freundlich dreinblickenden Mann, der sich bislang nicht zu Wort gemeldet hatte „Das ist unser Pastor. Er hat uns zu dem Risiko überredet, euch zu überrumpeln!“

„Ich hoffe, meine Söhne, das ich meine Milde nicht bereuen muss!“ lächelte dieser. „Ihr müsst wissen, dass wir zu keiner dieser Sollingbanden gehören, sondern eine bäuerliche Notgemeinschaft sind. Wir wollen einfach nur leben und überleben!“

„Da haben wir etwas gemeinsam!“ antwortete von Falkenburg.

Nach dem Essen wies der Anführer des Bauerntrupps ihnen den angrenzenden Raum zu:

„Eure Waffen bekommt Ihr morgen wieder. Beim Hause wird übrigens Wache gehalten.“

Es war mittlerweile dunkel geworden. Von Falkenburg und Meinhard betraten die Kammer. Der Rittmeister öffnete das Windauge. Kalte Luft zog herein. Ein wenig fahles Mondlicht fiel in den Raum. Der Rittmeister verschloss zunächst die Tür und dann das Windauge mit vorgelegten Querriegeln. Dann legten sie sich in ihrer stockdunklen Kammer in das aufgeschüttete Stroh. Die Bauern begaben sich in der Wohnstube zur Ruhe. Die Holzkohle in der Feuerstelle glomm schwach. Im Wechsel hielt einer der Bauern Wache nahe dem Haus.

## 6 Nächtliche Blitze

Der Rittmeister erwachte. Seinem Gefühl nach musste es auf den Morgen zugehen. Er erhob sich, ging zur Tür und entfernte den Querriegel. Er versuchte, die Tür zu öffnen. Zu seinem Erstaunen war sie von außen nicht blockiert. Er schaute in die Küche. Die Bauern lagen noch im tiefsten Schlafe. Leise bewegte er sich durch den Raum, durchquerte die Tenne, auf der die Pferde ruhten und trat vor das Tor des Hauses. Es war noch dunkel. Nur im Osten war der Hauch eines leicht rötlichen Scheins zu sehen. Die Luft war kalt und klar. Von Falkenburg stieß einen leisen Pfiff aus und rief mit unterdrückter Stimme: „He, Posten!"

Nichts regte sich. Auch auf seinen zweiten Ruf erfolgte keine Reaktion.

Plötzlich sagte jemand direkt neben ihm: „Was ist los?"

Der Rittmeister, der sonst keineswegs zu den Schreckhaften im Lande gehörte, zuckte zur Seite: „Könnt Ihr schweben? Ich habe euch nicht gehört!"

Der Wächter, der eine Hellebarde führte, lachte leise: „Anders kann man diese Zeiten nicht überstehen! Was wollt … ."

In diesem Moment zuckte im Süden ein gewaltiger greller Blitz in mehreren Kaskaden hoch. Gleich darauf ein zweiter, gefolgt von einer Reihe kleinerer Lichtblitze. Von Falkenburg wurde von einer plötzlichen extremen Anspannung erfasst. Er spürte seine Halsschlagader. Unwillkürlich begann er zu zählen. … siebzehn, achtzehn! Ein gewaltiger Knall zeriss die Luft, gleich darauf noch einer. Weitere Schläge folgten. Der Donner rollte durch das Wesertal, immer wieder von den Berghängen zurückgeworfen. Leichte Erschütterungen durchliefen den Erdboden. Ein Lichtschein wurde sichtbar. Der Wind erhob sich. Nach kurzer Zeit lag ein stechender, verbrannter

Geruch in der Luft. Die Pferde auf der Tenne wieherten angstvoll. Es waren gute Reitpferde, aber keine erprobten Schlachtrösser.

„Was war das?“ fragte der Wächter. „Ein Gewitter jedenfalls nicht!“

„Da ist irgend etwas explodiert!“ antwortete der Rittmeister. Die übrigen Bauern und auch Meinrad kamen aus dem Haus. Ein Stimmengewirr erhob sich. Der Lichtschein im Süden wurde rasch größer.

„Da brennt es!“

„Ach!“

„Aber was soll da brennen? Dort ist kein Dorf und keine Stadt!“

Der Rittmeister dachte an seinen Lehrmeister, einen alten erfahrenen Offizier. Wie hatte er gesagt? Lichterscheinungen nahm man eher wahr als den Schall. Die Zeit dazwischen wurde um so länger, je weiter man vom Ort der Ursache entfernt war. Das hatte man schon in alten Zeiten erkannt. Der Lehrmeister hatte ihm beigebracht, wie man die Entfernung feindlicher Geschützbatterien ermitteln konnte.

„Das muss zwischen drei und vier Meilen weseraufwärts liegen!“

Meinrad war an ihn herangetreten. „Genau in die Richtung wollten wir. Sollten wir nicht lieber einen anderen Weg einschlagen!“

„Nein, auf keinen Fall. Ich will unbedingt wissen, was dort passiert ist!“

Die beiden sattelten rasch ihre Pferde. Die Bauern gaben ihnen die Waffen zurück. Der Abschied fiel fast herzlich aus.

„... Gott mit Euch!“ hörten sie noch den Pastor sagen. Der Rittmeister und sein Diener lenkten die Pferde in Richtung der Heerstraße. Dort ließen sie die Tiere in einen leichten Trab fallen. Als die Pferde leichter und geschmeidiger liefen, ging es bald zwei Meilen im schnellen Galopp dahin. Allzu lange konnten sie ihnen diese Anstrengung nicht zumuten. Die Pferde waren zwar kräftig und ausdauernd, doch zu Schanden durften sie in keinem Falle geritten werden. Sie näherten sich dem flackernden Lichtschein. Der Geruch in der Luft wurde immer stechender.

„Da vorne!" Die Reiter zügelten ihre Pferde und stiegen aus den Sätteln. In der einsetzenden Morgendämmerung erkannten sie einen Baum, der am Beginn eines kleinen Waldstückes quer über der Straße lag. Davor fanden sie zwei tote Fuhrleute. Sie zogen ihre Pistolen und machten sie schussbereit. Beißender Qualm erfüllte die Luft. Langsam näherten sie sich dem Hindernis. Dahinter waren einige Planenwagen zu erkennen. Die querliegende große Buche erwies sich für ihre Pferde als unüberwindlich. Seitlich des Weges kamen sie nicht durch das Unterholz. Daher führten sie die Pferde zunächst einen kleinen Hang hinauf. Auf diese Weise konnten sie das Hindernis umgehen und gelangten dahinter wieder auf die Straße. Die Auswirkungen einer Schlacht waren für die beiden nichts Ungewohntes. Aber das Bild, dass sich ihnen hier bot, überstieg in seinen Dimensionen alles bisher Erlebte. Überall lagen Tote in teils seltsam verrenkten Körperhaltungen umher. Sie fanden ausschließlich Soldaten. Das erste der Fuhrwerke schien noch halbwegs unversehrt. Weitere Wagen brannten, waren auf die Seite geschleudert, teils in Stücke gerissen. Tote Pferde davor. Räder lagen umher, Bretterteile. Wieder tote Soldaten, versengt, fast nackt, teilweise auch völlig entkleidet.

„Schaut Euch das an!" Der Rittmeister zeigte auf einige Baumkronen. „Da hängen welche in den Bäumen!"

Sie hatten das Zentrum der Explosionen erreicht. Von mehreren Planenwagen waren nur noch kleine Fetzen übrig geblieben. Überall lagen brennende Bruchstücke. Dazwischen Leichenteile, teils von Menschen, teils von Pferden. Manches war von seinem Ursprung her nicht mehr erkennbar. Die Straße sah an zwei Stellen aus wie sauber gefegt, die nahe Umgebung schwarz versengt. Bäume am Wegesrand waren auf Mannshöhe abgerissen. Sie gingen weiter. Ihre Pferde, die sehr unruhig waren, führten sie an den Halftern. Aus dem Unterholz erklang ein merkwürdiges Lallen. Einige Soldaten kamen ihnen entgegengetorkelt, sie schienen wie betrunken. Sie starrten die beiden aus glasigen Augen an, murmelten wirre Worte, wankten vorbei. Weitere brennende Fuhrwerke. Vor einem der Wagen mühte sich ein Pferd ängstlich wiehernd, auf die Beine zu kommen. Immer wieder brach es zusammen. Aus seinem aufgerissenen Bauch quollen die Gedärme.

„Das hat keinen Sinn mehr, du arme Kreatur!“ Der Rittmeister setzte seine Pistole hinter dem rechten Ohr des Tieres an. Der Schuss krachte und das Pferd brach tot zusammen. Rasch lud von Falkenburg die Waffe nach. Meinrad deutete auf einige Leichen und wandte sich an den Rittmeister: „Es ist merkwürdig. Viele von den Toten scheinen äußerlich unversehrt. Nur aus den Mündern rinnt manchmal Blut!“

„Vermutlich kommt das von dem ungeheuren Druck der Explosionen. Etwas ähnliches habe ich einmal bei Kanonieren in einer Geschützbatterie gesehen, deren Pulvervorrat getroffen worden war! Aber das war kein Vergleich zu diesem Inferno hier!“

Ein leises Stöhnen ließ sie aufhorchen. Ein Stück hinter dem letzten Wagen fanden sie einen der Fuhrleute im Unterholz. Er war schwer verletzt: „Wasser, gebt mir Wasser!“

Meinrad löste seine Trinkflasche vom Sattel, brachte sie zu dem Verwundeten und setzte sie ihm an den Mund. Der Fuhrknecht verschluckte sich, hustete und stöhnte. Gemeinsam mit dem Rittmeister richtete der Diener den Verwundeten ein wenig auf und legte ihm das Bruchstück eines Brettes unter Kopf und Schultern. Der Fuhrmann trank in langen Zügen, bis die Flasche leer war.

„Könnt Ihr mir sagen, was hier passiert ist?"

„Ein Überfall! Wir sind nachts gefahren. Wir dachten, das sei sicherer. Wir kamen aus südlicher Richtung und sind bei Veckerhagen wieder auf die Weserstraße eingebogen. Direkt an der Stadt Münden konnten wir als Ligistische nicht vorbei. Ich fuhr den letzten Wagen. Auf einmal gab es ein Geschrei und der ganze Wagenzug kam zum Stehen. Im nächsten Moment knallten Musketenschüsse. Unsere Kürassiere schossen zurück. Dann gab es zwei furchtbare Explosionen. Die beiden Wagen in der Mitte waren vollgeladen mit Pulverfässern. Wahrscheinlich hat eine Musketenkugel ein Fass getroffen und alles in die Luft gejagt!"

„Habt ihr irgend einen Hinweis darauf, wer diesen Überfall begangen hat?"

„Wohl keine von diesen Bauernbanden. Ich habe nur einige von den Angreifern gesehen. Es war noch fast dunkel. Aber die wenigen, die ich gesehen habe, waren alles Soldaten! An den Kleidern und Waffen kann man meist nicht erkennen, zu welcher Armee sie gehören. Und Fahnen hatten sie natürlich nicht dabei. Es gehen aber immer wieder Gerüchte um, dass wenigstens ein Teil der Überfälle von der dänischen Garnison ausgeht, die in Münden liegt. Aber zu beweisen war es bislang nicht!"

„Haben die Angreifer Fuhrwerke erbeutet?"

„Nein, mein Wagen war der letzte im Treck und da steht er noch!"

Das Getrappel von Schuhen war zu hören. Stimmen mischten sich darunter. Die Geräusche näherten sich rasch. Von Falkenburg und Meinrad sprangen auf.

„Da kommen Bauern!“ rief der Rittmeister. „Das dürften die ersten Plünderer sein. Wir müssen weg!“

„Wir können ihn doch nicht hier liegen lassen!“ entsetzte sich Meinrad und deutete auf den Fuhrknecht. Der Rittmeister zog ihn am Arm. „Wir können nichts für ihn tun!“

Ein Bauernhaufen wälzte sich ihnen entgegen, Mit Spießen, Hellebarden und umgeschmiedeten Sensen waren sie gerüstet. Sie starrten die beiden Reiter feindselig an. Einige Bauern hoben ihre Waffen.

„Wenn Ihr uns angreift, sind die ersten von Euch tot,“ rief der Rittmeister mit lauter Stimme. Er und sein Diener hatten die Pistolen angeschlagen.

„Und dann machen wir Hackfleisch aus Euch!“ scholl es drohend aus dem Bauernhaufen.

„Wenn Ihr plündern wollt, solltet Ihr euch beeilen. Die meisten Wagen brennen!“

Die Bauern stürzten an ihnen vorbei und bemächtigten sich der Fuhrwerke. Der Rittmeister und sein Diener schwangen sich eilends auf ihre Pferde und galoppierten davon. Es war jetzt fast taghell.

„Wir sollten so schnell wie möglich auf die östliche Weserseite wechseln. Auf dieser Straße wird es gleich noch lebendiger werden. Die Explosionen hat man im weiten Umkreis gehört,“ sagte der Rittmeister.

„Die hat man auch am anderen Weserufer vernommen. Dort werden sie ebenfalls gelaufen kommen. Es wäre gesünder, wenn wir uns aus dem Wesertal entfernten. Lasst uns durch den Reinhardswald reiten. Wenn Ihr unbedingt über die Weser wollt, so können wir das bei Veckerhagen immer noch versuchen,“ schlug sein Diener vor.

Der Rittmeister nickte: „Wahrscheinlich habt Ihr recht!“

„Ganz bestimmt sogar,“ grinste Meinrad, gab seinem Pferd die Sporen und lenkte es in den nächsten Waldweg, während ihm von Falkenburg folgte. Zunächst ging es recht steil bergauf durch einen Laubwald, der zunehmend dichter wurden. Der Weg führte immer unterhalb der Höhe des Bergzuges entlang, Meile um Meile. Menschen begegneten ihnen nicht.

„Schaut, dort steigt leichter Rauch auf!“ Meinrad deutete schräg über die Wipfel links des Weges. „Vielleicht eine Siedlung?“

Sie erreichten eine Weggabelung: „Lasst uns schauen. Gegen eine warme Mahlzeit hätte ich nichts einzuwenden. Unsere Vorräte gehen ohnehin zur Neige!“ gab der Rittmeister die Richtung vor. Leises Hundegebell war in der Ferne zu hören. „Horcht, wir wurden schon angekündigt!“

Vorsichtig näherten sie sich einer Lichtung. Ein Kohlenmeiler schmauchte dort vor sich hin und schickte die dünne Rauchsäule in den Himmel, die sie vorhin gesehen hatten.

„Kein Mensch weit und breit zu sehen,“ stellte Meinrad fest.

„Das haben wir gestern Abend auch gedacht!“ antwortete von Falkenburg. „Ich bin mir sicher, dass jeder unserer Schritte genau beobachtet wird. Wahrscheinlich liegt der Köhler womöglich mit seiner ganzen Familie im Dickicht und wartet, dass wir wieder verschwinden.“

Er schaute in die Runde: „Dort ist seine Hütte!“

In einem Haselnussgestrüpp war eine Behausung mit spitzem Dach erkennbar. Aber auch die Hütte war leer. „Hätte mich auch gewundert, wenn wir hier jemanden vorgefunden hätten.“ Er öffnete eine der Packtaschen, die sein Pferd trug. „Die Mahlzeit fällt heute etwas kärglicher aus. Brot und ein bisschen Käse müssen reichen!" Die beiden Männer setzten sich auf eine Bank, die vor der Behausung stand.

„Ihr seht nachdenklich aus. Sorgt Ihr Euch um das Gelingen der Mission?" fragte Meinrad.

„Das auch!" entgegnete von Falkenburg. „Vielmehr aber beschäftigt mich, was Lucia gestern zu uns sagte!"

„Der Sinn des Feldzuges?"

„Der Sinn der militärischen Unternehmungen, die Rolle unseres Generals, des Kurfürsten Maximilian und nicht zuletzt die des Kaisers! In wie weit hatte Lucia recht? Bislang habe ich nur die Scharmützel und die Schlachten gesehen. Der Erfolg unserer Attacke bei Stadtlohn und andere Kämpfe haben mich förmlich trunken gemacht. Wir sind immer nur in der Armee marschiert. Rauchende Trümmer am Wegesrand waren nebensächlich. Jetzt aber sind wir den dritten Tag allein unterwegs. Die zerstörten Dörfer, die Toten, umherirrende Menschen, das alles ist plötzlich ganz nahe. Selbst die Bauernbanden, auch wenn sie der Teufel holen möge, sind erst durch den Krieg entstanden, den wir ihnen gebracht haben!"

„Glaubt Ihr nicht mehr an die Rechtmäßigkeit unserer Sache?"

„Doch – aber immer weniger an die Art und Weise, wie wir versuchen, sie durchzusetzen. Haben wir und auch die Gegenseite das Recht, dafür das Volk bluten zu lassen? Was interessiert den einfachen Landmann, den Fischer oder auch den Bürger die Politik? Es will doch jeder nur in Frieden leben und seinem Tagewerk nachgehen. Wir und auch unsere Gegner sind es, die sie daran hindern. Nicht die Bauern, selbst wenn sie sich zusammenrotten, sind das Übel – Meinrad, sind wir nicht vielmehr selbst die Ursache?"

Der Diener schaute ihn an: „Wie mag Graf Tilly darüber denken?“

Von Falkenburg überlegte: „Er scheint von keinerlei Zweifeln geplagt zu sein! Unser General wurde, wenn ich mich nicht irre, 1559 geboren und ist seit seinem siebzehnten Lebensjahr, also seit fünfzig Jahren Soldat. Er wird das Tun und Handeln seines ganzen bisherigen Lebens nicht in Frage stellen, sondern bis zu seinem Lebensende in dieser Art und Weise weitermachen!“

Meinrad wechselte das Thema. „Sollten wir nicht weiterreiten? Die Sonne erreicht bald ihren höchsten Stand.“

„Lasst uns reiten.“ Der Rittmeister grinste. „Der Köhler wird aufatmen, wenn wir seinen Besitz unangetastet verlassen.“

Die beiden setzten ihren Weg fort. Der Wald wollte kein Ende nehmen. Manchmal gaben Lichtungen und Windbrüche den Blick auf die Weser frei, wie sie unten in sanften Bögen durch das Land zog. Einmal konnten sie auf der anderen Wegseite die Sababurg in einer gewissen Entfernung sehen. An einer Abzweigung nahmen die beiden Reiter den bergab führenden Weg, der sie zu der recht steil abwärts führenden Straße nach Veckerhagen brachte.

„Hier ist der Treck entlang gefahren, dessen Überreste wir heute morgen gesehen haben,“ bemerkte Meinrad.

Der Rittmeister überlegte: „Ich möchte nur wissen, wie die Fuhrleute die Wagen auf diesem Gefälle heil hinunter gebracht haben!“

„Es muss eine große Müh und Plage gewesen sein, dort mit festgedrehten Bremsbacken hinunterzurutschen ... .“

„... um schließlich am Weserufer in die Luft gesprengt zu werden!“ vollendete von Falkenburg den Gedankengang seines Dieners.

Die beiden Reiter hatten die Weser bei Veckerhagen erreicht und schauten auf den gegenüber liegenden Ort Hemeln.

„Und wie kommen wir nun hinüber?“ fragte Meinrad.

„Wenn es nicht so kalt wäre, könnte man mitsamt den Pferden hinüberschwimmen,“ erwiderte der Rittmeister. „Aber bei diesen Temperaturen können wir die Reise nicht in nassen Kleidern fortsetzen. Wir müssen irgendwo ein Boot finden. Aber hier ist weit und breit nichts zu sehen. Veckerhagen liegt da wie ausgestorben. Vielleicht finden wir in einem der paar Häuser, die noch stehen, jemanden, der uns weiterhilft!“

Es war nun schon das vierte Haus, das sie durchsuchten. Von Falkenburg ging in den angebauten Stall, als ihn ein Geräusch herumfahren ließ. Ein alter Mann versuchte zu flüchten. Der Rittmeister packt ihn im Nacken und am Hosenbund. Der alte Mann kreischte verzweifelt. „Lasst mich laufen, ich bin Euch sowieso zu nichts nütze!“

„Ich brauche Eure Hilfe,“ erwiderte von Falkenburg.

„Ihr – meine Hilfe?“ lispelte der Alte mit zahnlosem Mund. „Wie sollte ich Euch helfen? Wer seid Ihr – Werber? Braucht ihr wieder neue Soldaten? Meinen ältesten Sohn haben sie neulich erst mitgenommen und unter die Pikeniere gepresst!“

„Wir sind keine Werber, sondern reisende Kaufleute und suchen jemanden, der uns mit einem Boot nach Hemeln hinüberbringt.!“

„Warum sollte ich Euch glauben?“ Der Alte versuchte vergeblich, sich dem Griff des Rittmeisters zu entwinden.

„Ich mache Euch einen Vorschlag! Wir nehmen einmal an, es wäre tiefster Frieden. Wir möchten über die Weser gebracht werden. Und wie es üblich ist, zahlen wir dafür!“

„Ich bin vielleicht alt, aber nicht dämlich!“

Der Rittmeister war nahe daran, die Beherrschung zu verlieren. „Also, mein Alterchen, was muss ich tun, damit Ihr mir jemanden besorgt, der uns über die Weser bringt?"

„Mich loslassen!" Der Alte grinste listig.

„Damit Ihr abhauen könnt!"

„Ich werde jemanden aufsuchen, der Euch rudern kann. Den werde ich fragen, ob er dazu bereit ist. Er soll das selbst entscheiden."

„Warum sollte ich Euch trauen?"

„Weil es die einzige Möglichkeit für Euch ist, über die Weser zu kommen!" Der Alte grinste ihn zahnlos an.

*Willst du dich noch länger als Betbruder betätigen,*
*du Narr?*

Dem Rittmeister reichte es. „Ihr irrt Euch! Ich gebe Euch eine Viertelstunde. Dann zünden wir Euer Haus an!" drohte von Falkenburg, worauf der Alte erschrocken zusammenzuckte.

„Ihr seid keine Kaufleute!"

„Anscheinend versteht Ihr keine andere Sprache!"

Der Rittmeister ließ den Mann los. Der verschwand durch die Stalltür. Von Falkenburg und Meinrad standen vor dem Haus und warteten.

„Den sehen wir nicht wieder," ließ sich der Diener vernehmen.

„Wir warten noch!" entschied der Rittmeister. „Wir haben keine andere Möglichkeit!"

Es kam den beiden wie eine kleine Ewigkeit vor. Da näherte sich der Alte mit einem deutlich jüngeren Mann. „Er wird Euch rudern!"

„Wie viel nahmt Ihr in Friedenszeiten für solch eine Fahrt?"

„Zwei Reichspfennige für jede Person!"

„Ich gebe Euch das doppelte! Dafür bringt Ihr uns zuverlässig hinüber."

Der Fährmann schaute ihn ungläubig an. „Das soll mir recht sein, wenn Ihr es mir nachher nicht wieder abnehmt. Folgt mir!"

Die beiden Reiter nahmen ihre Pferde an den Zügeln.

„Die sollen auch mit `rüber? fragte der Fährmann.

„Natürlich! Oder meint Ihr, wir wollen zu Fuß weiterreisen?"

„Mein Boot ist dafür zu klein. Ich glaube kaum, dass Ihr die Pferde bei der Kälte dazu bewegen könnt, durch die Weser zu schwimmen!"

„Wir müssen es versuchen!" antwortete der Rittmeister, der sich seiner Sache nicht mehr so sicher schien.

Der Fährmann führte die beiden in ein Wäldchen nahe dem Ufer und schaffte etwas Gestrüpp zur Seite. Ein kleines Fischerboot kam zum Vorschein.

„Wenn die Herrschaften mit anfassen möchten? Allein ist mir der Kahn recht schwer."

Meinrad band die Pferde an einen Baum. Mit vereinten Kräften trugen sie das Boot zum Wasser. Der Fährmann holte zwei Paar Ruder. „Wenn einer der Herren Reisenden die Freundlichkeit hätte, ein wenig flussaufwärts mitzurudern? Dann käme ich auf der Rückfahrt besser wieder zu dieser Stelle zurück. Seht Ihr, ein Stück weit rechts neben der Anlegestelle gibt es noch eine zweite, halb im Schilf. Die steuern wir an."

Meinrad hatte in der Zwischenzeit die Pferde herangeführt und mit zwei Tauenden am Bootsheck festgebunden. Sättel und Packtaschen waren im Boot verstaut.

„Hoffentlich werfen uns die Zossen nicht das Boot um," sagte der Fährmann skeptisch.

Sie schoben den Kahn an und sprangen hinein. Fährmann und Rittmeister legten sich in die Ruder. Aber es war sinnlos. Die Pferde bleiben einfach stehen und waren auch mit guten Worten nicht zu bewegen, in die eisige Weser zu gehen. Schließlich klappte Meinrad die Stulpen seiner Reitstiefel hoch und sprang aus dem Boot. Er versetzte den beiden Pferden mit der flachen Hand jeweils einen derben Schlag auf das Hinterteil. Diese sprangen erschrocken voran in die Weser. Meinrad war mit einem Satz wieder im Boot und die beiden Ruderer arbeiteten aus Leibeskräften. Die Pferde fügten sich in ihr Schicksal und schwammen nun tatsächlich dem Kahn nach. Bald berührte das Boot den Grund am anderen Ufer. Die Pferde arbeiteten sich an der Böschung hoch, froh, dem nassen Element entfliehen zu können. Der Fährmann sicherte sein Boot an einem Pfahl, der am Ufer eingerammt war und reichte den beiden Reitern die Sättel und das Gepäck. Sein Blick fiel auf die beiden Pferde, die nass und zitternd dastanden. „Eure Pferde müssen abgetrocknet und warmgerieben werden. Ich helfe Euch!“

Er stieg aus dem Boot und ging voran. Die Reiter durften der Abwechslung halber ihre Sachen einmal selbst tragen. Vor einem einstmals großen Anwesen, von dem noch die Stallungen standen, bleib er stehen und pfiff laut auf zwei Fingern. Nichts regte sich.

„Die sind alle geflohen. Ich kennen aber die Örtlichkeiten. Folgt mir!“

Sie gingen in eine Scheune, in der sie einige Putzlumpen und Reste von Stroh fanden. Sie rieben die Pferde ab, bis sie wieder trocken waren und aufhörten zu zittern.

„Seid vielmals bedankt!“ Die beiden Reisenden verabschiedeten sich von ihrem Fährmann.

# 7 Eine folgenschwere Unterredung

Die Reiter passierten Hilwartshausen und Gimte. Zunächst kamen zwei kleine Inseln in Sicht. Zur Weser vereinigten sich hier die Flüsse Werra und Fulda. Sie bildeten eine Landzunge, auf der die Stadt Münden mit ihren Häusern, Kirchen und dem Schloss lag, geschützt von der umlaufenden Stadtmauer mit ihren Wehrtürmen. Hinter der nächsten Wegbiegung lag vor ihnen die Vorstadt Blume, die unbefestigt war. Von dort führte die alte steinerne Werrabrücke direkt zu einem der Stadttore. Auf der östlichen Werraseite wurde der Brückenkopf von einem Tor geschützt. Das Bauwerk wirkte wie eine kleine vorgelagerte Festung mit Laufgängen und Wehrtürmen. Großenteils war auch die Werrabrücke selbst überdacht.

„Wir sind am Ziel unserer Reise," stellte Meinhard fest. „Hier wollt Ihr also den Stadtkommandanten, den Obristen von Lawis treffen und ihn überreden, die Stadt Münden an die Truppen unseres Generals Tilly zu übergeben, ohne Zerstörung, ohne Blutvergießen!"

Der Rittmeister nickte stumm. Sein Mund war plötzlich trocken, sein Hals zog sich leicht schmerzhaft zusammen. Er wandte den Blick von den Stadtbefestigungen ab.

„Das Beste wird sein, Meinrad, wenn Ihr hier mit unseren Pferden und der Ausrüstung auf mich wartet."

„Es wäre allenfalls das Zweitbeste, denn eine Hilfe werde ich Euch in diesem Falle nicht sein können! Ich gehe mit in die Stadt!"

Von Falkenburg sah ihn skeptisch an. „Bei der Unterredung werdet Ihr ohnehin nicht anwesend sein. Bleibt hier und wartet auf mich!"

„Ihr werdet mir nicht befehlen, Euch allein dorthin gehen zu lassen!" Der Blick, die ganze Haltung Meinrads verrieten dem Rittmeister, dass sein Diener es notfalls rundheraus ablehnen würde, einem solchen Befehl Folge zu leisten.

„Wenn es Euer ausdrücklicher Wunsch ist, kommt mit!"

Meinrad nickte. „Verratet Ihr mir, warum wir uns der Stadt von der Ostseite her genähert haben?"

„Dafür gibt es zwei Gründe. Zum ersten ist Münden nicht über die Fulda zu erreichen. Es gibt dort merkwürdigerweise keine Brücke, soweit ich weiß. Es führt nur ein Übergang auf eine der Flussinseln, aber nicht auf das westliche Fuldaufer! Wir müssten noch etliche Meilen flussaufwärts reiten, um dann auf der anderen Seite der Fulda zurückzukommen!"

„Und der zweite Grund?"

„Es macht es schon Sinn, aus dieser Richtung zu kommen, weil wir uns zunächst als Abgesandte des Dänenkönigs ausgeben werden!" erwiderte von Falkenburg.

„Ob das solch eine gute Idee ist?"

„Darüber habe ich lange nachgedacht. Als reisende Kaufleute wecken wir nicht unbedingt das Interesse des Stadtkommandanten. Er wird uns möglicherweise nicht empfangen. Abgesandten des Grafen Tilly wird er ein Gespräch rundweg abschlagen. Nur als Kuriere Christians sind wir für ihn interessant. Da der Däne mit seinem Heer in Wolfenbüttel liegt, müssen wir uns aus Gründen der Glaubwürdigkeit der Stadt von Osten nähern. Im Gespräch mit dem Obristen werde ich unsere Identität wie auch die Beweggründe ohnehin offen darlegen müssen."

Als sie im Schein der Abendsonne die letzte Viertelmeile zum Brückenvorwerk zurücklegten, erklang von einem der Wehrtürme ein kurzes Fanfarensignal. Musketenläufe schoben sich aus den Schießscharten der Laufgänge. Von der Stadtseite her war ein Antwortsignal zu hören. Eine

Klappe im Brückentor öffnete sich. Der behelmte Kopf eines Stadtwächters erschien. „Ihr wünscht!"

„Wir sind Abgesandte des dänischen Königs mit wichtiger Meldung für Euren Stadtkommandanten von Lawis!"

„Eure Beglaubigungen!"

„Wir sind Euch keinerlei Ausweis schuldig!"

„Dann bleibt Ihr draußen!"

„Ihr werdet gewaltigen Ärger bekommen. Informiert umgehend den Obristen. Er wird uns empfangen!"

„Ihr wartet!" Die Klappe wurde geschlossen. Gleich darauf verließ ein Stadtwächter eiligen Schrittes den hinteren Ausgang des Vorwerks und lief über die Brücke. Er entschwand den Blicken der beiden Reiter, als er den überbauten Teil des Brückenwerkes erreichte.

Die Zeit verrann. Die Sonne stand schon recht tief. Endlich erschien der Wächter wieder und informierte den Wachtmeister des Vorwerks. Die Wächter öffneten einen Flügel des Brückentores.

„Ihr werdet erwartet. Waffen und Pferde übergebt Ihr der Stadtwache!" Von Falkenburg und Meinrad schwangen sich auf ihre Pferde, durchquerten das Vorwerk und ritten über die Werrabrücke. Das Stadttor war unterdessen schon geöffnet worden. Zwei Soldaten traten ihnen in den Weg. „Der Wachtmeister hat Euch instruiert?"

Die beiden Reiter stiegen ab und übergaben ihre Waffen. Durchsucht wurden sie nicht. Das Messer im Stiefelschaft des Rittmeisters blieb folglich unentdeckt. Ein Wächter nahm die Zügel der Pferde. „Sie werden versorgt und abgesattelt. Das Gepäck schaffen wir in Euer Quartier."

Ein Hauptmann trat zu ihnen. „Wenn ich die Herrschaften bitten darf, mir zu folgen. Der Oberst erwartet Euch!" Von Falkenburg und sein Diener schauten sich an.

Es schien zu funktionieren. Sie verließen das Torhaus und bogen nach rechts in die Gasse ab.

„Nach Norden!“ murmelte von Falkenburg in Gedanken. Hier waren die Häuser direkt an die Stadtmauer gebaut. Von der anderen Werraseite hatten sie die Gebäude gesehen, die in einer ganzen Reihe hoch oben an der Mauer thronten. Mitunter verbanden Wehrgänge die Häuser. An zwei Stellen änderte die Stadtmauer ihre Richtung. Wehrtürme, die mit Kanonen bestückt waren, standen an diesen strategischen Stellen.

„Interessiert Ihr Euch für unsere Befestigungen!“ fragte der Stadthauptmann, dem die aufmerksamen Blicke von Falkenburgs nicht entgangen waren.

„Da ich dem Heer Christians angehöre, interessiert mich jegliche Armierung!“

Der Hauptmann nickte, er gab sich mit der Erklärung des Rittmeisters zufrieden.

„Hier ist es, das Haus des Kommandanten,“ sagte ihr Begleiter und deutete auf ein großes viergeschossiges Bauwerk. Er betätigte den Türklopfer. Die Haustür öffnete sich, mehrere Stadtwächter erschienen. Der diensthabende Offizier wandte sich an Meinrad: „Ihr seid der Diener?“

„Diener meines Herrn, des Rittmeisters von Falkenburg!“ bestätigte dieser.

„Von Falkenburg?“ erklang eine Stimme aus dem Hauseingang. „Ist mir gar nicht vorgekommen im Heere Christians! – Wenn ich mich vorstellen darf, Oberst von Lawis, ich bin der Stadtkommandant! Ich hoffe, Ihr bringt mir gute Kunde von unserem Verbündeten!“

Der Rittmeister musterte den kräftigen, ein wenig beleibten und leicht rotgesichtigen Mann, der vor ihm stand und den er doch nur aus den Beschreibungen des Grafen Anholt kannte. Listig und verschlagen sei er, geradezu unberechenbar, hatte der Graf ihn gewarnt. Der

Oberst gab sich leutselig: „Lasst uns in mein Dienstzimmer gehen. Euer Diener bleibt einstweilen in der Wachstube!"

Den vorsichtigen Einwand von Falkenburgs ließ er nicht gelten. Mit einer Handbewegung geleitete der Oberst seinen Gast zur Treppe. „Meine Räumlichkeiten sind im obersten Stockwerk, dort ist der Ausblick am besten!"

Mehrere Treppen mussten sie steigen, bis die Räume des Obristen erreicht waren. Das große Zimmer, welches sie betraten, war mit wundervollen Nussbaummöbeln italienischer Herkunft eingerichtet. An den Wänden hingen Bilder und Gobelins. Der Dielenboden wurde von mehreren wertvollen Teppichen verschönt. Zwei bleiverglaste Fenster boten Ausblick auf die Werra, die in der Abendsonne glitzerte. An der Innenwand des Raumes befand sich ein großer Kamin, in dem das Feuer brannte. Der Rittmeister zog seinen Mantel aus. Ein Diener kam herein und zündete die Kerzen des schweren Lüsters an. Der Rittmeister staunte: „Alle Achtung, Ihr versteht zu leben!"

Der Obrist lachte: „Warum nicht, schließlich ist es meiner Stellung gemäß. Nehmt Platz und verratet mir die Botschaft unseres werten Königs!" Er deutete auf mehrere schwere Sessel, die um einen großen runden Tisch gruppiert waren. Nachdem Falkenburg seinen Mantel auf den benachbarten Sessel gelegt hatte und seiner Aufforderung nachgekommen war, nahm Oberst von Lawis ihm gegenüber Platz. Der Diener verließ den Raum und schloss die Tür hinter sich.

„Nun, verehrter Oberst," begann der Rittmeister ein wenig zögernd. „Die Angelegenheit verhält sich ein wenig anders, als sie sich Euch zunächst darstellte."

„Falkenburg, Ihr macht es spannend!"

„Zunächst möchte ich Euch eine Frage stellen. Würdet Ihr auch Abgesandten des Grafen Tilly eine Unterredung gewähren?"

„Wollt Ihr mich auf meine Loyalität gegenüber der protestantischen Sache hin prüfen? Wie Ihr vielleicht wisst, wurde ich einmal durch Gefangennahme zum Fahnenwechsel gezwungen. Wenn ich die Situation auch durch Flucht ändern konnte – ein gewisser Makel scheint mir geblieben. Rechenschaft darüber bin ich Euch allerdings nicht schuldig!"

„Natürlich nicht!"

„Um Eure Frage zu beantworten – nein, ich wüsste nicht, was ich mit den Ligistischen, den Papisten zu schaffen hätte!"

„Wem fühlt Ihr Euch mehr verpflichtet, dem Wohle der Stadt Münden oder der protestantischen Sache?"

„Beides ist für mich untrennbar miteinander verbunden!"

„Wäret Ihr ungehalten, wenn Ihr bereits mit einem Gesandten des Grafen Tilly sprecht?"

Der Oberst schoss förmlich aus dem Sessel hoch: „Ich habe es geahnt," rief er mit erregter Stimme. „Mir schien es vorhin schon merkwürdig, dass ich Euch und Euren Namen nicht kannte!"

„Nun, als General Fuchs von Bimbach wäre ich wohl kaum durchgegangen!" versuchte der Rittmeister die angespannte Situation ein wenig zu entschärfen.

„Seit nicht albern, von Falkenburg oder wie auch immer Ihr heißen mögt. Was wollt Ihr?"

„Mein Name lautet Mathias Graf von Falkenburg, Rittmeister im Kavallerieregiment des Grafen zu Altenberg. Ich bin hier, um Euch Vorschläge des Grafen Tilly zu unterbreiten!"

„Ich soll den Verräter geben? Schlagt Euch das aus dem Kopf!"

„Hättet Ihr die Güte, Euch meine Vorschläge anzuhören!"

„Zunächst möchte ich Eure Legitimation sehen!"

„Ich bin gekommen, um mit Euch ein Gespräch zu führen!"

Der Oberst lief rot an: „Hört auf, mich zum Narren zu halten!" Von Lawis schrie so laut, dass der draußen verweilende Diener die Tür öffnete: „Kann ich etwas für Euch tun, Oberst?"

„Nein, schließt die Tür!" Obrist von Lawis setzte sich wieder und fuhr in gemäßigterem Tonfall fort: „Ich wüsste nicht, wozu das gut sein sollte!"

„Wir sind uns sicher einig, dass es besser ist, miteinander zu sprechen als aufeinander zu schießen, Herr Oberst!" Mathias von Falkenburg fühlte sich plötzlich, als würde der Sessel unter ihm schwanken.

„Unser kleinster gemeinsamer Nenner sozusagen," antwortete der Obrist. „Nun gut, dann sprecht!"

„Um gleich auf den Punkt zu kommen, Ihr müsst uns nicht mögen, aber Ihr solltet Euch mit uns arrangieren. Mit Verrat hat das nichts zu tun. Unser General Tilly hat ein lebhaftes Interesse daran, die Stadt Münden auf Grund ihrer besonderen Lage mit einer Garnison zu versehen, friedlich versteht sich!"

„Das hat der liebe Tilly, besser gesagt einer seiner Offiziere, der Mortaigne mitsamt zweier Kompagnien schon einmal versucht. Erst hat er gebeten, dann wurde er ein wenig gewalttätig, schlussendlich bekam er die Treffsicherheit unserer Artillerie zu spüren. Das war wohl nichts mit dem Handstreich!"

„Es war eine Eigenmächtigkeit des Offiziers!"

„Wer sagt mir denn, dass diese Unterredung nicht E u r e r Eigenmächtigkeit entspringt! Oder wie soll ich Eure fehlende Legitimation sonst deuten?"

„Die schriftliche Festlegung der Bedingungen zum Accord, der friedlichen Übergabe erfolgt zu einem späteren Zeitpunkt!"

„Es wird keine Übergabe geben. Und nun sage ich Euch einmal die Gründe! Euer General Tilly ist gar nicht mehr in der Lage zu einer gewaltsamen Wegnahme Mündens. Zur Erstürmung fehlen ihm die notwendigen Truppen. Sie sind über das Weserbergland, ja bis nach Hildesheim und ins Harzvorland verstreut, teils ohne vernünftige Winterquartiere! Jeder Tag bringt ihm neue Verluste durch Seuchen und Desertionen. Die Zeit ist auf unserer Seite, verehrter Falkenburg, zumal die Versorgungslage für Tillys Armee katastrophal ist. Praktisch kein Versorgungstreck kommt noch zu Euch durch. Warum also sollten wir accordieren? Ich sehe gar keinen Anlass!"

„Ich möchte mich mit Euch arrangieren," nahm der Rittmeister einen erneuten Anlauf. „Daher frage ich nicht, ob Ihr bei den Treckverlusten Eure Hand im Spiel habt!"

„Daran tut Ihr gut!" Der Oberst lächelte boshaft.

„Oberst von Lawis, Ihr seid ebenso Offizier wie ich und auf Grund Eures Lebensalters der Erfahrenere. Ihr werdet mir in der Beurteilung unseres Generals Tilly zustimmen, dass er der erfolgreichste Heerführer in diesem Kriege ist. Bis auf die Bataille von Mingolsheim 1622 hat er sämtliche großen Schlachten gewonnen. Glaubt mir, im Frühjahr wird Graf Tilly mit verstärkter Armee marschieren und sein Ziel wird Münden sein!"

„Ah, nun wollt Ihr drohen! Euer General wird nicht kommen, er ist am Ende. Nicht einmal Wallenstein unterstützt ihn, obwohl er doch angeblich für die selbe Sache kämpft!"

„Graf Tilly wird schon deshalb kommen, weil er gar nicht anders kann. Er braucht die Stadt Münden auf Grund ihrer strategischen Lage, um seinen Nachschub über die Flüsse zu sichern!"

„Wir ziehen die protestantischen Truppen hier zusammen und setzen auf die längst überfällige Entscheidungsschlacht," erwiderte der Oberst.

„Ich muss erkennen, dass Ihr meinen vernünftigen Gründen für eine friedliche Übergabe partout nicht zugänglich seid."

„Wenigsten darin sind wir uns einig," bemerkte der Oberst ironisch.

Einen allerletzten Versuch unternahm der Rittmeister dennoch: „Ich werde den Bürgermeister von Münden, den ehrenwerten Christof von Mengerhausen um eine Unterredung bitten, wenn Ihr nicht mitzieht!"

Oberst Lawis lachte schallend: „Was versprecht Ihr Euch davon? An den Bürgermeister könnt Ihr Euch wenden, wenn Ihr einen Marktstand errichten wollt. In militärischen Dingen bin einzig ich allein der Verantwortliche! Merkt Euch das!"

Von Falkenburg erhob sich. „Schade, aber den Versuch war es wert. Ich werde jetzt gehen und den Bürgermeister aufsuchen!"

Oberst von Lawis stand ebenfalls auf, ging in Richtung der Tür, drehte sich um und versperrte dem Rittmeister den Weg: „Nirgendwo werdet Ihr hingehen, am allerwenigsten zu Mengershausen. Der findet noch Gefallen an Euren Hirngespinsten!"

Der Oberst riss seinen Degen heraus und richtete ihn auf den Rittmeister: „Es tut mir leid für Euch und Euren Diener, aber lebend werdet Ihr Münden nicht verlassen!" Von Lawis ging langsam rückwärts zur Tür.

„Geht man derart mit Parlamentären um?" Von Falkenburg rechnete sich mit seinem im Stiefelschaft verborgenen Messer keine Chance aus.

„Ihr seid keine Unterhändler, ihr seid Spione!"

Mit der Reaktion von Falkenburgs hatte der Oberst allerdings nicht gerechnet. Einen direkten Angriff des Rittmeisters hätte er abwehren können. Der jedoch bückte sich blitzschnell, packte mit beiden Händen den Teppich, auf dem von Lawis stand und riss mit aller Kraft daran. Der Oberst verlor den Halt und schlug rücklings mit dem Kopf auf dem Kaminsims auf. Benommen bleib er liegen. Von Falkenburg überlegte blitzschnell. Den Obersten abstechen? Die Treppen hinunter zu Meinrad? Dort war die Wachstube mit einem guten Dutzend Soldaten. Selbst wenn er sie täuschen konnte, spätestens am Stadttor wäre ihre Flucht zu Ende. Der Rittmeister streifte seinen Mantel über, sprang mit wenigen Sätzen zum Fenster, öffnete es und schwang sich auf das äußere Fensterbrett. Er schaute hinunter. Wohl vierzig oder fünfzig Ellen ging es hinab. Tief unter sich erblickte er das Kiesbett der Werra. Etwa eine gute Mannslänge unterhalb bildete die Stadtmauer, an die das Haus gebaut war, einen schmalen Vorsprung. Der Rittmeister hängte sich an das Fensterbrett und ließ sich hinabgleiten. Mit den Zehenspitzen ertastete er den Mauervorsprung, auf dem er zum Stehen kam. Geringste, kaum greifbare Vorsprünge im Balkenwerk der Hausmauer mussten als Halt dienen. Während er sich – nur weg von der nahen Werrabrücke – in nördlicher Richtung voran arbeitete, hörte er durch das offene Fenster ein Poltern. Der Oberst war wieder zu sich gekommen und brüllte aus Leibeskräften: „Haltet ihn. Er ist ein papistischer Spion!"

*Warum hast du den Lawis nicht umgebracht, nachdem er gestürzt war!*
*Einen Bewusstlosen abstechen?*
*Hätte der Stadtkommandant im umgekehrten Falle Skrupel gekannt?*
*Du bist ein Narr!*

So schnell es nur eben auf dem schmalen Vorsprung ging, arbeitete von Falkenburg sich an der Hauswand entlang. Er hatte schon ein gutes Stück zurückgelegt, als der erste Schuss fiel. Die Mauer machte eine leichte Biegung. So war er wenigstens vorerst aus dem Schussfeld. Wie kam er nur aus dieser schwindelnden Höhe herab, ohne sich alle Knochen zu brechen? Er konnte nicht immer weiter laufen. Irgendwann würde dieser schmale Vorsprung enden oder er käme an einen der Wehrtürme. Von Falkenburg verweilte einige Zeit hinter einem Hauserker. So sehr er nachdachte, ihm fiel kein Ausweg ein. Also bewegte er sich noch ein kurzes Stück auf dem Mauervorsprung weiter. Unten am Ufer der Werra kam eine große Trauerweide in Sicht. Wer ließ denn solch einen Baum im Befestigungsbereich stehen, noch dazu direkt an der Stadtmauer? Weitere Schüsse hallten. Eine Kugel streifte ihn leicht am Arm. Mittlerweile musste der halbe Stadtring in Aufruhr sein. Tief unter ihm stand die Trauerweide. Von Falkenburg sprang mit dem Mut der Verzweiflung, umklammerte im Fallen seine Beine und schlug in den Wipfel ein. Die Zweige bremsten ihn, aber der Aufprall auf die ersten Äste verursachten höllische Schmerzen. Mehrfach überschlug er sich in dem Baum und landete schließlich aufstöhnend im Flusskies. Ob überhaupt noch irgend etwas in ihm ganz war? Mühsam, unter Aufbietung aller Kräfte rappelte er sich auf. Wenigstens schien er sich nichts gebrochen zu haben. Er taumelte an der Stadtmauer entlang. Hier war er gefangen, wie kam er nur von der Halbinsel herunter?

Oberst von Lawis war oben in seinem Zimmer wieder auf die Beine gekommen. Auf sein Geschrei hin stürmten mehrere Stadtwächter zum Fenster und schossen mit Pistolen hinter dem Flüchtenden her. Der Oberst stürmte die Treppen hinab. Im Erdgeschoss bei der Wachstube zeigte er auf den dort wartenden Hans Meinrad und herrschte die Soldaten an: „Nehmt ihn fest, er ist ein papistischer Spion!"

Meinrad sprang auf und versuchte noch, zur Tür zu gelangen, aber es war zu spät. Unter den zahlreichen Hieben mit Musketenkolben brach er stöhnend zusammen.

Von der Werrabrücke her erklang lautes Geschrei. Der Rittmeister drehte sich um. In dem bebauten Teil der Brücke war ein Fenster geöffnet worden. Mehrere Soldaten hoben eine leblose Gestalt über das Sims und ließen sie ins Wasser fallen. Musketenschützen gingen auf dem offenen Brückenteil in Stellung und eröffneten das Feuer. Weiter, weiter! Ein Fischerboot lag umgedreht auf dem Kies. Aber es war nur das traurige Zeugnis einer Havarie. Ein großes Loch klaffte im Boden des Kahns. Spärliches Schilf, angetriebenes Holz. Nein, das war ein ganzes Floß, wenn auch arg lädiert. Darauf lag noch die Stange des Flößers. Von Falkenburg mühte sich, das schwere Gebilde ins Wasser zu schieben, aber es saß mit einem Ende fest. Er schob, zerrte, riss mit aller Kraft. Das Floß ruckte, dann lag es wieder auf. Das Geschrei wurde lauter. Soldaten waren auf Mündener Seite von der Werrabrücke herabgestiegen und näherten sich. Weitere hatten sich auf den Werder, der kleinen Insel in der Werra nahe dem Brückenvorwerk abgeseilt. In seiner Not bot der Rittmeister schier übermenschliche Kräfte auf. Das Floß bewegte sich, es kam frei. Von Falkenburg schob, die Schmerzen von seinem Sturz spürte er nicht. Er lief ins Wasser, warf sich auf das Gefährt und stakte es mit der langen Stange auf die Werra hinaus. In geringer Entfernung, mitten in der Strömung trieb etwas vorbei. Im letzten Dämmerlicht erkannte er den leblosen Körper, den die Soldaten vorhin ins Wasser geworfen hatten. Mein Gott – es war Meinrad, sein Diener. Sie hatten ihm den Schädel zertrümmert. Von Falkenburg warf sich aufstöhnend rücklings auf das Floß. Hätte er doch nur darauf bestanden, dass sein Diener am anderen Flussufer auf ihn wartete, er könnte noch leben. Das Floß nahm allmählich Fahrt auf. Viel zu langsam, denn immer noch wurde auf ihn geschossen. Eine aus weiter Entfernung abgefeuerte Kugel traf ihn am Stiefel, schlug aber nicht durch. Während das Floß nun zwischen den beiden Flussinseln trieb, erreichten die Soldaten auf Mündener Seite die Spitze der Stadthalbinsel unterhalb des Pulverturms. Sie setzten die Musketen an und feuerten eine ganze Salve ab. Mehrere Kugeln schlugen in das Floß, andere pfiffen über den Rittmeister hinweg. Plötzlich raste etwas Glühendes durch sein Gesicht. Es wurde ihm rot vor den Augen. Etwas Klebriges, Nasses lief ihm in den Mund. Blut, überall Blut. Dann kamen die Schmerzen, überwältigend und übermächtig. Als Letztes vernahm er noch das Rauschen und Gurgeln des Wassers, dann verlor er das Bewusstsein. Das Floß glitt an der letzten Insel, dem Tanzwerder vorbei und erreichte den Zusammenfluss von Werra und Fulda zur Weser. Lautlos verschwand das Gefährt mit dem Rittmeister in der Dunkelheit.

Dies geschah am 14. Dezember des Jahres 1625.

## 8 Der Bürgermeister

Christof von Mengershausen war Bürgermeister der Stadt Münden. Er entstammte einem alten Familiengeschlecht, das der Stadt immer wieder Ratsherren und sonstige Würdenträger gestellt hatte. Ahnungslose Zeitgenossen hätten dem kleinen, fast zierlich wirkenden Mann kaum Beachtung geschenkt. Zu unscheinbar wirkte er auf den ersten Blick. Man unterschätzte ihn leicht. Auf dem Gebiet der Juristerei aber lief er regelmäßig zur Hochform auf. Strafrecht, Verwaltungsrecht, Reichsrecht, das waren die Felder, auf denen er sich mit seinen Gegnern zu schlagen pflegte. Hervorragend konnte er agieren, glänzend parieren, berühmt war er für seine Wortgewalt. Sein vorrangiges Ziel war es, die Bürger der Stadt Münden, die ihn im vollen Vertrauen auf seine Fähigkeiten zu ihrem Bürgermeister gemacht hatten, möglichst unbeschadet durch die Zeitenläufe zu führen. Von Mengershausen verabscheute Gewalt und Fanatismus jeglicher Art derart, dass er als erstes nach seinem Amtsantritt einige Hexenprozesse mit hervorragenden juristischen Schriftsätzen, die keiner widerlegen konnte, hatte unterbinden lassen. Einer der seltenen Momente, in denen der Bürgermeister jedoch nachgeben musste, war jener, als sein Landesherr, der Herzog Friedrich Ulrich zu Braunschweig-Lüneburg intervenierte und mit Hinweis auf seine Bündnispflichten einer dänischen Garnison die Tore Mündens öffnen ließ. Der Bürgermeister empfand dies als gefährliche Zuspitzung der Lage, hatte doch sein Landesherr bereits im August des Jahres 1624 dem General der katholischen Liga, Graf Tilly persönlich seine Neutralität versichert. Diese Unterredung hatte auf dem Schloss zu Münden stattgefunden.

Von Mengershausen war aufs Höchste alarmiert, als er von der Schießerei am Vorabend erfuhr. Nachdem ihm der Hauptmann der Stadtwache am Werrator nichts genaues sagen konnte – der Bürgermeister hatte allerdings gleich den Eindruck gehabt, er wollte nichts sagen – ließ er den Obristen von Lawis zur Unterredung bitten. Von Mengershausen hatte eine tiefe Abneigung gegen den Obersten, den ihm sein Landesherr und der Dänenkönig mitsamt seiner Garnison einfach hergeschickt hatte. Eine Unterredung mit diesem unsäglichen rotgesichtigen, zur Gewalttätigkeit neigenden Obristen - sie musste sein.

„Den Obristen von Lawis darf ich melden, verehrter Herr Bürgermeister!" kündigte sein Sekretär den Besucher an.

„Ich lasse bitten!" entgegnete von Mengershausen, der am Fenster seines Dienstzimmers im Rathaus zu Münden stand. Dem eintretenden Obristen wandte er zunächst den Rücken zu.

„Seid gegrüßt, Bürgermeister!"

Allein schon diese Stimme! Von Mengershausen drehte sich herum.

„Oberst von Lawis, Kommandant in unserer Stadt, seid gegrüßt und nehmt Platz!"

Von Lawis setzte sich: „Was gibt's, Mengersen?"

Diese höchst gewöhnliche Ausdrucksweise! Der Bürgermeister, der sonst ein gutes Maß an Selbstbeherrschung aufbrachte, schrie es förmlich heraus:

„Für Euch immer noch Bürgermeister von Mengershausen, Herr Oberst!"

„Ist ja gut, regt Euch ab!"

Hatte der dänische König keine Offiziere mit besseren Umgangsformen, dass er ihm ausgerechnet diesen Flegel hier auf den Hals schickte?

„Also, Herr Bürgermeister, worum geht's?"

„Herr Oberst, was ist gestern Abend auf der Werraseite vorgefallen?"

„Oh, nichts besonderes! Zwei papistische Spione hatten sich unter einem Vorwand eingeschlichen. Es gelang mir nach kurzer Zeit, die beiden zu entlarven. Der eine konnte entkommen, der andere kam beim Fluchtversuch ums Leben!"

„Welcher Art war ihre Spionage?"

„Sie gaben vor, Kuriere des Dänenkönigs zu sein, interessierten sich aber vor allem für unsere militärischen Befestigungen. Zur Rede gestellt, wollte mich der Hauptverdächtige zum Verrat überreden! Ich sollte die Stadt an Tilly übergeben!"

„Ihr habt natürlich abgelehnt!"

„Natürlich!"

„Kann es nicht vielmehr sein, dass die beiden Unterhändler waren!"

„Es waren Spione!"

„Herr Oberst, Ihr wollt mir doch nicht weismachen, dass zwei Kuriere, so will ich sie einmal nennen, von denen der eine sogleich eine Unterredung mit Euch führte, vermeintliche Spione waren?"

„So war es!"

„Spione, von denen einer umgehend seine wahre Identität und Absicht preisgab? Oberst, das ist unglaubhaft, Eure Argumentation hält nicht der einfachsten Prüfung stand!"

„Denkt, was Ihr wollt!"

„Ich will Euch sagen, was ich denke! Ihr habt zwei Parlamentären, auch wenn sie vielleicht unter etwas merkwürdigen Umständen zu Euch kamen, Gewalt angetan, den einen sogar umbringen lassen!"

„Man hat ihn nur an der Flucht gehindert!"

„Herr Oberst, Ihr wollt mir also weiterhin weismachen, dass Unterhändler, die nach allgemeinem Recht freien Zutritt und ebenso freien Abgang beanspruchen dürfen, es plötzlich nötig haben, die Flucht zu ergreifen?“

Oberst von Lawis fehlten die Worte. Dieser Mengershausen, dieser verdammte kleine Wicht, er hatte ihn durchschaut.

Christof von Mengershausen ging zur Tür und rief nach seinem Sekretär: „Der Herr Oberst möchte gehen. Begleitet ihn bitte hinaus!“ Und zum Obristen gewandt: „Ich habe genug erfahren. Ihr habt meine schlimmsten Befürchtungen bestätigt!“

## 9 Der Feldarzt

Mathias von Falkenburg dämmerte irgendwann wieder ins Bewusstsein zurück. Er fror und sein gesamter Körper schmerzte. Das Gesicht brannte wie Feuer. Er versuchte, die Augen zu öffnen. Es gelang ihm nicht. Nur hören konnte er etwas. Es klang wie das Rauschen von Wasser, das sanfte Plätschern von Wellen. Er streckte die Hände aus. Mit der linken schlug er gegen etwas, das sich wie Holz anfühlte. Mit der rechten landete er im Wasser. Allmählich stellte sich die Erinnerung wieder ein. Der Obrist, die missglückte Unterredung, die Flucht, Meinrad, mein Gott Meinrad, sie hatten ihn umgebracht. Und ihm war eine Musketenkugel durchs Gesicht gefahren. Von Falkenburg hatte unerträgliche Schmerzen. Merkwürdig, dass er überhaupt noch lebte. Der Rittmeister schöpfte mit einer Hand etwas Wasser und ließ es sich über die Augen laufen. Er wiederholte den Vorgang noch einige Male und rieb die Lider. Schließlich konnte er seine Augen öffnen. Sie waren blutverkrustet gewesen. Das Licht blendete ihn, obwohl es schon später Nachmittag zu sein schien. Nur allmählich gewöhnte er sich daran. Der Rittmeister schaute sich um. Er lag immer noch auf dem Floß. Es war ans Ufer getrieben, irgendwo. In einiger Entfernung sah er ein paar Gehöfte. Mathias von Falkenburg wusste weder, wo er war, noch wie lange er sich schon in dieser Lage befunden hatte. Es war kalt, aber er war wenigstens nicht durchnässt. Der Hunger machte sich bemerkbar. Was war mit seinem Gesicht passiert? Der Rittmeister setzte sich auf und beugte sich über das Wasser. Der Anblick seines Spiegelbildes ließ ihn entsetzt zurückfahren. Das sollte er sein? Wo sich vormals seine Nase befunden hatte, klaffte jetzt ein blutiges Loch. Es war nur noch ein Stumpf zu sehen. Man hatte ihm die Nase weggeschossen! Stöhnend legte er sich wieder auf das Floß. Der Hunger meldete sich erneut, er wurde stärker. Der Durst wurde quälender, seine Mundhöhle war trocken und die Zunge klebte am Gaumen. Wieder beugte er sich über das Wasser. Mit beiden Händen schöpfte er und trank, trank, trank … . Von Falkenburg hatte den Wunsch, den ganzen Fluss auszutrinken.

Er hörte jemanden singen, es schien ein Kind zu sein: „Wer bist du denn? Bist du ein Soldat?"

Der Rittmeister schaute auf. Vor ihm stand ein kleines etwa sechsjähriges Mädchen: „Nein, wie kommst du darauf?"

„Na, weil du so eine kaputte Nase hast. Soldaten, die aus dem Krieg kommen, sehen manchmal so furchtbar aus!"

„Nein, ich habe das Gegenteil versucht. Ich wollte, dass es friedlich zugeht. Aber die anderen wollten nicht. Nun sehe ich so aus!"

„Du wolltest Frieden machen?"

„Ja, so ähnlich!"

„Bist du ein Engel?"

„Wie kommst du darauf?"

„Na, dann bist du vielleicht der Friedensengel. Meine Mama hat gesagt, irgendwann kommt der Friedensengel und dann wird alles wieder gut. Aber ich glaube, du bist doch nicht der Friedensengel."

„Und warum nicht?"

„Ich weiß, wie Engel aussehen. Ich habe die Bilder in unserer Kirche gesehen, bevor die bösen Männer kamen und sie verbrannten. Die Engel sind viel schöner als du und haben nicht so eine kaputte Nase und Flügel haben sie auch. Und du hast keine!"

Der Rittmeister lachte trotz seiner Schmerzen. Vielleicht waren hier Leute, die ihm helfen konnten.

„Sag mal, wie heißt das Dorf hier?“ fragte er die Kleine, die ihn nach wie vor mit großen Augen interessiert betrachtete.

„Das Dorf heißt Vaake!“

Bei Vaake also war er gelandet. Der Ort lag etwa sieben Meilen von Münden entfernt.

„Weißt du, ob es hier Pferde gibt?“

„Du stellst aber komische Fragen. Mein Oheim, bei dem ich wohne, hat Pferde. Die sind aber versteckt, und ich darf nicht sagen, dass die dort hinten in dem Wäldchen stehen.“ Das Kind machte eine Handbewegung weserabwärts. „Du musst wissen, sonst kommen die Soldaten und nehmen sie einfach mit!“

Das Mädchen drehte sich um: „Oheim, Oheim, da liegt ein ganz merkwürdiger Mann auf einem Floß im Wasser!“ rief es im Davonlaufen.

*Bring es zum Schweigen!*
*Ein Kind? Ich bringe keine Kinder um!*
*Du wirst es bereuen, wenn du es nicht tust!*
*Es ist ein Kind!*
*Dir ist nicht zu helfen. Hättest du den Lawis abgestochen, Meinrad könnte vielleicht noch leben!*
*Ein mieser Vorwurf!*
*Aber ein wahrer!*
*Hier hilft dir niemand! Bring das Kind um!*
*Sonst werden sie dich jagen!*
*Und töten!*

Der Rittmeister fuhr hoch. Sein Kopf schmerzte, sein ganzer Körper. Er schaute sich um. Das Kind war verschwunden. Er musste sofort das Weite suchen! Mühsam stieg er vom Floß und lief, so schnell es sein Zustand eben zuließ, in die Richtung, die das Kind ihm gewiesen hatte. Die Pferdeweide auf einer Lichtung fand er, entdeckte aber auch den Wachposten, einen Bauern, der mit einer umgeschmiedeten Sense bewaffnet war. Die Pferde, die er bewachte, waren alles grobe Acker- und Karrengäule. Ein wenig abseits standen zwei Pferde von etwas feinerer Statur. Der Wächter ging gelegentlich hin und her und passierte dabei immer einen Baumstubben, der wieder ausgetrieben hatte. Jedes Mal, wenn der Wachposten ihm den Rücken zuwandte, näherte sich von Falkenburg ein wenig und legte sich zwischendurch wieder flach auf den Boden. Er hatte sein Ziel, den großen Baumstubben erreicht und duckte sich dahinter.

*Willst du ihn freundlichst überreden, dir ein Pferd zu leihen, du Narr?*
*Wenn du ihn nicht umbringst, macht er es mit dir! Du musst ihn überraschen.*
*So geschwächt, wie du bist, überstehst du keinen Zweikampf!*

Von Falkenburg zog sein Messer aus dem Stiefelschaft. Der Wächter ging vorbei. Der Rittmeister sprang auf. In diesem Moment drehte sich der Wächter um. Allem Anschein nach hatte er ein Geräusch gehört. Der Mann starrte ihn an und erschrak zu Tode, als er in das entstellte Gesicht des Angreifers schaute.

„Zu Hilfe, der Teufel!“ schrie er, so laut er konnte. Der Wächter kam nicht mehr dazu, mit der Sense zuzuschlagen. Der Rittmeister rammte ihm das Messer in die Brust. Der Wächter sackte zusammen. Aus glasigen, entseelten Augen starrte er ins Leere. Von Falkenburg riss sein Messer aus dem Leichnam.

*Das hast du gut gemacht. Du lernst hinzu!*
*Einen arglosen Bauern abzustechen, der nur sein Eigentum bewachte, ist keine Heldentat!*
*Argloser Bauer? Schau dir die Pferde da hinten einmal genauer an! Sein Eigentum?*

Der Rittmeister wischte sein blutiges Messer am Kittel des Toten ab und steckte es wieder in den Stiefelschaft. Er lief zu den entfernter stehenden Tieren. Es waren Reitpferde, ein Falbe und eine Fuchsstute. Er entschied sich für letztere, ging schräg von vorn auf das Tier zu und redete beruhigend darauf ein. Die Stute hob kurz den Kopf, fraß aber ruhig weiter von dem wenigen vertrockneten Weidegras. Der Rittmeister klopfte dem Pferd ganz sachte einige Male auf die Schulterpartie und legte seine Arme um den Hals des Tieres. Dann griff er mit der linken Hand in die Mähne, mit der rechten hielt er sich am Widerrist fest und schwang sich mit einem Satz auf den Rücken des Pferdes. Er war darauf gefasst gewesen, dass die Stute erschrecken und versuchen würde, ihn abzuwerfen. Aber nichts von alledem geschah. Er trieb das Tier mit Zungenschnalzen und leichtem Schenkeldruck an und lenkte es auf ein Gatter zu. Er hätte anhalten und das Weidetor öffnen müssen. Doch vom Dorf her näherte sich unter lautem Geschrei eine ganze Horde von Männern.

*Das Kind h a t dich verraten! Hättest du es nur abgestochen!*
*Niemals!*
*Sie scheinen keine Schusswaffen zu haben!*
*Was meinst du, wie Dreschflegel schmecken?*

Von Falkenburg setzte alles auf eine Karte. Er ritt das Gatter in einem Bogen an, damit das Pferd das Hindernis besser wahrnehmen und einschätzen konnte.

„Nun zeig, was du kannst, meine Gute!" flüsterte er der Stute ins Ohr, schlug ihr kräftig seine Stiefelabsätze in die Flanken und umfasste fest ihre untere Halspartie. Das Pferd schoss auf das Hindernis zu, überwand es in einem weiten eleganten Sprung, setzte federnd auf und verfiel in einen gleichmäßigen schnellen Galopp. Hinter ihm verhallte das Geschrei der Verfolger. Von Falkenburg ließ der Stute einfach ihren Willen und gab nur die Richtung vor. Wohin sollte er sich wenden? Holzminden war viel zu weit und Uslar lag auf der anderen Weserseite. Trendelburg war eine Möglichkeit. Er hoffte nur, dass es die kleine Garnison noch gab. Die Fuchsstute wurde langsamer. Im leichten Trab ging es dahin. Der Rittmeister orientierte sich an der Nachmittagssonne. Nach Nordwesten musste seine Route weisen. Seine zwischenzeitlich aufkommende Hoffnung, schon die Sababurg könne besetzt sein, zerschlug sich. Das alte Gemäuer lag verlassen im Reinhardswald. Seine Verletzung machte sich immer stärker bemerkbar. Obwohl die Stute ein ausgezeichnetes Reitpferd war und er den entsprechenden Rhythmus gleich gefunden hatte, ließen sich die gleichmäßigen Erschütterungen kaum noch aushalten. Das Reiten ohne Zaumzeug und Sattel erschwerte die Sache zusätzlich. Nun begann es auch noch leicht zu schneien. Nach einigem Suchen fand er den Weg über Friedrichsfeld. Der Weg führte hinab in das Tal der Diemel. Durchhalten, nur durchhalten. Gebe Gott, dass die Garnison noch existierte. Das Hämmern in seinem Kopf wurde unerträglich. Trendelburg, die Silhouette der Feste. Er ritt über die Diemelbrücke und den Burgberg hinauf zum Tor der alten Festungsanlage. Die Posten traten ihm in den Weg: „Halt, die Parole!"

Mit letzter Kraft antwortete der Rittmeister: „Ich bin Mathias von Falkenburg. Bringt mich zum Kommandanten ...," dann sackte er vom Pferd und fiel den erstaunten Wachposten buchstäblich vor die Füße.

Der Rittmeister lag in einem karg möblierten Raum auf einer Pritsche, die mit einem Strohsack gepolstert war. Man hatte ihn in eine Decke gehüllt. Von Falkenburg öffnete die Augen.

„Ah, Ihr lebt doch noch! Ihr habt zwei Tage lang geschlafen. Wir dachten schon, Ihr kämt gar nicht wieder zu Euch." Ein Offizier hatte die Worte an ihn gerichtet.

„Ich habe furchtbaren Durst und Hunger!"

„Natürlich!" Der Offizier ging zur Tür und gab einem der davor stehenden Wachtposten einige Instruktionen. Dann wandte er sich wieder an den Rittmeister: „Ihr erhaltet gleich das Notwendige! Im übrigen bitte ich um Verzeihung. Ich vergaß, mich vorzustellen. Ich bin Hauptmann Hassinger, stellvertretender Kommandant der hiesigen Garnison."

„Mathias von Falkenburg, Rittmeister im Regiment des Freiherrn zu Altenberg, unterwegs in besonderer Mission unseres Generals Tilly."

„Uns wurde angekündigt, dass möglicherweise zwei Kurierreiter bei uns auftauchen würden!"

„Mein Diener Hans Meinrad wurde erschlagen!"

„Das ist sehr bedauerlich. Ebenso verstehe ich, dass Ihr Euch nicht ausweisen könnt. Nichts desto weniger muss ich darauf bestehen, dass Ihr mir einen Beweis Eurer Identität gebt!"

„Wie soll ich das machen? Die Mission war und ist geheim!"

„Wir wurden per Order instruiert. Ich werde Euch einige Fragen stellen, die Ihr mir hoffentlich zu meiner Zufriedenheit beantworten könnt!"

„Meinetwegen!"

„Wie heißt der Ordonnanzoffizier unseres Generals?"

„Oberst Casselius!"

„Wie lautet des Name des Beichtvaters unseres Generals?"

„Pater Ansgar!"

„Welchem Orden gehört er an?"

„Er ist Jesuit!"

„In welcher Form und von wem erhieltet Ihr Eure Order?

„Als versiegeltes Schreiben von Oberst Casselius!"

„Eure Angaben stimmen, ich will Euch Glauben schenken. Ihr erfahrt hier alle notwendige Unterstützung. Zunächst will ich aber nach unseren Feldchirurgen schikken. Vielleicht kann er etwas für Euch tun."

Es klopfte an der Tür. Der Wachposten kam herein und brachte die Mahlzeit für den Rittmeister, über die dieser sich mit wahrem Heißhunger hermachte. Dann wandte er sich an Hauptmann Hassinger. „Als allererstes benötige ich Feder, Tinte, Papier und Siegellack mit Stempel. Ich muss umgehend unseren General benachrichtigen!"

„Kommt sofort." Der Hauptmann beauftragte wiederum den Wachposten.

Von Falkenburg richtete eine kurze Botschaft an den General Tilly. Er faltete und siegelte das Schreiben und übergab es dem Hauptmann mit der Bitte, sofort für die Beförderung per außerordentlichem Kurier zu sorgen.

„Rittmeister, eine letzte Frage." Hauptmann Hassinger war noch einmal zurückgekehrt.

„Woher nahmt Ihr Euer Pferd, diese Fuchsstute?"

„Die hatte ich nahe Vaake schlicht entwendet, einen Wächter umgebracht. Warum fragt Ihr!"

„Das Pferd trägt das Brandzeichen unserer Armee!"

Ein kleiner dicklicher Mann betrat das Zimmer. Er trug ein ungewöhnliches optisches Instrument an einer Schnur um den Hals, eine Brille. Solch ein Teil hatte von Falkenburg bisher nur bei einigen Mönchen und sonstigen Schriftgelehrten gesehen. Ein weiterer Mann von ausgesprochen hagerer Statur, augenscheinlich sein Gehilfe, schleppte dem kleinen Dicken einen großen Koffer hinterher.

„Seid gegrüßt, ich bin der Chirurgicus. Deventer mein Name. Ich soll mir einmal Eure Nase ansehen oder besser gesagt das, was von ihr noch übrig geblieben ist!" Deventer lachte, als hätte er einen köstlichen Witz gemacht. Er befestigte sein optisches Instrument auf der Nase, indem er die besonders geformten Haken dieses Gerätes hinter seine Ohren klemmte. Ganz nahe rückte er von Falkenburg und betrachtete dessen Wunde auf das Genaueste. „Eine Schussverletzung, keine Folge eines Hiebes! Ja, ich darf Euch gratulieren!"

War dieser Mann übergeschnappt, fragte sich der Rittmeister.

„Schaut nicht so entgeistert, Ihr seid wahrlich ein Glückspilz!" sagte der Chirurg mit strahlender Miene. „Hätte es Euch ein bisschen weiter hinten und drei Finger breit höher erwischt, Euer Augenlicht wäre hinüber gewesen. Eine knappe Handbreit tiefer und Ihr würdet jetzt ohne Unterkiefer herumlaufen."

Der Rittmeister wusste nicht, was er von diesem seltsamen Mann halten sollte, der zudem von einer unnatürlich guten Laune beseelt war..

„Habt Ihr schon einmal Menschen ohne Unterkiefer gesehen?" fuhr der Chirurg vergnügt fort. „Nein? Kommt auch nicht oft vor, wirkt aber schon eigentümlich. Sprechen und kauen können die Leute natürlich nicht mehr und die Suppe müssen sie sich in ihr offenes Schlundloch gießen! Außerdem gibt es beim Atmen hässliche gurgelnde Geräusche. Also, was ist dagegen schon eine weggeschossene Nase?"

„Wenn Ihr es so seht!“

„Nur so kann man es sehen! Vergesst Eure Nase und erfreut Euch an Augenlicht und Unterkiefer!“

Die Heiterkeit des Chirurgen kannte nun keine Grenzen mehr, der Gehilfe grinste ebenfalls und von Falkenburg überlegte sich ernsthaft, die beiden kräftig zu schütteln.

„Nun kommen wir zum ernsteren Teil der Sache,“ fuhr Deventer fort. Seine Heiterkeit war verschwunden, als hätte man eine Kerze ausgeblasen. „Die Wunde ist ausgezeichnet verschorft bis auf eine kleine Stelle. Dort ist eine Eiterblase zu sehen. Wenn mich nicht alles täuscht, steckt noch ein Knochensplitter in Eurem Nasenplatz! Das kann einen bösen Wundbrand geben. Wäre die Nase nicht schon weg, würde ich sagen, wir amputieren. Ihr müsst wissen, ich bin berühmt für meine Amputationen!“

„Na, dann holt den Knochensplitter eben heraus, wenn Ihr meint!“ antwortete von Falkenburg.

„Nun, ich empfehle hier meine bestens bewährte Branntweinmethode!“

„Die wäre?“

„Wir nehmen eine Flasche Branntwein, Ihr bekommt die gute Hälfte, innerlich versteht sich, ein Gläschen werde ich zu mir nehmen und die übrige Menge verteile ich vor und nach der Operation auf Eurer Wunde!“

Dieser Chirurgicus musste völlig von Sinnen sein! Andererseits hatte von Falkenburg das unbestimmte Gefühl, dass dieser merkwürdige Arzt genau wusste, was er tat. Derweil hatte der Famulus schon den Koffer geöffnet, eine Flasche entnommen, diese entkorkt und dem Chirurgen gereicht. Deventer genehmigte sich einen ordentlichen Schluck und reichte die Flasche an den Rittmeister weiter, der langsam zu trinken begann. Das Zeug brannte in seiner Kehle wie Feuer. Das mochte heiter werden!

„Halt, das genügt!“ Deventer nahm dem Rittmeister die Flasche ab. „Den Rest brauchen wir für die Wunde. Wisst Ihr, ich bin gar kein studierter Doctor, aber nach der Schlacht von Wimpfen waren so viele Verletzte zu versorgen, dass die Offiziere laut nach Badern und Freiwilligen riefen, die bei den anstehenden Operationen helfen sollten. Ich wurde einem gewissen Doctor Morteux zugeteilt. Das war ein Wallone oder Franzose. Dieser Doctor amputierte zerschossene Glieder ohne Unterlass, brannte die Stümpfe zu und streute bei einigen besonderen Fällen zur besseren Heilung pulverisierte Ameisen darauf. Es gibt hundert Ansichten, wie verfahren werden soll. Mir fiel nur auf, dass die mit Insektenpulver Behandelten fast samt und sonders dem Wundbrand erlagen, während von den anderen mehrere überlebten. Nachdem ich bei Doctor Morteux eine Zeit gearbeitet und gelernt hatte, erhielt ich die Erlaubnis, selbst als Feldarzt tätig zu werden. Ich habe über alle meine Fälle Buch geführt. Etwa ein Viertel der von mir Behandelten überstand die Prozedur. Eines Tages, als ich einem Patienten vor der Operation Branntwein einflößte, kippte mir die Flasche um. Der Inhalt ergoss sich auf die Wunde. Der arme Kerl schrie zwar wie am Spieß, weil es so höllisch brannte, aber er überlebte, obwohl es sich um einen sehr schwierigen Fall handelte. Er bekam keinen Wundbrand. Ich habe es daraufhin ausprobiert und den Alkohol nicht nur innerlich, sondern auch zur Reinigung der Wunden verwendet. Ich vermute, dass irgendwelche winzig kleinen Tierchen, die wir nicht sehen können, den Wundbrand verursachen. Der Branntwein bringt sie um! Ich habe mit meiner Methode sensationelle Ergebnisse erzielt. Etwa sechzig bis siebzig von hundert der von mir Behandelten überlebten. Ging mir der Branntwein aus, stieg die Zahl der Toten! Darum – ich schwöre auf meine

Methode! Man muss die Wunden nicht mit geriebenen Insekten bestreuen, sondern sauberhalten!“

Er ist d o c h verrückt, dachte von Falkenburg. So etwas hatte er noch nie gehört, während ihm die Methode mit pulverisierten Insekten bekannt war. Langsam begann der Alkohol seine Wirkung zu entfalten. Er nahm Deventer nur noch wie durch einen Nebel wahr. Der Famulus tupfte mit einem branntweingetränkten Lappen die Wunde ab. Dann reichte er dem Chirurgen ein Messer. Dieser hielt die Klinge in eine Kerzenflamme und begann vorsichtig, den Wundschorf an einer Stelle zu entfernen. Er schnitt ein wenig tiefer. Dem Rittmeister schien es, als würde ihm das Messer durch den Kopf gestoßen. Der Famulus schob ihm ein Beißholz zwischen die Zähne. Deventer griff nun zu einer winzigen Zange, die der Gehilfe vorher mit Branntwein abgerieben hatte. Ein leichter Ruck war zu spüren. Triumphierend hielt der Chirurg das kleine Werkzeug hoch: „Schaut, ein Knochensplitter. Ich sehe aber noch zwei weitere, die haben wir auch gleich!“ Anschließend drückte der Famulus dem Rittmeister ein trockenes Leinenstück auf die Augen: „Festhalten, damit Euch der Branntwein nicht hineinläuft!“

Von Falkenburg tat wie ihm geheißen. Der Gehilfe legte nun einen branntweingetränkten Lappen auf die Wunde – und der Rittmeister verlor das Bewusstsein.

„Macht nichts, der kommt wieder zu sich!“ kommentierte Deventer ungerührt den Zustand seines Patienten und wandte sich an seinen Famulus. „Reinigt seine Wunde noch einmal ordentlich und verbindet ihn!“

Dem Rittmeister ging es nach einigen Tagen deutlich besser. Der Famulus wechselte öfters seinen Verband. Der gefürchtete Wundbrand trat nicht auf. Innerlich tat der Rittmeister dem seltsamen Chirurgen Abbitte. Aber leicht verrückt schien Deventer doch zu sein. Was bezweckte er damit, sein Operationsmesser zuvor in die Kerzenflamme zu halten? Von Falkenburg hatte mehrfach Feldärzte bei der Arbeit gesehen. Die hatten mit blutbesudeltem Werkzeug einem Patienten nach dem anderen operiert. Da wurde nichts gereinigt. Winzige Tierchen, die den Wundbrand verursachen sollten! Wer hatte je von solch kruden Gedanken gehört? Die studierten Doctores hätten sich bestimmt nur mitleidig an die Stirn getippt!

Weihnachten war vorüber. Der Regimentspater hatte eine kleine Andacht gehalten und es gab eine Extraration Branntwein. Die Landschaft war tief verschneit und es war bitterkalt geworden Die Soldaten lagen in festen Quartieren. Essensvorräte und Brennholz hatten sie ausnahmsweise genug, während draußen im Lande diejenigen, denen sie diese Vorräte weggenommen hatten, auf jämmerliche Weise verhungerten und erfroren. Der Krieg war eingeschlafen. Kein General und Feldherr hätte es gewagt, seine Männer in den Kampf zu schicken. Die winterliche Witterung hätte ihr Heer binnen kürzester Zeit in ärgster Weise dezimiert. Bald begann die Zeit der Werber. Wenn im Frühjahr das Brennen und Morden erneut anging, mussten die durch Seuchen und Desertionen geschrumpften Heere wieder auf die volle Stärke gebracht worden sein. Gar mancher Bauer wollte lieber schlagen statt geschlagen zu werden, lieber Hammer als Amboss sein, sich wieder einmal satt essen und ging, von abenteuerlichen Versprechungen und dem Handgeld der Werber gelockt, zu den Fahnen. Er fehlte bei Aussaat und Ernte, ging zu denen, die dieses Land ausplünderten und verheerten. Der Krieg ernährte den Krieg, aber in manchen Siedlungen gab es einfach nichts mehr zu rauben, niemanden mehr totzuschlagen. Verkrafteten Land und Leute manche begrenzte Fehde und erholten sich wieder, so wurde ihnen in diesem nicht endenden Krieg dazu keine Möglichkeit mehr gegeben.

Anfang Februar war die Gesichtsverletzung des Rittmeisters weitgehend abgeheilt. Es hatte sich Haut über den Wundpartien gebildet, die allerdings noch sehr empfindlich war. Nach Einschätzung des Feldarztes dürfte dieser Zustand noch längere Zeit anhalten und so etwas wie ein normales Gefühl würde sich vermutlich nie wieder einstellen.

„Verehrter Rittmeister, damit werdet Ihr leben müssen," sagte Deventer. „Wenn ich Euch aber einen Rat geben darf, lasst Euch eine neue Nase machen!"

„Ist das wieder einer Eurer berühmten Scherze?" fragte von Falkenburg.

„Allenfalls muntere ich meine Patienten auf," antwortete der Arzt lächelnd. „In der Sache aber scherze ich nie. Ich ziehe nur die Lehren aus meinen Beobachtungen und versuche, den Kranken und Verletzten, so gut es geht, zu helfen!"

„Ich weiß mittlerweile, dass Ihr recht tüchtig seid. Aber was meint Ihr mit einer neuen Nase?"

„Nun, Ihr wirkt mit Eurer Verletzung – verzeiht, wenn ich das so offen ausspreche – nicht unbedingt anziehend auf Eure Mitmenschen! Außerdem bedarf die neu entstandene Haut eines gewissen Schutzes. Folglich wäre es sinnvoll, wenn Ihr zum Sattler des Regiments geht und Euch eine künstliche Nase aus Leder anfertigen lasst. Ich will dem Meister gerne die Feinheiten erklären, auf die es dabei ankommt. Aber hingehen und Euch die Maße abnehmen lassen müsst Ihr schon selber!"

„Klingt zunächst absonderlich, hat aber bei genauer Überlegung etwas für sich!"

Der Vorschlag wurde in die Tat umgesetzt. Der Sattlermeister, der sonst bestenfalls auch feine Lederstiefel und Handschuhe fertigte, staunte nicht schlecht über den ungewöhnlichen Auftrag, Dann aber stürzte er sich mit Feuereifer in die neue Aufgabe. Etwa nach zwei Wochen erhielt von Falkenburg eine kleine Gesichtsmaske aus hellem Leder, welche die zerstörte Partie vollständig bedeckte und in der Auflagefläche mit feinstem Handschuhmaterial gepolstert war. Kunstvoll hatte der Meister dieser Maske die Form einer perfekt geformten Nase gegeben, die auch die Öffnungen zum Luftholen aufwies. Befestigt wurde das Teil mit zwei dünnen Riemen, die um den Kopf geführt wurden.

„Wundervolle Arbeit, Meister, meinen herzlichen Dank," lobte von Falkenburg und betrachtete sich in einem Spiegel. „Was bin ich Euch schuldig?"

„Nichts! Zum einen werde ich aus der Regimentskasse bezahlt, zum anderen ließ mir der Ordonnanzoffizier unseres Generals Tilly bereits eine Sonderzuwendung zukommen. Er sorgte auch für das besonders feine Leder, das mir hier nicht zur Verfügung stand. Ich wünsche Euch viel Freude mit Eurem neuen Gesichtserker. Berichtet mir einmal, wie Ihr damit zurechtkommt!"

Von Falkenburg nickte, dankte noch einmal und verließ die Werkstatt.

„Sagt, Deventer," sprach der Sattlermeister den Feldarzt an, der bei der Anprobe zugegen war. „Dieser Rittmeister muss doch eine ganz besondere Person sein, nach dem Aufwand zu urteilen, der hier mit ihm angestellt wird! Um den gewöhnlichen Soldaten hingegen kümmert sich kaum ein Mensch in solcher Weise!"

# 10 Rapport

Es war Anfang März, als der Winter langsam wich und die Temperaturen erträglichere Werte erreichten. Hauptmann Hassinger hatte den Rittmeister zu sich bestellt.

„Wie fühlt Ihr Euch, Rittmeister, fast drei Monate nach Eurer Verletzung?“ fragte er.

„So weit gut. Die Wunde ist abgeheilt. Euer wundersamer Feldarzt hat ordentliche Arbeit geleistet. Und dank der großartigen Maske brauche ich auch nicht mehr den Kinderschreck zu geben. Leben lässt es sich damit allemal.“

„Freut mich zu hören. Ja, unser guter Deventer ist schon ein ungewöhnlicher Arzt. Aber es gibt einen weiteren Grund, warum ich Euch sprechen möchte. Gestern abend sind zwei Kuriere unseres Generals eingetroffen. Sie möchten Euch selbst ihren Auftrag mitteilen!“

Hassinger ging zur Tür und öffnete sie: „Meine Herren, bitte!“

Zwei Offiziere betraten den Raum: „Seid gegrüßt, mein Name ist von Estorff, Hauptmann. Das ist,“ er deutete auf seinen Begleiter, „Ivo Tadicz, Korporal bei den kroatischen Reitern. Wir haben die Aufgabe, Euch zu unserem General Tilly ins derzeitige Hauptquartier nach Gieboldehausen zu bringen. Er wünscht eine Unterredung mit Euch!“

„Wann soll es losgehen?“

„Am besten gleich. Der Tag ist noch jung. Die Strecke beträgt etwa fünfzig bis sechzig Meilen. Wenn nichts Unvorhergesehenes geschieht, müssten wir bis heute Abend unser Ziel erreicht haben. Wir gehen bei Veckerhagen über die Weser. Dort gibt es einen Fährmann, der uns schon öfter zu guten Diensten war!“

Von Falkenburg nickte. „Den kenne ich! Er hat meinen Diener und mich Mitte Dezember über den Fluss gebracht!"

„Oberst Casselius erwähnte, dass Euer Diener erschlagen wurde. Ist dem so?"

„Ja, leider!"

„Nun, Details werdet Ihr ohnehin dem Grafen Tilly beim Rapport mitteilen."

Die drei Reiter wurden mit guten ausgeruhten Pferden versehen und bald ging es mit Tempo durch den Reinhardswald. Die beiden Begleiter von Falkenburgs hatten hier die Weser schon häufiger überquert und kannten die Örtlichkeiten bestens. Sie suchten den Veckerhagener Fährmann in seiner Behausung auf, der die beiden als alte Bekannte begrüßte. Den Rittmeister erkannte er jedoch auf Grund seiner Gesichtsmaske nicht wieder. Nur während der Überfahrt sagte er plötzlich: „Merkwürdig! Irgendwie kommt mir Eure Stimme bekannt vor. Haben wir uns schon einmal getroffen?"

Von Falkenburg verneinte. Er mochte nicht darüber sprechen. Es war der Tag gewesen, an dem sein treuer Diener ermordet worden war. Zu sehr erinnerte ihn alles daran. Die Bootsfahrt, die Pferde, welche auch diesmal die Weser durchschwimmen mussten, der Fährmann, der wiederum half, die Tiere trockenzureiben. Meinrad hatte danach nur noch wenige Stunden zu leben. Sein Tod hatte den Rittmeister arg getroffen. War er es doch gewesen, dem er zwei Jahre zuvor sein Leben zu verdanken hatte. Bei der Erstürmung der gegnerischen Geschützbatterie hatte sich von Falkenburg in seinem Ungestüm zu weit vorgewagt und war im Nu vom Gegner umzingelt worden. Meinrad, damals einfacher Kavallerist, war es, der ihn im wahrsten Sinne aus der Situation herausgehauen hatte. Hans Meinrad verlor nie ein Wort darüber und von Falkenburg hatte wenig später alles darangesetzt, diesen älteren und sehr besonnenen Soldaten, der so hervorragend fechten und schießen konnte, zu seinem Leibburschen, seinem Diener zu machen.

Göttingen als feindliche und schon mehrfach belagerte Stadt mussten die drei Reiter umgehen. Nach den Berichten verschiedener Kundschafter lagerte dort der Großteil der Streitmacht des Herzogs von Braunschweig. Hauptmann von Estorf führte ungeniert und mit hohem Tempo über Heer- und Hauptstraßen. Nahe der Burg Adelebsen trafen sie auf einen größeren Trupp Kavallerie, den sie anhand der mitgeführten Fahnen als Tillysche erkannten. Von den Offizieren erfuhren sie, dass die Einheit über Grone gegen Göttingen aufgeklärt hatte und westlich der Leine auf keinerlei Gegner gestoßen war. Nun befanden sie sich auf dem Rückweg in ihre Garnisonsstadt Uslar. Ihre Pferde hatten eine längere Ruhepause hinter sich. Nachdem Hauptmann von Estorff den Offizieren die Dringlichkeit der eigenen Mission dargelegt hatte, gelang es ihm, die eigenen recht abgekämpften Pferde gegen drei ausgeruhte Reittiere zu tauschen. Das hohe Tempo konnte beibehalten werden. Wenige Meilen vor Bovenden kam es zu einer merkwürdigen Begegnung. Estorff, Falkenburg und der Kroate ritten in östlicher Richtung, als an einer Weggabelung eine ganze Reiterschwadron aus Richtung Göttingen auf ihre Route einschwenkte. Ehe sie sich versahen, ritten sie in einem Trupp von wohl zweihundert dänischen Kavalleristen. Da die drei Reiter keinerlei Fahnen mit sich führten, fielen sie den Dänen, die es sehr eilig hatten, nicht weiter auf. Von Falkenburg genoss es förmlich, in dieser Masse von Kavallerie dahinzujagen. Das Donnern der Hufe, die wogenden Pferdeleiber, die Geschwindigkeit, es war einfach faszinierend. Von der Angst entdeckt zu werden keine Spur. Den anderen beiden schien es genauso zu gehen. An einer

Kreuzung bog die Schwadron nach Northeim ab, während von Falkenburg und seine beiden Begleiter, die sich mittlerweile ans Ende des Zuges hatten abfallen lassen, mit größter Selbstverständlichkeit geradeaus ritten. Hauptmann von Estorff grinste nur: „Notfalls hätte ich uns als Holsteiner mit besonderem Erkundungsauftrag ausgegeben!"

Im Lager bei Gieboldehausen wurden sie schon erwartet.

„Mein lieber Falkenburg," war die wohlbekannte Stimme von Oberst Casselius zu vernehmen. „Es freut mich, Euch lebendig wiederzusehen. Übrigens, mit Eurer ledernen Maske seid Ihr durchaus ansehnlich. Sehr gelungen. Lasst uns gleich ins Quartier des Generals gehen. Dort könnt Ihr Euch nach dem langen Ritt ein wenig ausruhen und mir vorab Bericht erstatten. Den Grafen trefft Ihr heute Abend. Derzeit inspiziert er unsere Truppen in der Umgebung."

General Tilly hatte im Hause des Dorfschulzen sein Hauptquartier bezogen. Die Wachen grüßten, als die beiden Offiziere das Haus erreichten. Oberst Casselius und der Rittmeister betraten die geräumige Wohnstube.

„Wie Ihr bereits aus meinem Schreiben erfahren habt, war unserer Mission leider kein Erfolg beschieden. Mein Diener hat seinen Einsatz mit dem Leben bezahlt." begann von Falkenburg.

„Das ist freilich schlimm!" entgegnete der Oberst. „Ansonsten macht Euch keine Gedanken. Da wir den Lawis in seiner Art kennen, hatten wir mit einem Scheitern Eurer Mission gerechnet. Am besten, Ihr erzählt mir die Geschichte von Anbeginn! Wir werden gleich die Quintessenz für Euren Rapport beim General festlegen! Lange Berichte mag er nicht!"

Von Falkenburg ließ in seiner Schilderung kein Detail aus. Oberst Casselius amüsierte sich zunächst über die Begegnung mit Lucia. Das Lachen verging ihm aber, als der Rittmeister das weitere Gespräch mit dem Mädchen schilderte. Schließlich sagte der Oberst: „Die junge Dame scheint Euch mächtig beeindruckt zu haben!"

Der Rittmeister nickte: „Ich habe immer und immer wieder darüber nachgedacht. Und es hat mich darin bestärkt, das Gespräch mit Lawis zu einem guten Ergebnis zu führen. Allein – es sollte nicht sein!"

Von Falkenburg setzte seinen Bericht fort. Der Oberst unterbrach ihn nicht mehr. Erst als der Rittmeister geendet hatte, sagte Casselius: „Die Episode im Gasthaus zu Höxter, den Wortlaut der Unterredung mit dem von Lawis sowie Eure Flucht und das Ende Meinrads bitte *en detail* an den General. Weiteres teilt Ihr nur auf Nachfrage mit!"

Casselius und von Falkenburg nutzten die Zeit, um sich bei einem ausgiebigen Abendessen zu stärken. Draußen war das Trappeln von Pferdehufen zu hören. Die Schildwache betrat die Wohnstube: „Seine Exzellenz General Graf von ... ."

Graf Tilly betrat schwungvoll den Raum: „Schon gut, man kennt mich! Bezieht wieder Posten!" Und an die beiden Offiziere, die sich erhoben hatten: „Keine Umstände, meine Herren. Seid gegrüßt und behaltet Platz!"

Der General legte seinem Helm auf eine Truhe und versuchte, Brust- und Rückenpanzer, den Kürass zu öffnen. Oberst Casselius sprang hinzu: „Exzellenz, einen Moment, ich helfe Euch!"

„Nachdem ich im Türkenkrieg diesen Hieb in den linken Arm erhielt, ist er nicht mehr recht zu gebrauchen!" sagte Graf Tilly zum Rittmeister gewandt. „Schicksal des Soldaten! Wie ich sehe, habt Ihr auch davon geschmeckt."

Von Falkenburg erstattete dem General den gewünschten Rapport. Graf Tilly hörte sehr aufmerksam zu, nickte einige Male und kommentierte schließlich mit den Worten: „Wie geht dieser unmögliche Mensch mit Parlamentären um! Münden wird unsere eiserne Faust zu spüren bekommen!"

Der Rittmeister räusperte sich.

„Ihr wolltet noch etwas sagen, Falkenburg?"

„Wenn Eure Exzellenz gestatten! Nachdem wir auf unserem Ritt fast nur durch zerstörte Ortschaften gekommen sind ... ."

Der General zog die Augenbrauen hoch. Oberst Casselius erstarrte für einen Moment und stieß den Rittmeister heftig mit dem Stiefel an.

„Lasst ihn, Casselius," sagte der General, der die Bewegung des Obersten bemerkte.

„Worauf wollte Ihr hinaus, Falkenburg?"

„Exzellenz, unversehrt brauchen wir Münden zur Sicherung unserer Nachschubwege!"

„Ist mir bekannt." Der Hauch eines Lächelns huschte über das Gesicht des Generals. „Und, junger Mann, wie würdet Ihr es anstellen?"

„Die gesamte Armee sollte vor Münden erscheinen, gut auf den Anhöhen präsentiert!"

„Warum?" fragte Graf Tilly mit leiser Stimme, wirkte aber nicht im mindesten erstaunt.

„Allein der Aufmarsch dieser gewaltigen Übermacht müsste jeden halbwegs normalen Menschen zur sofortigen Übergabe bewegen!"

„Jeden halbwegs normalen Menschen ...," wiederholte General Tilly wie in Gedanken. Er richtete sich auf, sah den Rittmeister an und sagte: „Graf von Falkenburg, ich danke für Euren Einsatz! Ihr dürft Euch zurückziehen."

## 11 Eine neue Situation

Meine Herren," wandte sich Oberst Casselius an die Offiziere, welche sich in der Kirche von Gieboldehausen nahe dem Quartier Graf Tillys versammelt hatten. „Auf Grund der besonderen Vorkommnisse hat unser General diese große Lage angesetzt. Nehmt bitte Platz. Im folgenden werde ich die Situation erläutern. Die Ordres erteilt Seine Exzellenz im Anschluss!"

„Wo ist der Graf überhaupt?" wandte sich von Falkenburg flüsternd an seinen Nachbarn, einen Infanteriehauptmann, der nicht nur durch seine große breitschultrige Statur, sondern vor allem durch sein blondes, fast weißes Haar eine auffallende Erscheinung darstellte.

„Wenn Ihr Euch einmal langsam umdreht und nach oben schaut. Er sitzt schon seit geraumer Zeit auf der Empore!" gab der Angesprochene ebenso leise zurück. Er sprach mit einem Akzent, den der Rittmeister noch nie gehört hatte.

„Herrschaften, Aufmerksamkeit bitte," setzte Oberst Casselius die Ansprache fort. „Die Lage hat sich grundlegend geändert. Am 28. März haben Mündener Soldaten unsere Garnison in Witzenhausen überfallen. Eine ganze Anzahl unserer Soldaten wurde erschossen, totgeschlagen, andere nebst allerlei Beutegut hinweggeführt. Neben mehreren Überfällen auf unsere Nachschubtrecks eskaliert die Sache. Damit nicht genug. Christian von Braunschweig ist fast unbemerkt aus Göttingen aufgebrochen und marschiert mit dreizehntausend Mann auf Kassel. Es ist zu befürchten, dass der Landgraf Moritz von Hessen-Kassel sich auf die Seite unserer Gegner schlägt. Letzten Meldungen zufolge hat er unter Verletzung seiner zuvor beteuerten Neutralität zusätzliche Soldaten anwerben lassen. Es ist denkbar, dass Christian von Braunschweig weiter gegen Hersfeld marschiert und dort die Truppen des uns verbündeten kaiserlichen Obristen von Merode attackiert, der dort mit lediglich anderthalbtausend Mann steht. Dem gilt es zuvorzukommen! Nun die Befehle unseres Generals!“ Oberst Casselius deutete auf die Empore, an deren Geländer der Graf erschienen war, während die Offiziere von ihren Plätzen aufstanden und sich in den engen Kirchenbänken umdrehten.

„Meine Herren Offiziere!“ begann der General mit klarer, weithin hallender Stimme. „Meine Ordres lauten wie folgt: Es gehen doppelte Kuriere mit schriftlichen, bereits verfassten Befehlen hinsichtlich Datum und Sammelpunkt an alle Garnisonen meiner Armee im niedersächsischen Kreis. Bis auf Restbesatzungen wird am nächsten Tag nach Befehlserhalt marschiert. Die hier versammelten Regimenter brechen morgen früh auf, mit Tross und Artillerie. Letztere ist mit genügend Reservepferden und doppelter Bedeckung als üblich zu führen. Es ist allen Heerführern und Regimentern zwingend befohlen, auf dem Marsch jegliche Feindberührung zu vermeiden. Patrouillen zur Aufklärung sind vorauszuschicken. Und – meine Herren! Das Fouragieren und Werben vor den Regimentern ist bei Leibstrafe verboten. Der Feind soll so spät als möglich unsere Absichten erkennen.“ Graf Tilly machte eine kurze Pause. „Und nun lasset uns gemeinsam um den Segen Gottes und der Jungfrau Maria beten!“

„Der alte Fuchs führt noch etwas anderes im Schilde!“ sagte der weißblonde Infanteriehauptmann zum Rittmeister: „Wie man hört, seid Ihr mittlerweile zum Stabe kommandiert und mit allerlei Sonderaufgaben betraut! Wisst Ihr um den Ort des Sammelpunktes?“

„Nein, noch nicht. Aber er kann nur südwestlich von uns liegen!“

Für den Rest des Tages brach allenthalben emsige Betriebsamkeit aus. Waffen wurden noch einmal durchgesehen und gereinigt. Die Proviantmeister gaben die Ladeanweisungen aus. Die Kavalleristen trieben ihre Pferde auf den Koppeln zusammen, Sättel und Zaumzeug lagen in den Scheunen bereit. Der Abbau der Zelte hatte bereits begonnen. Sie wurden zusammengepackt und auf den Trosswagen verstaut. Die Soldaten, die in der kommenden Nacht im Freien biwakieren mussten, schauten in den Himmel und hofften auf weiteres gutes Wetter, das Ende April noch nicht selbstverständlich war. Am Abend fanden die Arbeiten ihr Ende. Auch die bespannte Artillerie mit ihren Geschützen, von denen zwanzig mitgeführt wurden und die Pulver- und Munitionswagen, vor der Witterung mit doppelten gewachsten Planen besonders geschützt, waren marschbereit.

Am frühen Morgen hatten Offiziere sowie Melde- und Aufklärungsreiter alle Hände voll zu tun, den schwerfälligen Heereszug in Bewegung zu setzen und vor allem zu halten. An die 12.000 Mann marschierten, ritten, führten die Fuhrwerke. Nicht einmal mitgerechnet war der zivile Tross an Soldatenweibern, Kindern, Marketenderinnen, Spielleuten, Huren und dergleichen mehr, die sich dem meilenlangen Zug anschlossen. Langsam bewegten sich die Kolonnen wie vom Rittmeister vermutet in südwestlicher Richtung. Am Tage wurden vielleicht acht bis zehn Meilen geschafft, manchmal auch fünfzehn, je nach Breite und Beschaffenheit der Straßen. Gab es Steigungen oder tief ausgefahrene Wege, so quälte man sich besonders dahin. Die Fuhrwerke hielten alles auf, aber ohne Bedeckung konnte man sie nicht lassen. Schließlich war man auf Proviant, Pulver, Blei und dergleichen mehr angewiesen. Manchmal nahm man leidlich parallel führende Straßen, weil eine Strecke nicht genügend aufnehmen konnte und der Zug sonst noch länger gebraucht hätte. Tage ging es so dahin. Regnete es, so erlaubten die Offiziere abends den Soldaten, die Zelte aufzuschlagen. Zu viele Kranke hätten die Truppen über die Maßen dezimiert. Trotzdem kam es immer wieder zu Todesfällen, auch ohne dass der Feind nachhalf. Man sah häufiger hastig aufgeworfene Gräber am Straßenrand. Kaum war Zeit, die Toten zu bestatten. Ein kurzes Gebet, wenn überhaupt. Alles hemmte nur das zügige Vorankommen. Duderstadt und Heiligenstadt waren Etappen des Heereszuges. Ein Schrecken für die Bevölkerung, die ängstlich in die Wälder floh. Ein Riesenwurm, der nur kahlgefressene Landschaft hinterließ. Die Armee überquerte bei Eschwege die Werra. In der Nähe von Waldkappel entstand ein gewaltiges Heerlager. Rittmeister von Falkenburg schloss zum Heeresstab auf. Man war in einigen beschlagnahmten Bauernhäusern ein wenig bequemer untergebracht als das Gros der Soldaten, die in Zelten, manchmal sogar unter freiem Himmel biwakieren mussten. Graf Tilly hatte, vielleicht aus Verbundenheit mit den Soldaten, sein etwas größeres Zelt inmitten des Hauptlagers aufschlagen lassen.

„Der alte Haudegen legt keinen Wert auf kommodes Quartier!" bemerkte Oberst Casselius gegenüber dem Rittmeister. „Gehört habt Ihr bestimmt schon, dass der General sich mit einem grob gezimmerten Gestell aus ein paar Brettern und einigen Decken zufrieden gibt. Wer es nicht glaubt, kann vor den Schildwachen einen Blick ins Generalszelt werfen!"

„Er soll zwei Gutshöfe sein eigen nennen!" entgegnete von Falkenburg. „Ein Geschenk unseres Kurfürsten Maximilian!"

„Er macht sich nichts daraus, er nutzt sie persönlich nicht. Sie bringen ihm allerdings einiges an Erträgen!"

„Sagt, Oberst Casselius, um einmal das Thema zu wechseln. Als langsamer Heereszug sind wir doch gar nicht in der Lage, unserem Gegner Christian von Braunschweig auch nur einzuholen, geschweige denn, ihm Einhalt zu gebieten. Für die kaiserlichen Truppen bei Hersfeld können wir keine Hilfe sein. Wohin marschieren wir wirklich? Was hat Graf Tilly vor?"

„Bei aller Wertschätzung Eurer Loyalität, Rittmeister. Ich habe strikte Order, keinerlei Informationen preiszugeben, auch Euch gegenüber nicht!"

Von Falkenburg schaute den Obersten ein wenig ratlos an.

„Schaut einmal auf den großen Kiesel, der dort liegt!" Oberst Casselius holte mit dem rechten Fuß aus und trat kräftig gegen den Stein. „Seht Ihr die Richtung, in die er geflogen ist?"

Von Falkenburg nickte. Der Oberst schmunzelte und suchte sein Quartier auf.

Neue Meldungen erreichten den Generalsstab. Christian von Braunschweig hatte Wind vom Anrücken der ligistischen Armee bekommen. Ein Manöver derartiger Größe ließ sich einfach nicht geheim halten. Der tolle Halberstädter befürchtete wohl, zwischen den Truppen der Grafen Tilly und Merode vor Hersfeld aufgerieben zu werden und ließ schleunigst kehrt machen. Christian von Braunschweig ging in Eilmärschen abwärts der Fulda zurück. Seit Tagen herrschte nach erneuter Lagebesprechung und Befehlsausgabe wieder höchste Geschäftigkeit in der ligistischen Armee. Laufend wurden Regimenter der Infanterie und Kavallerie zusammengestellt und auf den Marsch geschickt. Diverse Fuhrwerke hatten Holz, Spaten, Schaufeln, Hacken, Sägen und anderes Werkzeug geladen und auch die Artillerie war schon wieder auf der

Straße. Kurierreiter scheuchten hin und her, überbrachten Befehle und Botschaften. Vom altgedienten Soldaten bis hin zum jüngsten Trossbuben war allen bewusst, dass sich etwas Ungewöhnliches, Gewaltiges, Bedrohliches anbahnte. Die Truppen des Grafen Tilly marschierten in nördlicher Richtung zurück. Nahe Ziegenhagen teilte sich die Armee in zwei Züge. Ein Teil der Truppen ging zwischen Kassel und Münden über die Fulda. Am 14. Mai des Jahres 1626 erreichte die Avantgarde dieses Heeresteiles den Ort Grebenstein.

Der Adjutant des Obersten Casselius tauchte vor dem Zelt des Rittmeisters auf. „Befehl, Ihr mögt Euch sofort zum Obristen verfügen!"

Von Falkenburg hatte sein Pferd bereits satteln lassen. Der Einsatzbefehl lag förmlich in der Luft. Graf Tillys Ordonnanzoffizier saß schon zu Pferde, als der Rittmeister herangesprengt kam.

„Auf geht's, Falkenburg!" Gedeckt von einer Schwadron Kürassiere ging es in gutem Tempo über Immenhausen und Holzhausen dahin. Wege waren verbreitert, um Fuhrwerken das Durchkommen zu ermöglichen. Schließlich erreichten sie ihr Ziel, eine Anhöhe oberhalb der Stadt Münden, den Gahrenberg. Ein wenig tiefer, eine Wegbiegung weiter hatten die Soldaten unermüdlich gearbeitet und Schanzen angelegt. Man lag hier fast in Reichweite der Mündener Artillerie. Drüben, auf der östlichen Seite der Fulda, praktisch in Kernschussweite war in weit größeren Ausmaße geschanzt worden. Die schwere und mittlere Artillerie des Obristen Fürstenberg war hier in Stellung gegangen. Bedrohlich ragten die Läufe der großen Kartaunen über die aufgeworfenen Wälle. Zwischen den Kanonen standen stein- und erdgefüllte Weidenkörbe als Kugelfang. Nahe den Geschützen waren weitere Erdwälle aufgehäuft. Dahinter sah man Pulverfässer und Kugelpyramiden. Abseits befanden sich deutlich auseinandergezogen die Fuhrwerke für den Munitionsnachschub. Offiziere brüllten ihre Befehle. Die Tercios, die sogenannten Gewalthaufen, großenteils aus Musketieren bestehend, an den Flanken von Pikenieren gedeckt, gingen in Gefechtsstellung. Die Infanterieregimenter exerzierten wie auf einem Übungsterrain. Auf den Anhöhen jenseits der Werra oberhalb der Siedlung Blume bot sich das gleiche Bild. Dort waren die Einheiten aufmarschiert, die der General aus den übrigen Garnisonen zusammengezogen hatte. Von Falkenburg war geradezu überwältigt von dem Bild, das sich ihm bot. Münden war von über 20.000 Mann eingeschlossen. Die Stadt musste einfach kapitulieren. Nur ein Narr hätte noch Widerstand geleistet!

„Was sagt Ihr nun, Falkenburg?“ wandte sich Oberst Casselius an den Rittmeister. „Ganz, wie Ihr es dem General empfohlen habt!“

Von Falkenburg schüttelte den Kopf. „Ich bilde mir nicht ein, dass Graf Tilly hier meinem Ratschlag gefolgt ist!“

„Nein!“ lachte der Oberst. „Dieses Vorgehen war in seinen Grundzügen längst beschlossene Sache. Der General fühlte sich nur von Euch bestätigt! Übrigens, Euer besonderer Freund, der Obrist von Lawis ist wieder in der Stadt!“

„Wieder?“ fragte der Rittmeister verwundert. „Ich wusste gar nicht, dass er Münden verlassen hatte!“

„Die Meldungen unserer Kundschafter waren leider ein wenig widersprüchlich,“ erläuterte Oberst Casselius. „Lawis soll im April die Stadt mit einem Soldatentrupp verlassen haben. Die Gründe kennen wir nicht. Er muss aber irgendwo zum tollen Halberstädter gestoßen sein. Denn wir wissen mittlerweile genau, dass Christian von

Braunschweig auf seinem Rückzug eine Verstärkung von etwa achthundert Mann der Führung des Lawis in Münden unterstellt hat. Anschließend ist der Herzog mit seiner restlichen Armee in Richtung Göttingen marschiert. Kurz darauf hat ein Teil unserer Truppen am östlichen Ufer der Werra Stellung bezogen. Sie müssen sich knapp verfehlt haben!"

Hinter ihnen war Pferdegetrappel zu hören. Oberst Casselius wandte sich um. „Da kommt unser General!"

Inmitten einer Kavallerieschwadron näherte sich Graf Tilly. Er ließ sich aus dem Sattel gleiten, sprang auf den Erdboden und drückte die Zügel seines Pferdes einem Burschen in die Hand.

„Meine Herren!" grüßte der General kurz, nickte freundlich. „Nun gilt es. Machen wir die Probe aufs Exempel. Oberst Casselius, schickt einen Unterhändler mit Trompeter nach Münden hinunter. Wir bieten Arrangement. Accord gegen ehrenvollen Abzug der Garnison. Ich will die Stadt unversehrt!"

„Exzellenz, das Dokument wurde bereits verfasst. Der Unterhändler reitet!" Ein Trompetensignal erklang. Zwei unbewaffnete Reiter nahmen den Weg zum Fuldaufer. Eine gute Viertelmeile flussaufwärts überquerten sie die Fulda auf einer Schiffsbrücke, die am Vortage dort eilig geschlagen worden war. Als sie sich der Stadt auf dem nördlichen Fuldaufer näherten, gab der Trompeter Signal. Wenig später fielen Musketenschüsse aus der Mündener Bastion. Die Reiter machten schleunigst kehrt und verschwanden hinter der nächsten Wegbiegung..

„Sind die Kerle von Sinnen?" Graf Tilly bebte vor Zorn. „Befehl zur Artillerie! Eine Salve, kurz geschossen!"

Trompetensignale erklangen. Eilig richteten die Kanoniere ihre Rohre tiefer und der Stückmeister gab den Feuerbefehl. Gleich darauf dröhnten die Abschüsse der ersten

Batterie. Es orgelte und rauschte in der Luft – dann schlugen vier Kugeln nahe der Mündener Bastion ins Wasser. Es spritzte gewaltig. Die Fontänen stiegen höher als die Befestigung.

Minuten vergingen. Das Obere Stadttor wurde geöffnet. Ein Offizier der Wache ging hinaus und schwenkte seinen Hut. Er rief etwas, das auf der Anhöhe jedoch nicht verstanden werden konnte. Der Unterhändler Graf Tillys und sein Trompeter näherten sich ihm zu Fuß. Begleitet von dem Mündener Offizier verschwanden sie hinter dem Stadttor, das knarrend und knallend geschlossen wurde.

„Gott gebe ihnen Vernunft," murmelte Oberst Casselius.

Es war wohl eine Stunde vergangen und nichts geschah. Graf Tilly schaute unverwandt auf die Stadt, blickte dann seinen Ordonnanzoffizier und den Rittmeister an. Diese zuckten ratlos mit den Schultern.

„Was machen die so lange?" Casselius wandte sich an den General.

„Hoffentlich nicht das selbe wie mit unserem Falkenburg," erwiderte Graf Tilly trocken.

Plötzlich wurde das Tor aufgerissen. Ein fürchterliches Geschrei erscholl. Der Unterhändler und sein Trompeter wurden hinausgestoßen. Sie taumelten hinaus und erreichten ihre Pferde. Wenig später trafen die beiden auf der Anhöhe ein. Ihre Kleidung war zerrissen, die Gesichter blutig geschlagen.

„Eindeutiger konnte die Antwort nicht ausfallen!" lautete der Kommentar des Grafen Tilly.

Am Abend loderten plötzlich Flammen aus der Vorstadt Blume am östlichen Werraufer auf. Soldaten der Mündener Garnison hatten sich auf Befehl des Stadtkommandanten hineingeschlichen, um Brände zu legen. General Tillys Truppen sollte die Deckung genommen werden. Die letzten Bewohner, sofern sie nicht schon beim Auftauchen der ersten feindlichen Soldaten geflohen waren, räumten Hals über Kopf die Ansiedlung. Da niemand mehr in die Stadt gelassen wurde, zerstreuten sie sich im Umland. Die Belagerer ließen sie ungehindert abziehen. Nun schritt General Tilly zur Tat und ließ die Straßen an den Flüssen abriegeln und den Belagerungsring um die Stadt schließen. Nach drei Tagen schickte der General erneut einen Unterhändler mit Trompeter zum Oberen Tor. Diesmal ließ man die beiden erst gar nicht hinein. Wie sie berichteten, gab es nur höhnische Worte und Beschimpfungen.

„Fürstenberg möge sorgfältig zielen lassen. Er soll eine Bresche schießen und die erste Bastion in Trümmer legen. Die Stadt ist zu verschonen," lautete der Feuerbefehl des Grafen Tilly an seinen Artillerieobristen. Die schweren Geschütze hatten sich bald eingeschossen, nur wenige Kanonenkugeln gingen fehl und schlugen in der Stadt ein. Es donnerte und dröhnte in einem fort. Die Kanoniere arbeiteten pausenlos, die Munitionswagen fuhren ohne Ende. Gegen Mittag war die erste Bastion zerschossen. Einige Stunden später brachen die Mauern neben dem Stadttor. Die Beschießung währte bis zum Abend. Zum Schluss wurde die östliche Befestigung an der Werrabrücke unter Feuer genommen, allerdings auf Grund der dort eingesetzten leichten Geschütze nur mit geringer Wirkung. Wohl über neunhundert Schuss wurden aus den insgesamt zwanzig Rohren abgegeben. Zwar erwiderten die Mündener aus einigen Kanonen das Feuer, erreichten aber durchweg die Anhöhen nicht, auf denen die Truppen General Tillys verharrten. Verzweifelt versuchten die Verteidiger, die Bresche in der Stadtmauer durch herangekarrtes Barrikadenmaterial zu schließen. Der fortwährende

Beschuss machte jedoch alle Bemühungen der Verteidiger zunichte.

Der Kanonendonner verstummte plötzlich.

„Das ist die Ruhe vor dem Sturm!“ sagte Bürgermeister von Mengershausen mit düsterer Miene zu den Mitgliedern des Rates der Stadt Münden. „Schafft mir diesen unsäglichen Lawis heran!“

Der Stadtkommandant, nach dem sogleich einige Ratsdiener gesandt wurden, hatte keine Eile. Mit geradezu provozierender Langsamkeit betrat er den Sitzungssaal des Rathauses. Zwei seiner Wachen hielten sich im Hintergrund.

„Ihr wünschtet mich zu sprechen?“ Der Stadtkommandant, groß, massig, mit gerötetem Gesicht, verschwitzt und in Branntweindunst gehüllt, stand vor dem Bürgermeister, diesen um Haupteslänge überragend.

„Wir müssen accordieren, der gesamte Stadtrat spricht sich ebenfalls dafür aus,“ stieß Bürgermeister von Mengershausen hervor.

„Ihr vielleicht, ich nicht,“ antwortete von Lawis mit höhnischem Unterton. „Im übrigen lehnt Leutnant Glotte, der Kommandant unserer dänischen Garnison die Kapitulation ebenfalls ab. Wir erwarten stündlich Succurs durch Christian von Braunschweig und den dänischen König. Sie werden Tilly zur Entscheidungsschlacht stellen. So lautet der Plan, von dem wir nicht abweichen werden.“

„Graf Tilly hat ehrenvollen Abzug angeboten. Was wollt Ihr denn noch?“

„Ich glaube ihm nicht. Es ist daher gleich, wer mich als Verräter hängen lässt, ob Tilly oder der Dänenkönig!“

„Es geht also nur um Euer Leben!“

„Hängt Ihr nicht auch an dem Euren?“ fragte der Stadtkommandant spöttisch.

„Mischt Euch einfach unter Eure Soldaten!" schlug der Bürgermeister vor. „Oder flieht mit einem Boot!"

„Nein!"

„Denkt doch an die vielen Frauen und Kinder in der Stadt. Wenn der Feind stürmt, dann ist er nicht mehr zu halten. Das wird nur noch ein einziges Morden! Kapitulation ist manchmal besser!"

Die Tür des Rathaussaales wurde aufgerissen. Ein Ratsdiener kam aufgeregt auf den Bürgermeister zu.

„Herr von Mengershausen, Herr Bürgermeister! Draußen steht ein Unterhändler des Grafen Tilly. Er verlangt kategorisch, Euch zu sprechen!"

An dem Ratsdiener vorbei drängte sich nun ein großgewachsener jüngerer Mann, der eine ungewöhnliche lederne Gesichtsmaske trug.

„Rittmeister Mathias Graf von Falkenburg, Unterhändler des Generals Graf Tilly!" Der Rittmeister machte eine Verbeugung. Bürgermeister von Mengershausen sah ihn leicht erschrocken an.

„Herr Bürgermeister. Lasst Euch nicht von meinem Äußeren irritieren, auch wenn ich es diesem Herrn zu verdanken habe." Der Rittmeister deutete auf den Stadtkommandanten.

„Schaut an, er hat es überlebt. Und was für ein hübsches neues Näschen ihm gewachsen ist!" spottete Oberst von Lawis.

„Herr Bürgermeister," ergriff nun von Falkenburg erneut das Wort. „General Tilly bietet der Stadt Münden zum dritten und letzten Mal die ehrenvolle Kapitulation. Sollte ich nicht in einer Viertelstunde mit entsprechender Botschaft zurück sein, beginnt der Sturm auf die Stadt. Die erste Bastion liegt in Trümmern. Die Bresche in der Stadtmauer ist nicht mehr zu schließen und Entsatz ist für Münden nicht in Sicht. Eure Lage ist aussichtslos!"

Der Stadtkommandant zog seine Pistole: „Macht, dass Ihr hinauskommt. Sonst bringe ich es zu Ende!“

„Seid Ihr wahnsinnig,“ schrie der Bürgermeister. „Ihr macht alles nur noch schlimmer!“

„Oberst von Lawis, verfügt Euch mit Euren Soldaten aus dem Werrator und niemand wird Euch aufhalten!“ sagte der Rittmeister im ruhigen Tonfall. „Hier ist die schriftliche Zusicherung!“

„Wachen!“ schrie der Stadtkommandant mit überschlagender Stimme. „Werft ihn aus der Stadt!“

Der Bürgermeister lief auf den Ratsdiener zu: „Begleitet den Unterhändler bis zum Stadttor!“

Der Rittmeister kam unversehrt zu seinem Pferd, das er seiner Begleitung, dem Trompeter überlassen hatte. Eingedenk des Schicksals seines Dieners Meinrad hatte von Falkenburg dem Trompeter strikt untersagt, ihn in die Stadt zu begleiten.

Es war der Abend des 9. Juni 1626.

## 12 Die Hölle

Rittmeister von Falkenburg und sein Begleiter trafen auf der Anhöhe ein, von der aus General Tilly die Belagerung und Beschießung kommandierte. Der Graf hob nur fragend die buschigen Augenbrauen.

„Nichts, kein Erfolg!" Von Falkenberg schüttelte den Kopf. „Bürgermeister von Mengershausen und der Rat wollen accordieren. Der Stadtkommandant lehnt entschieden ab!"

„Nun denn, nehmen wir Münden mit stürmender Hand!" General Tilly gab die Befehle. Trompetensignale erschallten. Regimenter formierten sich und rückten im Laufschritt gegen die Stadt vor. Starkes Musketenfeuer schlug ihnen entgegen und streckte so manchen der Angreifer nieder. Aber es waren zu viele, die dort gegen die Bresche stürmten. Schon waren die ersten in Nahkämpfe verwickelt. Säbel, Piken und Hellebarden wurden geschwungen. Pistolenschüsse fielen. Die Verteidiger der hastig aufgeworfenen Barrikaden hinter der Bresche fielen. Binnen einer Viertelstunde waren die Soldaten Tillys in der Stadt. In erbitterten Straßenkämpfen wurden die Mündener immer weiter zurückgedrängt. Furchtbares Geschrei war allenthalben zu hören. Ein erster Angriff auf den Brückenkopf der östlichen Werraseite wurde dagegen zurückgeschlagen. Die Bastion war weitgehend intakt. Im fortwährenden Musketenfeuer blieb der Vorstoß des Tillyschen Infanterieregiments liegen. Auf Mündener Werraseite liefen nun Sturmtrupps mit langen Leitern dicht an der Stadtmauer am Ufer entlang. Aber auch sie wurden entdeckt und unter mörderisches Feuer genommen.

Die Verteidiger der Werrabrücke behielten die Oberhand, während die Lage in der Stadt immer hoffnungsloser wurde. Soldaten der Garnison hatten eine Feldkanone auf die Brücke gerollt und das Geschütz in Stellung gebracht. Der Lauf wies zur Stadt hin. Ein Konstabler machte die Kanone schussbereit, während seine Kameraden das Tor zur Innenstadt hinter sich zuzogen.

„Ich bin der Teufel," sprach dieser eine Soldat böse lächelnd vor sich hin. „Asmus Teufel ist mein Name und ich werde Euch einen teuflischen Empfang bereiten!"

Er füllte die Pulverladung in das Rohr, schob sie mit dem Ladestock nach hinten und pfropfte einen großen Stofffetzen hinterher.

„Und nun kommt das beste für Euch, meine lieben Freunde dort hinter dem Tore!" lachte er diabolisch. „Nägel! Große Nägel, kleine Nägel, ein wenig Hackeblei, ich bin so frei!" Das ganze Zeug landete im Schlund der Kanone. Der Ladestock trat wieder in Aktion. Der Konstabler rammte die Ladung fest und schüttete Pulver auf das Zündloch. Dann griff er zu seiner Laterne und entzündete eine Lunte an der Flamme. Asmus Teufel wartete.

Soldaten Tillys hatten sich bis zur Langen Straße durchgekämpft und traten zum Sturm auf das stadtinnere Tor der Werrabrücke an. Ihr Sieggeschrei und das Trampeln ihrer Stiefel waren deutlich zu hören. Die ersten machten sich an den angelehnten Torflügeln zu schaffen und zogen sie auf. Asmus Teufel blies die Luntenschnur an, bis sie hellrot glühte und senkte sie auf das Zündloch seiner Kanone: „Fahrt zur Hölle, verdammte Papistenbrut!"

Der Kanonenschuss erdröhnte und die furchtbare Ladung raste den Angreifern entgegen. Dutzende Soldaten wälzten sich mit zerfetzten Leibern in ihrem Blut. Stöhnen und Schreien, das Durcheinander war unbeschreiblich. Einige Soldaten sprangen vor und schlugen das Tor wieder zu.

Inzwischen hatte ein erneuter Angriff auf die östliche Brückenbastion einen gewissen Erfolg gebracht. Diesmal schafften es einige Soldaten, in die toten Winkel der Schießscharten zu gelangen. Aus der Bastion fielen keine Schüsse mehr. Die Angreifer versuchten nun, das Tor der Befestigung zu öffnen. Allein, es hielt allen Rammstößen stand. Auch mit wuchtig geschlagenen Äxten kamen die Soldaten dem soliden Eichenholz kaum bei. Nur kleine Stücke splitterten heraus. Schließlich keilten sie mit hölzernen Balken eine Sprengladung unter das Tor und brachten sich in Sicherheit. Der letzte Soldat zog sorgfältig eine Pulverspur aus einem kleinen Fass hinter sich her.

„Gar mühsam ist's, nach Münden einzukommen," murmelte er, während er zur Lunte an seinem Gürtel griff, sie anblies und an die Pulverspur hielt. Zischend raste die sprühende Flamme auf das Tor zu. Donnernd explodierte die Ladung. Was Rammstöße und Hacken nicht vermocht hatten, das Schwarzpulver leistete ganze Arbeit. Der eine Torflügel wurde komplett herausgerissen, Bruchstücke des anderen Flügels hingen noch in den Angeln, während Trümmer des Tores in die Befestigungsanlage hineinflogen. Es regnete Splitter. Langsam lichtete sich der Pulverdampf, der Mörtelstaub, der hochgewirbelte Straßenschmutz. Die Angreifer betraten die Brücke, während sich von der Stadtinnenseite nun ebenfalls Soldaten Tillys näherten. Fast hätten sie aufeinander geschossen. Die Eroberer sahen sich ungläubig an. Wo waren die Verteidiger geblieben, die Mündener Stadtsoldaten? Nur die verlassene Kanone des Konstablers Asmus Teufel stand noch dort. Im überbauten Teil der Brücke fanden Tillys Soldaten schließlich die Erklärung. Die Verteidiger hatten sich nach dem furchtbaren Kanonenschuss auf den Werder abgeseilt. Dort verlor sich ihre Spur in der Dunkelheit. Wie sie die Flussinsel wieder verlassen hatten, blieb ihr Geheimnis.

Die Kämpfe dauerten die ganze Nacht hindurch. Tillys Soldaten kämpften mit unglaublicher Wut und machten keinen Unterschied zwischen den Mündener Soldaten und Bürgern. Pardon wurde nicht gegeben. Die Stadt verwandelte sich in ein großes Schlachthaus. Gegen Morgen tobten noch schwere Gefechte um das Stadtschloss. General Tilly gab als Belohnung für die stürmenden Truppen die Stadt zur Plünderung frei. Während die meisten Soldaten schon in die Häuser drangen, die letzten Anwohner erschlugen, erstachen und ihre Beute davonschleppten, wurde auf dem ummauerten Friedhof noch gekämpft. Hierher hatte sich der Oberst von Lawis mit seinen wenigen Getreuen zurückgezogen. Als die Angreifer über die Kirchhofsmauer setzten, drückte der Oberst seinem Burschen die geladene Muskete in die Hand und befahl, ihn zu erschießen.

Der Rittmeister von Falkenburg hatte den Sturm auf Münden von der Befehlsschanze des Grafen Tilly aus verfolgt. Gegen Morgen, als die letzten Schüsse fielen und das Geschrei allmählich erstarb, sprach ihn Oberst Casselius an: „Falkenburg, ich weiß, Ihr habt Eure Mission sehr ernst genommen. Auch unserem General hat es höchsten Respekt abgenötigt, dass Ihr noch ein zweites Mal freiwillig als Unterhändler in die Stadt gegangen seid. Ihr habt das Menschenmögliche getan! Legt Euch jetzt schlafen. Ich werde das Gleiche tun. Man hat unsere Zelte etwas weiter oben aufgebaut!"

Der Rittmeister, grau im Gesicht, nickte wortlos und wandte sich zum Gehen. Gegen Mittag war er aber schon wieder auf den Beinen. Als Oberst Casselius auftauchte, bat er um die Erlaubnis, nach Münden hinunterreiten zu dürfen.

„Rittmeister, sagt einmal," begann der Oberst. „Euch liegen nicht nur Münden und das Schicksal seiner Einwohner am Herzen. Da ist noch etwas anderes im Spiel!"

Von Falkenburg zögerte ein wenig, bis er schließlich antwortete: „Ich habe Euch doch von dem Mädchen erzählt …"

„Ach herrje, die junge Dame mit dem Eselskarren. Wie hieß sie doch gleich?"

„Lucia!"

„Ihr sagtet, sie wollte nach Münden. Und nun möchtet Ihr sie suchen?"

„Ja, unbedingt!"

„Falkenburg, ich weiß nicht, ob Ihr Euch damit einen Gefallen tut, selbst wenn Ihr sie findet!"

Der Rittmeister sah ihn nur mit einem unbeschreiblichen Blick an. „Ich muss Gewissheit haben – bitte!"

„Wenn es für Euer Seelenheil unabdingbar ist, will ich Euch den Wunsch nicht abschlagen. Aber macht Euch keine all zu großen Hoffnungen!"

Den letzten Satz hatte von Falkenburg nicht mehr gehört, da war er schon auf sein Pferd gesprungen. Er galoppierte den steilen Weg in einer geradezu halsbrecherischen Art und Weise hinab.

Es war das Pfingstfest des Jahres 1626. Als Blutpfingsten ging es in die Geschichte der Stadt ein. Münden war ein Totenhaus.

Der Rittmeister streifte zu Fuß durch die Straßen. Angesichts der Berge von Toten, die überall lagen, verließ ihn bald die letzte Zuversicht, das Mädchen hier lebend zu finden. Leichen, überall Leichen, teils nicht mehr in einem Stück. Abgehauene Hände, Arme, Beine, Köpfe, aufgeschlitzte Bäuche, herausgequollene Därme. Das Blut stand teilweise auf dem Pflaster. Als hätte die Hölle ihre Tore geöffnet und sämtliche Teufel losgelassen, dachte er, so hatten Graf Tillys Soldaten hier gehaust. Das absolute Grauen sah von Falkenburg nahe dem Marktplatz. An einem eisernen Zaun lehnten zwei Hellebarden, auf denen jeweils ein abgestochenes Kind steckte. Nahe dabei lag eine alte Frau, die sich zwischen mehreren Leichen stöhnend aufrichtete. „Ihr seid Abschaum, der Auswurf der Menschheit. Wenn es einen gerechten Gott gibt, so werdet Ihr in der Hölle rösten!“ schleuderte die Alte dem Rittmeister entgegen und spuckte aus.

In einer hilflosen Geste ergriff von Falkenburg die Hellebarden, legte die toten Kinder sanft auf den Boden und zog die Mordwerkzeuge aus den kleinen Leichen.

*Glaubst du, damit wieder etwas gutmachen zu können?*

Der Rittmeister wandte sich an die Frau: „Ich war beim Sturm nicht dabei!“

„Aber Ihr habt es auch nicht verhindert, das sinnlose Morden, feiner Herr!“

Von Falkenburg zuckte resignierend die Achseln.

„Und wisst Ihr, was diese Menschenschinder noch mit ihnen gemacht haben?“ Die alte Frau deutete auf die Kinderleichen. „Die Kinder lebten noch. Die Soldaten haben gelacht und gewettet, welches Kind am längstens schreit. Der Kleine dort hat sich bis zum Morgen gequält, bis auch er endlich starb! Das ewige Fegefeuer ist Euch sicher!“

Der Rittmeister lief weiter durch die Stadt. Er passierte die Lange Straße, die auf das offenstehende Werrator zuführte. Auf der dahinter liegenden Brücke erblickte von Falkenburg eine verlassene Kanone. Er schaute in die Seitenstraßen, bog ohne jeden Plan nach links ab. Diesen Weg kannte er. Er führte zum Haus des Kommandanten. Aber was lag dort? Es war etwa Buntes, Merkwürdiges. Es sah aus wie ein verkleinertes Zirkuszelt, völlig zerrissen. Von Falkenburg vernahm ein Rauschen in seinen Ohren, er lief darauf zu.

Es war der umgestürzte Karren Lucias mit dem zerstörten Mäuseroulette. Davor lag der kleine Esel. Er war tot. Der Rittmeister drehte sich wie irre umher, sein Blick huschte über die Toten. Da lag eine Leiche, ein Mann, der ihm bekannt vorkam. Es war Thomas, der Anführer der Spielleute. Aber wo war Lucia? Er begann, die Toten auseinander zu zerren, bis er begriff, dass es sinnlos war.

Am Mittag ritt General Tilly mit seinen Stabsoffizieren, begleitet von einer Eskorte in die Stadt. Der alte Feldherr verzog keine Miene. Zu alltäglich schienen ihm im Laufe seiner Jahrzehnte als Soldat Tod und Verderben geworden zu sein. Nur als er Münden wieder verließ, bemerkte er leise: „... warum nur haben sie nicht accordiert? Dreimal hatt' ich's ihnen geboten!"

Das Wetter wurde wärmer und bald war in der Stadt ein erster Leichengeruch wahrzunehmen. Es folgte eine kurze Unterredung des Generals mit Oberst Casselius, der daraufhin mehrere Meldereiter losschickte. Der Befehl des Grafen Tilly hatte die Offiziere und Fuhrleute des Trosses und selbst der bespannten Artillerie umgehend erreicht. Sie waren damit beschäftigt, Wagen zu entladen und Proviant, Bagage, Pulver und dergleichen mehr gegen Wind und Wetter zu sichern. Und dann rollten an die zweihundert Fuhrwerke in die Stadt. Soldaten begannen mit der traurigen Arbeit. Der General, der den Ausbruch von Seuchen befürchtete, hatte angewiesen, die Toten so schnell wie möglich zu den Brücken zu schaffen und ins Wasser zu werfen.

Noch Jahrzehnte später erzählten sich die Leute in den Dörfern weserabwärts schaudernd von der großen Menschenflut, die dort auf dem Fluss getrieben kam. In Gimte, Vaake und anderen Orten zogen die wenigen verbliebenen Fischer entsetzt ihre Reusen aus dem Wasser, als aufgedunsene Leichen sich an ihren Körben verfingen.

## 13 Fliegende Blätter

Unterdessen wurde Rittmeister von Falkenburg zum Stab gerufen. Graf Tilly und Oberst Casselius erwarteten ihn schon. Entgegen seiner sonstigen Gewohnheit richtete der General selbst das Wort an den Rittmeister, gab ihm die Weisung und erläuterte diese auf das Genaueste. „Hier habt Ihr noch einmal die schriftliche Order. Dazu eine Vollmacht, dass Euch ein jeder Offizier behilflich sei. Und hier das Wichtigste, manu scriptum und Skizze. Das Handwerk findet Ihr in besagter Straße nahe dem Rathaus!“ Der alte Feldherr setzte noch hinzu: „Derlei Mission müsste in Eurem Sinne sein!“

Falkenburg nickte. Bei seinem Ritt zur Stadt kam er an den Lazarettzelten vorbei. Die Feldärzte hatten immer noch alle Hände voll zu tun. Man hörte Schreien, Stöhnen, emsiges Sägen und andere nette Geräusche. Gerade trugen zwei Soldaten wieder einen Weidenkorb mit abgetrennten Gliedern zur Fulda. An einer Stelle stapelten sie die Leichen derjenigen, die es nicht überlebt hatten. Ein Wagen war schon im Anrollen. Der Rittmeister zügelte sein Pferd, denn aus einem der Lazarettzelte klang ihm eine wohlbekannte branntweinumflorte Stimme entgegen. Es war Deventer, der dort lauthals sang: „Ritsche, ratsche ab das Bein, wird zu nichts mehr nutze sein … .“

Dann hörte er ein lautes Poltern. Zwei Soldaten trugen den bewusstlosen Chirurgen aus dem Zelt und legten ihn behutsam auf die Wiese. Gleich dahinter trat eine lange dürre Person, der Famulus heraus. „Seid gegrüßt, wir kennen uns doch!“ Wie entschuldigend bemerkte er zum Rittmeister: „Wir arbeiten seit der Erstürmung fast ununterbrochen. Dazu das warme Wetter und der Branntwein inwendig, das war einfach zu viel.“ Der Gehilfe grinste. „Was macht übrigens Eure Nase?“

„Oh vielen Dank noch einmal, bestens!“

„Ich muss wieder hinein,“ antwortete der Famulus fröhlich. „Da drinnen verblutet gerade einer. Den verarzte ich jetzt selber, habe es oft genug gesehen!“ Er verschwand im Zelt. Gleich darauf hörte man es zischen und der Geruch von verbranntem Fleisch erfüllte die Luft.

Von Falkenburg trieb sein Pferd an und setzte den Weg nach Münden fort. Was nutzte die Kunst der Feldärzte, dachte er. Die Krüppel waren zu nichts mehr nützlich und wurden aus der Armee ausgestoßen. Von niemandem versorgt, fristeten sie ihr jämmerliches Leben mit Bettelei, Raub und Mord. Der schaurige Wegweiser vor Höxter kam ihm wieder in den Sinn. Immer noch fuhren die Wagen Leichen zu den Brücken.

In der Stadt fand er den vom Grafen Tilly bezeichneten Handwerkshof. ‚Officina Typographeum' stand in großen Lettern auf einem Schild oberhalb des Torbogens. Der Rittmeister betrat den Hof. Über der Doppeltür eines Anbaues waren auf einem weiteren Schild die Worte ‚Buchdruckerey' und der Name des Besitzers ‚Markus Stegemann' zu lesen. Von Falkenburg öffnete einen Türflügel. Ein fremder Geruch von Ölen, Harzen und Farben schlug ihm entgegen. Kein Mensch war zu sehen. Papierbogen, teilweise in Fetzen gerissen, lagen auf dem Boden. Sonst schien aber vieles noch an den zugedachten Plätzen zu sein. In dem Raum standen verschiedenartige Gerätschaften. Eine Vorrichtung erinnerte ihn stark an die Weinpressen der Winzer. Zwei andere wiesen statt des Druckstempels einen Metallzylinder auf, der seitlich über ein großes Rad gedreht werden konnte. In den Wandregalen stand eine Reihe von Töpfen. Einer war heruntergerissen worden und auf dem Boden zerschellt. Schwarze Farbe hatte sich ringsherum ergossen. An der Längsseite des Drucksaales gab es zwei weitere Türen. In dem Raum, den der Rittmeister nun betrat, standen mehrere halbhohe Pulte. Darauf befanden sich Kästen mit vielen kleinen Fächern, in denen sich längliche Metallteile befanden. Ihre Enden wiesen unterschiedliche und seitenverkehrte Buchstaben auf. Es gab auch quadratische, halbquadratische und kleinere Teile. Noch mancherlei war in diesem Raum zu entdekken, dessen Funktion und Bedeutung ihm verborgen blieb. Kein Wunder, dass dieses Handwerk auch als ‚Schwarze Kunst' bezeichnet wurde. Der Rittmeister betrat einen Lagerraum. Hier sah es wüst aus. Papierstapel waren umgeworfen, Papierbogen wild durcheinandergewirbelt. Im Dach des Werkstattteiles klaffte eine große Schneise, durch die der Himmel zu sehen war. Bretter, Dachziegel und ein paar Dachlatten waren heruntergefallen. Dies schien ein Werk von Fürstenbergs Artillerie gewesen zu sein. Eine der wenigen fehlgegangenen Kanonenkugeln war hier quer hindurchgeschlagen.

Von Falkenburg musste den Befehl seines Generals ausführen lassen. Nur wie? Zwar schien das Inventar der Offizin weitgehend intakt. Aber wer sollte diese Gerätschaften bedienen? Im hinteren Teil des Papierlagers entstand ein leises schabendes Geräusch. Mäuse, Ratten, eine Katze vielleicht? Oder doch eher ein Mensch? Der Rittmeister zog seine Pistole und spannte den Hahn. Er stieg über einige Dachtrümmer. Hinter einem Papierstapel kauerte ein Mann, der ihn zunächst erschrocken ansah.

„Kommt heraus. Wenn Ihr Unsinn macht, schieße ich sofort!“ drohte von Falkenburg. „Zeigt mir Eure Hände!“

Der Mann hob seine Hände und kam hinter dem Papierstapel hervor. Er machte eine schon übertriebene Verbeugung. Auch sein Tonfall klang ironisch, schon fast höhnisch: „Verzeihung, ich vergaß, mich vorzustellen. Markus Stegemann mein Name. Ich bin der Meister und

Besitzer dieser Druckerei! Was darf es denn sein, edler Herr?"

„Ich habe einen Auftrag für Euch. Ihr sollt mir ein fliegendes Blatt drucken."

„Höre ich recht? Ihr habt ganz Münden totgeschlagen und ich soll für Euch arbeiten?"

Markus Stegemann richtete sich zu seiner ganzen Größe auf. „Niemals werde ich das tun! Geht zum Teufel oder sonst wohin!"

Der Rittmeister sah ihn nur an.

„Ihr könnt mich auch totschlagen," rief der Meister mit hohntriefender Stimme. „Darauf versteht Ihr Euch bestimmt besonders gut!"

Der Rittmeister hob seine Pistole.

*Eine leere Drohung! Du kannst ihm gar nichts tun,*
*denn du brauchst ihn! Und er ahnt es!*
*Nun sieh zu, du Meister der Diplomatie! Finde einmal*
*die richtigen Worte!*

Von Falkenburg ließ die Waffe wieder sinken und entspannte sie. Er steckte die Pistole in den Gürtel.

„Meister der Schwarzen Kunst. Ich werde Euch nicht einmal drohen!"

Markus Stegemann schaute leicht erstaunt. „Ach nein?"

„Ich möchte Euch davon überzeugen, für mich zu arbeiten! Als einziges verlange ich, dass Ihr mir zuhört."

„Oh, ein Herr unter dem Gesindel? Meinetwegen!" seufzte der Meister ergeben. „Sprecht!"

Von Falkenburg erzählte dem Markus Stegemann zunächst von seinen beiden Missionen in Münden und deren Ergebnis. Schließlich nahm er seine lederne Gesichtsmaske ab.

„Das waren Dank und Andenken Eures famosen Stadtkommandanten," sagte der Rittmeister. Meister Stegemann sprang entsetzt einen Schritt zurück. Gleich aber hatte er sich wieder gefasst. „Selbst wenn ich in Euch einen honorigen Menschen sehen sollte - Ihr habt mir immer noch nicht gesagt, was auf den fliegenden Blättern stehen soll und wozu Ihr sie braucht!"

Der Rittmeister erklärte ihm Sinn und Zweck seines Auftrages. Markus Stegemann überlegte eine ganze Weile. „Das macht die Sache zwar nicht besser, ändert aber die Situation. Aber ich kann Euch gar nicht zu Diensten sein. Meine drei Gesellen sind tot, erschlagen von Eurer primitiven und gewissenlosen Soldateska. Alleine kann ich die Arbeit nicht machen. Außerdem, ihr habt selbst gesehen, sieht es im Lager wüst aus. Wenn es hineinregnet, ist der Rest des Papiers auch hinüber!"

„Ich werde unter den Soldaten Handwerker ausfindig machen, die das Dach reparieren und Euch zur Hand gehen!"

„Unter einer Bedingung drucke ich für Euch. Die Soldaten, die Ihr mir schickt, dürfen nicht am Sturm auf die Stadt teilgenommen haben!"

„Darauf habt Ihr mein Wort!"

„Drucker und Setzergesellen werdet Ihr wohl kaum in Euren Regimentern finden. Wir sind eine ehrbare Zunft. Schickt mir wenigstens keine Hirnlosen, denen ich alles zigmal erklären muss!"

Von Falkenburg musste bei den letzten Worten des Meisters schmunzeln. Seine Ehre ging ihm über alles. Er empfand großen Respekt vor diesem Mann.

„Sagt, was Ihr benötigt und Ihr bekommt es!" versprach er Markus Stegemann in die Hand. „Welche Zeit werdet Ihr für etwa tausend Blätter brauchen?" Er gab ihm Manuskript und Skizze. Der Meister schaute sich beides an und sagte dann: „Der Buchdruck zusammen mit einem Holzschnitt kommt bei der Feinheit des Motivs nicht in Betracht! Ich werde es in Kupfer stechen und entsprechende Drucke herstellen!"

„Also, mein lieber Freund und Kupferstecher, wie lange?"

„Rechnet ein paar Tage. Schließlich muss ich erst die Druckplatte herstellen!"

Meister Stegemann hatte schon einige Hundert der fliegenden Blätter gedruckt. Darauf war eine Ansicht der Stadt Münden aus nördlicher Richtung abgebildet. Auf den Berghängen sah man die Regimenter der Belagerungsarmee. Wolken von Pulverrauch verdeutlichten den Kampf um die Stadt. Darüber stand der Text:

***Muenden an Pfingsten anno domini 1626***
***v. den Soldatten des Gen. Tilly mit stormender***
***Hand genommen. Itzo dreymalen accordo***
***geboten, aber nit wolen haben.***
***An 2.400 personae grausambtlich gemetschet***
***und zerhacket, ind Weßer geworfen.***

Oberst Casselius betrachtete das Werk: „Nun, mit dem Merian kann er sich zwar nicht messen, aber seinen Zweck wird das Blatt hoffentlich erfüllen!"

Er gab Weisungen an einige Kurierreiter, sich als Marktleute zu kleiden und für die Verbreitung der Blätter in den Städten Göttingen und Northeim zu sorgen. Auf diese Weise sollten Rat und Bewohner durch das schreckliche Schicksal der Stadt Münden gewarnt und für eine friedliche Übergabe gewonnen werden.

## 14 Der Pulverturm

Graf Tilly ließ sowohl in der Stadt selbst als auch in den umliegenden Ortschaften durch Ausrufer und Trompeter die Leute in Kenntnis setzen, dass er den sich versteckt haltenden und geflohenen Bürgern Mündens einen Generalpardon gewähre und niemand etwas zu befürchten habe. In den nächsten Tagen kehrten tatsächlich einige hundert Flüchtlinge aus der Umgebung zurück. Ein großer Teil stammte aus der niedergebrannten Vorstadt Blume. Vielleicht zwanzig oder dreißig Überlebende kamen in der Stadt aus ihren Verstecken, Kellern oder Dachböden hervor. Sie fanden ihre Angehörigen nicht mehr, so dass überall in Münden großes Wehklagen zu hören war. Das Schicksal des Lawis war rasch geklärt. Sein Bursche war dem letzten Befehl des Obristen nachgekommen. Die Leiche des Kommandanten wurde auf dem Stadtfriedhof gefunden. Verschwunden war und blieb der Constabler Asmus Teufel. Später hieß es, er sei in verschiednen Orten gesehen worden. Vergeblich suchten Tillys Leute auch den dänischen Leutnant Glotte. Sein Schicksal blieb ungeklärt, auch wenn mancherlei Gerüchte die Runde machten. Zur allgemeinen Überraschung jedoch hatten Bürgermeister von Mengershausen und einige Ratsleute in einem Kellergewölbe des Stadtschlosses den Sturmangriff überlebt. Graf Tilly und der Mündener Bürgermeister hatten sich nach der denkwürdigen Unterredung mit dem Landesherrn Herzog Friedrich Ulrich im Jahre 1624 kennen und durchaus schätzen gelernt. Der General suchte nun Mengershausen auf, um sich persönlich von dessen Unversehrtheit zu überzeugen. Der Bürgermeister maß den alten Feldherren nur mit einem langen kalten Blick. Dann wandte er sich ab und ging ohne ein Wort zu sagen davon.

Am vierten Tage nach der Erstürmung, am 13. Juni des Jahres 1626, inspizierten Offiziere der Besatzungstruppen die verbliebenen Befestigungswerke der Stadt. Den Befehl hatte der Dienstälteste, Hauptmann von Kessler. „Meine Herren, die Mauerwerke, Wehrgänge und auch die Türme haben wir in Augenschein genommen. Zum guten Schluss nehmen wir uns den Pulverturm vor. Dem Vernehmen nach soll dort aber kaum noch etwas gelagert sein. Damit wäre unsere Aufgabe abgeschlossen!"

Der Turm befand sich nahe der St. Aegidienkirche im Norden der Stadt, nahe dem Ort, an dem Werra und Fulda zusammenflossen. Das Bauwerk war rundgemauert und mit seinen zwei Stockwerken niedriger als die nahen Häuser, besaß aber den enormen Durchmesser von bestimmt fünfundvierzig Ellen. Die Wände waren mit etwa zehn Fuß derart stark gebaut, dass auch schwere Artillerie ihnen kaum etwas anhaben konnte. Auch das Dach wies fast die gleiche Stärke auf und war mit massiven Gewölben abgestützt. Seitlich an den Turm schlossen sich die Stadtmauern an.

Die Offiziere erreichten das besagte Bauwerk gerade, als General Tilly mit seinem Stab in Richtung des Stadtinneren vorbeiritt. Die Posten vor dem Turm salutierten und die Gruppe der Offiziere trat durch eine kleine Tür ins Innere.

„Ziemlich dunkel hier. Dass mir hier keiner mit einer Laterne hineinrennt!" bemerkte der Hauptmann unter dem Gelächter seiner Begleiter. An einigen Stellen fiel durch winzige Schlitze ein wenig Licht ins Innere. Die Augen mussten sich erst an die weitgehende Dunkelheit gewöhnen. Sie stiegen über die hölzerne Innentreppe nach oben: „Wenn ich das richtig sehe, ist der Turm leer. Lasst uns in den Keller gehen!"

Das Tiefgeschoss ragte nur etwa eine Elle aus dem Boden. Auch hier waren äußerst schmale Lichtschlitze in die Außenmauern eingebracht. Aufgrund der zusätzlichen Verstärkungen fiel aber noch weniger Helligkeit hinein. Einer der Offiziere stolperte auf der Treppe und konnte sich gerade noch am Geländer festklammern. „Wie soll man hier etwas sehen? In jeden Hühnerarsch fällt mehr Licht!" schimpfte er zum Amüsement der übrigen.

„Herrschaften, wir haben den Grund erreicht!" sagte der Hauptmann. Er tastete sich an der Wand bis zur nächsten Lichtöffnung.

„Nun schau sich das einer an!" rief er erstaunt. Dort lagerte eine Vielzahl von Fässern mit Schießpulver. Sie brauchten in der Dunkelheit eine ganze Weile, um sie zu zählen. „Rechnet man das Fass zum halben, so dürften hier etwa achtzehn Zentner Schwarzpulver liegen. Keine schlechte Beute. Schließlich hatte Fürstenbergs Artillerie einen recht hohen Verbrauch! Ich werde gleich dem Grafen Tilly Meldung machen!"

Hauptmann von Kessler verließ den Turm und schwang sich auf sein Pferd, um dem General Bericht zu erstatten. Am Markt traf er auf den Grafen und seine Begleitung: „Exzellenz, eine wichtige ... ."

In diesem Moment erschütterte eine gewaltige Explosion die Stadt. Ziegel, Balken und große Gesteinsbrokken flogen durch die Luft. Graf Tilly und seine Offiziere suchten in einer nahen Seitengasse Schutz, bis das Bombardement aus Trümmern vorbei war.

„Mein Gott, das muss der Pulvervorrat gewesen sein, den wir gerade entdeckt hatten!" stammelte der Offizier. Der gesamte Stab ritt zur Unglücksstelle, über der eine gewaltige Staubwolke hing. Immer noch rieselte feiner Staub herunter. Es war nur wenige Menschen zu sehen. Soldaten und Offiziere kamen aus allen Richtungen gelaufen. Einige beschuldigten die Mündener, ein Attentat auf den General Tilly verübt zu haben und wollten ein Exempel statuieren. Es hob ein furchtbares Geschrei an. Hauptmann von Kessler sprang mit einem Satz vom Pferd und lief die Treppe des nächsten stark beschädigten Hauses hinauf. Er feuerte mit seiner Pistole in die Luft und rief, so laut er nur konnte: „Lasst auf der Stelle die Leute los. Sie sind nicht schuldig. Ich habe gerade zuvor den Pulverturm verlassen. Dort hielten sich nur unsere Offiziere und Soldaten auf!"

General Tilly kam heran. Er hob die Hand und rief: „Herrschaften, gebt Ruhe. Helft den Verwundeten und bringt die Toten fort!"

Die Ursache des Explosionsunglücks war nicht mehr zu klären. Vielleicht hatte einer der Offiziere im unvorsichtiger Weise mit einem metallenen Werkzeug an den Pulverfässern hantiert. Die Bilanz des Unglücks war jedenfalls furchtbar. Es hatte erneut viele Opfer gegeben. Mensch und Vieh waren betroffen. Anstelle des Turmes gähnte jetzt nur noch ein tiefes Loch. Selbst die Grundmauern waren geborsten. Die St. Aegidienkirche und fünfzehn Häuser waren völlig zerstört, weitere durch umherfliegende Trümmer stark in Mitleidenschaft gezogen worden.

Rittmeister von Falkenburg drückte dem Garnisonskommandanten der Stadt Allendorf die schriftliche Order in die Hand. „Ab zwölf Uhr lasst Ihr die Stadttore nicht mehr öffnen. Niemand darf herein oder hinaus. Dies ist ein Befehl unseres Grafen Tilly!"

„Wird ausgeführt," antwortete Hauptmann von Hasselberg. „Darf man auch erfahren, welchem Zwecke es dienen soll?"

„Alles zu seiner Zeit. Habt Ihr nach dem Bürgermeister geschickt?"

„Er müsste hierher unterwegs sein. Ich habe unserem Kurierreiter die Dringlichkeit der Aufforderung klargemacht!"

Es dauerte noch eine gute Viertelstunde, bis der Bürgermeister, er kam zu Fuß, das Garnisonsquartier betrat. „Mensinck mein Name. Seid gegrüßt. Ihr seid der Rittmeister, der mich zu sprechen wünschte?"

„Ganz recht. Mathias Graf von Falkenburg, Rittmeister im Heer des Grafen Tilly. Ich habe eine besondere Aufforderung an Euch zu überbringen!"

„Was ist es diesmal? Weitere Schutzgelder, Kirchenglocken, Braupfannen, Bierfässer ...?"

„So ähnlich. Ich benötige sämtliches Baumaterial der Stadt, Kalk, Mörtel, gebrannte Ziegel, Bauholz sowie die entsprechenden Handwerker! Nicht zu vergessen ausreichend Frachtkähne!"

Bei den letzten Worten des Rittmeisters bekam der Blick Mensincks etwas Verschlagenes: „Wohin soll es gebracht werden? Nach Münden etwa?"

„Ganz recht, nach Münden!"

„Und da kommt Ihr die Werra entlang bis zu uns nach Allendorf? Ihr müsst durch Witzenhausen gekommen sein. Dort hat man euch wohl die Unterstützung verwehrt?" fragte Mensinck mit frechem Grinsen.

„Verehrter Herr Bürgermeister! Eurer Aufmerksamkeit dürfte die Reiterschwadron, die mich begleitet hat, nicht entgangen sein! Im übrigen werden die Stadttore nicht mehr geöffnet. Ich gebe Euch drei Stunden Zeit, meiner Aufforderung nachzukommen. Ansonsten blüht der Stadt das hier!" antwortete der Rittmeister und schlug eines der fliegenden Blätter, die Meister Stegemann gedruckt hatte, auf den Tisch. Der Bürgermeister blickte darauf und las den Text: „... grausamblich gemetschet und zerhacket, in die Weser geworfen!“ Er erbleichte: „Das werdet Ihr doch nicht machen?“

„Ihr kommt meinem Befehl nach!“ entgegnete der Rittmeister in einem Ton, der an Schärfe nichts zu wünschen übrig ließ. Der Bürgermeister zuckte zusammen, nickte wortlos und stürzte aus dem Hause. Von Falkenburg schüttelte nur den Kopf. Mensinck hatte mit seiner Bemerkung absolut richtig gelegen. Der Rittmeister konnte sich des Verdachts nicht erwehren, dass ihm der Befehl des Generals Tilly bereits nach Witzenhausen vorausgeeilt war. Mit geheucheltem Bedauern hatten ihm die Stadtoberen eine geringe Ausbeute an Baumaterial präsentiert und darauf verwiesen, dass keine Handwerker mehr in der Stadt seien. Von Falkenberg wollte eine solche Schlappe kein zweites Mahl erleben und hatte sich daher in Allendorf mit diesem martialischen Auftritt präsentiert.

Knapp drei Stunden später waren etwa vierzig Bauleute vor der Kommandantur versammelt. Der Bürgermeister versicherte ihm ein ums andere Mal, dass achtzehn Frachtkähne am Ufer der Werra bereitlägen und mit dem geforderten Baumaterial beladen würden. Der Rittmeister dachte gar nicht daran, von seiner kriegerischen Haltung abzugehen: „Leute, hört zu. Ihr werdet jetzt mit den Booten nach Münden gebracht. Dort gilt es, die Stadtmauer und einige andere Bauwerke auszubessern. Ihr erhaltet den üblichen Lohn. Im übrigen rate ich niemandem, einen Fluchtversuch zu unternehmen!“

Er deutete auf seine Kavalleristen, die mit gezogenen Pistolen zu Pferde saßen. Die Handwerker nickten murrend und begaben sich auf den Weg zur Werra. Das Verladen des Materials nahm noch geraume Zeit in Anspruch, obwohl die Reiter den Bauleuten zur Hand gingen. Endlich legten die ersten Boote ab, auf denen immer zwei Männer des Rittmeister mitfuhren. Die übrige

Schwadron mitsamt der reiterlosen Pferde begleitete die Frachtboote am Uferweg. Spät am Abend erreichten sie Münden. Die Kähne gingen nahe der Stadtbrücke ans Ufer. Die Handwerker brachte man unter Bewachung in die Stadt, während Soldaten mit dem Entladen des Baumaterials begannen.

„Sagt, Rittmeister," fragte ihn Casselius. „Warum kehrt Ihr erst jetzt zurück? Wir hatten spätestens am Mittag mit Euch gerechnet!"

Von Falkenburg berichtete dem Obersten, dass man ihn in Witzenhausen wahrscheinlich zum Narren gehalten hatte. Daraufhin sei er erst in Allendorf fündig geworden.

„Und Ihr meint, dass die Kunde von Eurem Vorhaben die Stadt Witzenhausen bereits erreicht hatte?" fragte Oberst Casselius irritiert.

„Beschwören kann ich es nicht, es war aber mein Eindruck!"

„Nun, Spione beim Gegner zu platzieren gehört zum Kriegshandwerk. Ich werde die Sache im Auge behalten," entgegnete der Oberst ein wenig nachdenklich. Er wandte sich wieder an den Rittmeister: „Sagt, Falkenburg. Was hättet Ihr eigentlich in Allendorf gemacht, wenn es nicht nach Euren Vorstellungen gegangen wäre?"

„Ganz einfach. Meine Leute wären auf die Suche nach Baumaterial gegangen und hätten dabei die Stadt nach arbeitsfähigen Leuten durchkämmt, drei oder vier dutzend von ihnen notfalls gefesselt und auf die Frachtkähne geschafft."

Der Oberst grinste nur: „Sie einzeln zu überreden hätte wohl auch zu lange gedauert!"

Der Rittmeister begleitete den Oberst zu seinem Quartier in der Mühlenstraße. Dort hatte man bereits das Abendessen zubereitet.

„Greift zu, solange noch etwas da ist, mein lieber Falkenburg!“ lud ihn der Oberst ein. „Der Braten ist nicht zu verachten. Bier ist auch genug vorhanden!“

„Danke, sehr gerne!“ Der Rittmeister nahm am Tisch in der großen Wohnküche Platz.

„Es gibt Neuigkeiten, Rittmeister!“ begann Casselius. Er sprach ein wenig undeutlich, da er mit vollen Backen kaute. „Der tolle Halberstädter ist tot!“

„Herzog Christian von Braunschweig? Wie ist das passiert?“ reagierte von Falkenburg erstaunt.

„Nun, unser werter Gegner hatte bekanntlich eilends seine Truppen zurückbeordert, als er Wind vom Herannahen unserer Armee bekam. Herzog Christian, der schon gesundheitlich sehr angeschlagen war, hatte noch die Garnisonen in Münden und vor allem in Göttingen verstärkt. Mit dem Rest seiner halb verhungerten und schlecht bewaffneten Armee traf er schließlich in Wolfenbüttel ein. Dort ist Christian von Braunschweig am 16. Juni verstorben. Gott möge seiner Seele gnädig sein!“

„Er war doch noch gar nicht betagt!“ stellte von Falkenburg verwundert fest.

„Nein, keineswegs. Der Herzog wurde nur sechsundzwanzig Jahre alt. Er hatte aber sein Lebenslicht an beiden Enden angezündet. Sein ausschweifender Lebenswandel musste sich eines Tages auswirken. Natürlich gab es gleich Gerüchte, er sei durch einen gedungenen Mörder vergiftet worden. Aber nach allem, was wir erfuhren, ist er in Folge seiner Krankheit regelrecht von innen verfault!“ Oberst Casselius schüttelte sich. „Wir haben zwar einen Gegner weniger, aber den ehrenvollen Tod in der Schlacht hätte ich ihm eher gegönnt als ein solches Ende!“

„Herr Oberst, wenn Ihr eine Frage gestattet,“ ließ sich nun der Diener des Obristen als Dritter am Tisch vernehmen. „Warum wurde der Herzog eigentlich als toller Halberstädter bezeichnet?"

„Oh, diesen Beinamen hatte er sich durch seine besondere Art erworben!" Oberst Casselius stopfte in aller Ruhe seine Pfeife, die er mit einem glühenden Holzstück aus dem Küchenfeuer entzündete. Nachdem der Tabak gleichmäßig knisterte, lehnte er sich bequem auf seinem hölzernen Stuhl zurück, schlug ein Bein über das andere und begann: „Also, damit hatte es folgende Bewandtnis. Als Herzog von Braunschweig bekam er bereits im Alter von siebzehn Jahren als Lehen die Bischofswürde von Halberstadt. Christian hatte aber keineswegs vor, nun ein geistliches Leben zu führen. Das besagte Lehen nahm er nur an, weil es ihm beachtliche Einkünfte bescherte. Herzog Christian gefiel sich vielmehr in der Rolle des Soldaten, obwohl er nie eine militärische Ausbildung erhalten hatte. Als jüngerer Bruder des Herzogs Friedrich Ulrich zu Braunschweig-Lüneburg ergriff er natürlich für die protestantische Seite Partei. Er unterstützte mit einem Heer, das er selbst aufstellte und bezahlte, den Kurfürsten Friedrich von der Pfalz, den die Böhmen nach dem Prager Fenstersturz zum ihrem König erwählt hatten. Hinzu kam, dass er die Frau Friedrichs, Elisabeth Stuart glühend verehrte. Herzog Christian hatte sogar einen entsprechenden Wahlspruch auf seine Fahnen sticken lassen. Elisabeth wurde darauf in einem Satz mit unserem Herrgott genannt. Dies war in den Augen unseres Grafen Tilly reine Blasphemie. Aber weiter zu den Taten des verblichenen Herzogs. Er machte sich daran, katholische Lande aufs Äußerste zu drangsalieren. Er schickte den Städten martialisch abgefasste Drohbriefe und erpresste auf diese Weise Schutzgelder. Anschließend plünderte er die Orte trotzdem aus. Er raubte die Paderborner Kirchenschätze und ließ, gleichsam um seinen Hass kund zu tun, aus ihnen Taler prägen, auf denen *‚Gottes Freund, der Pfaffen Feind'* zu lesen war. Vor vier Jahren wurde dem Herzog in der Schlacht bei Fleurus der linke Unterarm durch eine Musketenkugel zerschmettert. Christian stellte seine persönliche Tapferkeit auf besondere Weise zur Schau. Vor dem gesamten angetretenen Heer ließ er sich zur Musik von Trommlern und Pfeifern den Unterarm ohne jegliche Branntweinbetäubung amputieren." Oberst Casselius zog an seiner Pfeife. „Als normal ließen sich seine Handlungen jedenfalls nicht bezeichnen. Daher kam der Herzog zu dem besagten Beinamen."

Der Diener nickte. „Eine Frage hätte ich noch. Kürzlich sah ich ein Bild des Herzogs auf einer Flugschrift. Dort war er jedoch mit zwei Händen abgebildet!"

„Das stimmt in gewisser Weise auch!" antwortete der Oberst. „Ein talentierter holländischer Handwerker machte dem Herzog später eine künstliche Hand, mit der er sogar Waffen führen konnte!"

## 15 Hitziges Fieber

Münden, im Juli des Jahres 1626

Leise verließ eine der Leibwachen das Schlafzimmer des Grafen Tilly und schloss geräuschlos hinter sich die Tür. Im Vorraum erwartete ihn schon Oberst Casselius. „Wie geht es Seiner Exzellenz?"

„Er schläft. Wenn Ihr mich fragt, er ist immer noch krank, sehr krank. Der Graf braucht auch weiterhin absolute Ruhe!" antwortete der Wachhabende mit gedämpfter Stimme.

„Keineswegs schlafe ich!" ertönte von drinnen die matt klingende Stimme des Grafen. „Seid Ihr das, Oberst Casselius? Kommt herein, ich habe einiges mit Euch zu besprechen!"

Der Leibwächter drückte die Klinke herunter, öffnete die Tür wieder und betrat den abgedunkelten Raum, gefolgt vom Obristen. „Wünsche einen guten Morgen, Exzellenz! Geht es Euch wieder besser?"

„Guten Morgen, Casselius! Das hitzige Fieber scheint endlich zurückzugehen. Wie lange liege ich jetzt auf diesem Krankenlager?"

„Zwei Wochen sind es mittlerweile, Graf!"

Der Diener öffnete die Flügel der beiden Fenster und stieß die Holzladen auf. Graues Tageslicht erhellte den Raum und frische kühle Luft strömte herein. Oberst Casselius schritt an eines der Fenster und blickte auf die Marktstraße der Stadt Münden. Der Himmel war wolkenverhangen und es regnete in Strömen.

Der alte Feldherr richtete sich langsam auf: „Höchste Zeit, dass ich wieder den Befehl übernehme, auch wenn Ihr mich sicher würdig vertreten habt."

„Bewahrt die Ruhe, Graf. Ihr müsst Euch noch schonen, Ihr seid noch sehr schwach!"

„Ach wo, jetzt werden Nägel mit Köpfen gemacht!"

„Exzellenz, verzeiht, dass ich Euch widersprechen muss!" antwortete der Oberst, der sich mittlerweile einen Stuhl herangezogen hatte und am Bett des Grafen Tilly saß. „Euer Leben stand auf des Messers Schneide. Ihr wart die meiste Zeit ohne Bewusstsein. Mehrere Doctores kümmerten sich um Euch und waren uneins über die rechte Behandlungsweise. Die einen wollten Euch zur Ader lassen, die anderen suchten das mit der Begründung zu verhindern, es würde Euch noch mehr schwächen!"

„Fast wäret Ihr den alten Knochen losgeworden!" antwortete der Graf beinahe belustigt. „Welcher der gelehrten Herren hat denn gewonnen?"

„Keiner!" antwortete der Oberst. „Eine von den Marketenderinnen, ein älteres Weib, das hier Fourage für das Haus anlieferte, bekam den Disput mit!"

„Und?" fragte Graf Tilly gespannt.

„Sie sagte, sie könne vielleicht helfen und bestand darauf, einen Blick auf Euch zu werfen. Die Alte ließ sich nicht abweisen. Die Wachen wollten sie schon mit Gewalt hinauswerfen. Ich habe es ihr schließlich gestattet, unter strengster Aufsicht natürlich. Sie hat Euch aus Kräutern einen Tee gekocht. Ich habe der Frau erst selbst etwas davon verabreichen lassen. Man kann schließlich nie wissen ... ."

„Ihr habt solch eine alte Kräuterhexe an mich herangelassen!" fuhr Graf Tilly hoch.

„Die Ärzte waren mit ihrem Latein am Ende. Sie hatten aufgegeben und bemaßen Euer Leben nur noch nach Stunden, nicht mehr nach Tagen!"

„Nicht zu glauben!" Der Graf schüttelte sich.

„Die Frau hat Euch dreimal am Tag diesen Kräutertee verabreicht. Es trat ein, was sie vorausgesagt hatte. Der Schüttelfrost schwand und Ihr begannt mächtig zu schwitzen. Warme Bäder und eine stärkende Brühe hat sie Euch verordnet. Ihr wart kaum bei Bewusstsein, scheint nichts von dem mitbekommen zu haben. Graf, auch wenn Ihr es nicht hören mögt, aber wahrscheinlich habt Ihr dieser heilkundigen Frau Euer Leben zu verdanken!"

„Die Wege des Herrn, wer wird sie je begreifen!" sagte der Graf leise und schwieg nachdenklich.

„Exzellenz?" fragte der Oberst nach einer Weile. „Was ist mit Euch?"

„Nichts, nichts," antwortete Graf Tilly. „Richtet der Frau meinen Dank aus und gebt ihr eine ordentliche Belohnung!"

„Sie wird noch einige Male nach Euch sehen. Ihr könnt Euch selbst erkenntlich zeigen, Exzellenz!"

„Nun gut! Lasst uns das Thema wechseln. Was ist in der Zwischenzeit passiert? Schildert mir die Lage, Casselius! Wie steht es um die Mündener Befestigungen? Sind sie wieder instandgesetzt?"

„Die Handwerker arbeiten noch daran. Es ist nur schwierig, weiteren notwendigen Mörtel heranzuschaffen. Steine und Bauholz haben wir nach der unseligen Explosion des Pulverturms aus den Trümmern der Gebäude hingegen genug."

„Wie sieht es mit Göttingen aus?"

„Nun Graf. Ihr werdet Euch sicher an die Antwort des Göttinger Rates erinnern, die er auf Euer schriftliches Ersuchen, zu accordieren und eine Garnison aufzunehmen, gab!"

„Allerdings! Der Rat der Stadt Göttingen bestätigte lediglich, meinen Brief erhalten zu haben! Kein weiteres

Eingehen auf mein Schreiben. Dreist, einfach nur dreist!" ereiferte sich Graf Tilly.

„Fürstenberg belagert mit etwa zehntausend Mann die Stadt. Unsere Artillerie hat Stellung bezogen!"

„Wer hat das befohlen? Ihr etwa, Casselius?" fragte Graf Tilly irritiert.

„Ihr selbst, Exzellenz, gabt den Befehl dazu – in einem jener wenigen Momente, als Ihr bei Euch wart!" antwortete der Oberst überrascht. „Könnt Ihr Euch nicht mehr erinnern? Es war Eure Reaktion auf den nichtssagenden Brief des Göttinger Rates!"

„Schon recht!" reagierte der alte Feldherr leicht unwirsch. „Und – was hat Fürstenberg erreicht?"

„Er schlägt sich mit der Göttinger Garnison herum. Die heruntergekommenen Truppen des Grafen Solms sind vor Zeiten nach Norden abmarschiert. Dafür ist der Major David Tönnies, ein Holsteiner in dänischen Diensten, mit mehreren Fahnen Fußvolk eingerückt. Außerdem kam noch eine Kompanie Reiterei der Stadt zu Hilfe! Sie haben einige überraschende Ausfälle gewagt und waren dabei erstaunlich erfolgreich."

„Gibt es auch Erfolge zu vermelden?" Graf Tillys Stimme nahm wieder diesen gefährlich leisen Ton an, den viele seiner Offiziere an ihm fürchteten.

„Durchaus, Exzellenz!" antwortete Oberst Casselius, der das Wesen des Generals nur zu gut kannte, bewusst unbefangen. „Fürstenberg hat bei der untersten Walkmühle das Oberwehr des Leinekanals eingenommen und schließen lassen. Nun sind seine Bausoldaten dabei, den Rückfluss zur Leine im Norden zuzuschütten. Der Leinekanal versorgt nicht nur die Göttinger Mühlen mit Wasser, sondern flutet auch den Stadtgraben. Fürstenberg wartet darauf, das dieser trockenfällt. Dies möchte den Sturm auf die Stadt erleichtern!"

„Recht getan," antwortete Graf Tilly. „Nach meiner Einschätzung kann es aber noch Wochen dauern, bis der Untergrund betreten werden kann, ohne dass unsere Soldaten bis zu den Knieen im Morast versinken!"

„Außerdem fliehen derzeit aus der ganzen Umgebung die Bauernfamilien mitsamt ihrem Vieh nach Göttingen, nachdem Fürstenberg Reiter in die Dörfer geschickt hat, um das Landvolk zu drangsalieren," ergänzte der Oberst. „Wir haben den Belagerungsring bewusst nicht geschlossen. Je mehr Menschen und Vieh in die Stadt kommen, desto eher brechen dort Seuchen aus. Göttingen gerät zunehmend in eine aussichtslose Lage. Die Zeit arbeitet für uns!"

„Euer Wort!" entgegnete Graf Tilly. „Wie hoch schätzt Ihr die Zahl der kriegsfähigen Männer in Göttingen?"

„Nimmt man die Garnisonstruppen sowie die Stadtsoldaten zusammen, so werden es etwa vier- bis fünftausend Mann sein!"

„Es gibt eine alte militärische Regel," dozierte Graf Tilly. „Diese besagt, dass man etwa die dreifache Übermacht braucht, um einen entschlossenen Gegner aus einer gut befestigten Stellung zu werfen! Die Stadt ist doch gut befestigt, oder täusche ich mich?"

„Die Göttinger haben erst kürzlich neue Halbredouten mit entsprechender Armierung angelegt, ganze Obstgärten gefällt und einige Gebäude eingeebnet, um freies Schussfeld zu haben!"

„Folglich wird unser halbes Heer kaum reichen, um die Stadt einzunehmen!" antwortete der General. „Außerdem, was ist mit dem Dänenkönig?"

„Liegt nach wie vor mit seinem Heer bei Wolfenbüttel, verstärkt um die restlichen Truppen des verstorbenen Braunschweigers und des Grafen Solms!"

„Den Dänen verstehe ich nicht! Ein Angriff seinerseits vor Münden hätte uns in große Schwierigkeiten gebracht. Würde er jetzt attackieren, wäre es das selbe!"

Oberst Casselius zuckte mit den Schultern. „Exzellenz, mir ist dieser Mann auch ein Rätsel! Vielleicht machen ihm immer noch die Folgen des schweren Sturzes letztes Jahr in Hameln zu schaffen. Bei der Inspektion der Wälle ist er mitsamt seinem Pferd runde zwölf Ellen in die Tiefe gestürzt. Zwei Tage war er bewusstlos."

Graf Tilly nickte. „Casselius, wir müssen Göttingen so schnell wie möglich einnehmen, Northeim auch! Je mehr Garnisonen wir dem Dänenkönig wegnehmen, desto schwächer wird seine Lage. Und dann wird sie kommen, die Entscheidungsschlacht! Christian wird gar nichts anderes übrigbleiben. Und der Sieg über ihn wird unserer Glaubensrestitution den Weg bereiten!"

## 16 Meister Brinkmann

Major Tönnies stand auf der vordersten Halbredoute, einer vorgeschobenen befestigten Geschützstellung nahe dem Weender Tor und schaute nach Norden. „Was tut sich dort bei den Papisten? Wenn ich es recht sehe, strömt dort eine weitere große Menge an Kriegsvolk heran!"

Der Stadtkommandant wandte sich an einige der umstehenden Artilleristen. „Ihr jungen Leute habt die besseren Augen – was seht Ihr?"

„Auch nicht viel mehr!" kam die Antwort. Ein junger Bursche trat vor. „Wenn Ihr gestattet, gehe ich näher an den Feind heran. Vielleicht kann ich etwas in Erfahrung bringen!"

Major Tönnies nickte. „Aber achtet auf die Vorposten der Tillyschen. Es sind einige davon im Felde!"

Der Junge verließ die Stadt aus einen engen Mauerdurchlass und passierte einen schmalen Steg über den mittlerweile fast trockenen Stadtgraben. Das Öffnen der Tür im Stadttor wäre vielleicht für den Gegner zu sehen gewesen.

Es dämmerte schon, als der Späher wieder auftauchte und eilends hineingelassen wurde.

„Nachdem ich durch die Vorpostenkette gekommen war, habe ich mich einfach unter das Kriegsvolk gemischt!" berichtete er atemlos dem Stadtkommandanten. „Der General Tilly ist bei den Truppen eingetroffen. Ich habe ihn gesehen!"

„Mann, Ihr seid vielleicht gut!" David Tönnies staunte. „Konntet Ihr hören, was er sagte?"

Der Junge grinste: „Nein, so dicht bin ich nicht herangegangen. Das wäre denn doch zu auffällig gewesen. Er beriet sich mit seinen Offizieren!"

„Habt Ihr noch etwas gesehen?"

„Sie bauen Zelte für die hinzugekommenen Truppen auf. Außerdem legen sie weitere Schanzen und Laufgräben an. Sie arbeiten sich zur Stadt hin vor!"

Major Tönnies wandte sich an den Stückmeister. „Wie sieht es aus, Meister Brinkmann? Reicht Ihr bis ins feindliche Lager mit Eurer Artillerie?"

„Mit diesen Stücken nicht!" Der Artillerist deutete auf die leichten Feldkanonen, die auf der Redoute standen. „Wir müssen unsere gröbsten Geschütze hierher verbringen. Die Rohre stehen im Süden und Westen, vier an der Zahl. Außerdem brauchen wir Schanzkörbe, Bauholz und Feldsteine!"

„Wollt Ihr die Redoute umbauen? Das ist auf die Schnelle nicht zu bewerkstelligen!"

„Lasst das nur meine Sorge sein!" Cord Brinkmann war zuversichtlich. „Wir werden die ganze Nacht brauchen. Lasst Geschütze und Ladungen heranschaffen. Allein schaffen es meine Männer allerdings nicht, die Stellung hier herzurichten Gebt mir zusätzliche Leute zum Schanzen. Morgen früh werden wir dem Tilly eins aufspielen!"

Die Soldaten arbeiteten die ganze Nacht hindurch im Wechsel. Meister Brinkmann schlief immer nur für kurze Zeit. Dann war er wieder auf dem Posten und gab seine Anweisungen. Manch kräftiger Fluch war zu hören. Waren die Soldaten, die ihm der Major beigegeben hatte, doch keine gelernten Artilleristen. Fuhrleute mühten sich, die schweren Stücke heranzubringen. In der Morgendämmerung konnten die Kanonen endlich in ihre Stellungen gebracht werden. Man hatte die Stellung nach hinten erweitert, um den Platz für die großen Geschütze zu schaffen. Der Schutzwall auf der Redoute war deutlich höher gezogen worden. Der Stückmeister hantierte an einem Tisch mit einem großen Winkelmaß, einem Quadranten,

Tabellen und Blättern mit gezeichneten Schießkurven. „Gebt zehn von hundert mehr Pulver, dann könnte es reichen!“ wies er seine Artilleristen mit einem Blick auf die feindlichen Stellungen an.

„Wenn uns die Rohre zerspringen, haben wir gar nichts gewonnen!“ kam prompt der Einwand. „Wer soll denn unsere Himmelfahrt zünden?“

„Das halten die Kanonen aus!“ konterte der Stückmeister. „Bringt Schanzkörbe fünf Ellen hinter die Stücke und bindet die Luntenstöcke an Piken!“

Die Kanoniere sahen sich an, grinsten und kamen den Befehlen ihres Stückmeisters nach.

Die Geschütze wurden geladen.

„Leute, hinter die Schanzkörbe,“ kommandierte Cord Brinkmann. Er ging mit einem der verlängerten Luntenstöcke zu einer entfernt stehenden Laterne. Der pechbeschmierte Werg glimmte auf. „Ist das Pulver auf den Pfannen?“

„Jawohl,“ brüllten die Kanoniere, sämtlich hinter den erdgefüllten Schanzkörben liegend. Der Stückmeister schritt zum ersten Geschütz, senkte den Luntenstock auf das Zündloch und ging ebenfalls in Deckung.

Ein gewaltiger trockener Knall - pfeifend nahm die schwere Kugel ihre Bahn. Das Geschütz sprang vom Rückstoß zurück. Die Lafette stieß hart gegen die Schanzkörbe.

„Das Stück hat gehalten!“ rief Cord Brinkmann. Er griff den Luntenstock, sprang auf und zündete die anderen drei Geschütze. Brüllend spieen sie ihre Eisenkugeln in die Luft. Die Artilleristen beobachteten gespannt die Einschläge. Die Kugeln trafen kurz vor den feindlichen Schanzen auf den Boden. Einige Geschosse sprangen wieder auf und rasten weiter. Der Wind wehte Schreie herüber.

Schon waren Meister Brinkmanns Leute damit beschäftigt, letzte glimmende Pulverrückstände aus den Rohren zu entfernen. Jedem war völlig klar, wie der nächste Befehl ihres Stückmeisters lauten würde.

„Gebt fünfzehn von hundert mehr an Pulver!"

Jeder Handgriff saß. Nach wenigen Minuten waren die Kanonen wieder schussbereit nach vorne geschoben.

„Irgendwann fliegt uns solch ein Stück um die Ohren!" hörte Cord Brinkmann. Er erwiderte nichts. Ganz wohl war ihm auch nicht dabei. Das raue Spiel wiederholte sich, der Stückmeister zündete auch diesmal selbst. Fürchterliches Geschrei klang vom Feind herüber. Die Göttinger Kanoniere brachen in lauten Jubel aus und stürzten wieder an die Geschütze. Alle paar Minuten rauschte eine weitere Salve hinüber.

Es entstand ein ziemlicher Tumult im Lager der ligistischen Armee. Die Göttinger Kanonenkugeln lagen deckend und zogen furchtbare Schneisen des Todes. Offiziere schrieen Befehle, Soldaten rückten fahnenweise aus dem Schussfeld, manche stürzten auch ungeordnet davon. Eine lange dürre Gestalt im blutbespritzten Kittel rannte heulend durch das Lager. Es war der Famulus des Arztes Deventer. Nahe dem Zelt des Generals brach er schluchzend zusammen. „Er ist tot, er ist tot!" schrie er ein ums andere Mal.

„Bringt ihn weg, fesselt und knebelt ihn notfalls!" befahl Graf Tilly. „Er macht mir noch die Leute toll! Rittmeister von Falkenburg, übernehmt Ihr das!"

Der Rittmeister lief zu dem Gehilfen, richtete ihn auf und redete ihm zu.

„Deventer!" schluchzte der Famulus. „Deventer ist tot!"

„Es hat ihn erwischt!" sagte von Falkenburg, nun doch leicht erschüttert..

Der Famulus nickte. „Er war gerade am Operieren. In dem Moment raste eine Kanonenkugel quer durchs Zelt und hat ... ," seine Stimme kam nun stoßweise, „... hat ihn mitten ... mittendurch gerissen. Ich stand direkt daneben! Hier, das ist alles sein Blut!" Der Famulus weinte hemmungslos. Der Rittmeister führte ihn schließlich unter weiterem Zureden fort.

Graf Tilly wandte sich indigniert ab.

„Er ist eben kein Soldat," kommentierte Oberst Casselius das Geschehen, während erneut Geschosse in das Lager einschlugen. Graf Tilly machte keinerlei Anstalten, sich in Sicherheit zu bringen. Schweigend beobachtete er das grausige Schauspiel.

„Wenn wir hier auf Erden noch eine Aufgabe zu erfüllen haben, so wird der Herr uns verschonen," wandte er sich an Oberst Casselius. „Er hätte mich schon einige Male zu sich zitieren können!"

„Man darf das Schicksal aber auch nicht herausfordern!" warnte der Obrist. „Exzellenz, wir sollten uns aus dem Schussfeld begeben!"

„Wenn Ihr meint!" Graf Tilly bestieg ohne jede Hast sein Pferd. Oberst Casselius kam seinem Beispiel nach, jedoch um einiges zügiger.

„Übrigens," wandte sich der General an den neben ihm reitenden Obristen. „Der Stückmeister dort ... ," er hob die rechte Hand und deutete mit dem Daumen hinter sich,

„... der Mann versteht sein Handwerk - alle Achtung. Ich hätte nicht gedacht, dass wir hier noch in Reichweite der Göttinger Artillerie liegen. Wenn wir die Stadt genommen haben, möchte ich den Mann in meinem Heer sehen!"

Oberst Casselius schmunzelte: „Sofern wir ihn denn kriegen und er sich nicht aus dem Staube macht! Übrigens, wenn ich den nicht geringen Pulververbrauch unserer werten Gegner betrachte – eines solltet Ihr noch erfahren, Exzellenz!"

Graf Tilly schaute ihn fragend an.

„Wisst Ihr, Graf, warum der tolle Halberstädter Ende April mit seinen Truppen Göttingen verließ?“

„Casselius, kommt auf den Punkt!“ erwiderte der General leicht ungeduldig. „Wahrscheinlich, weil seine Truppen den Göttingern die Haare von Kopf fraßen und es schon Unruhe unter den Einwohnern gab!“

„Der unmittelbare Anlass war folgender,“ berichtete der Oberst. „Der Braunschweiger Christian hatte befohlen, den Großteil des Schießpulvers in den Göttinger Hauptturm zu bringen, gegen den Willen des Stadtrates. In der drauffolgenden Nacht gab es ein Gewitter. Ein Blitz schlug in diesen Turm ein, der daraufhin in die Luft flog. Ein nahes Haus wurde ebenfalls völlig zerstört. Die Bewohner fanden allesamt den Tod. Viele Göttinger sahen das als ein Gotteszeichen an. Die Stimmung gegenüber den Truppen des Braunschweigers schlug in regelrechten Hass um, so dass der tolle Christian den Befehl zum Ausrücken gab.“

„Einen Zusammenhang zur Explosion in Münden wird es kaum geben.“ entgegnete der alte General nachdenklich. „Die Ursachen waren vollkommen unterschiedlicher Art! In Münden wahrscheinlich grobe Unvorsichtigkeit, in Göttingen ein Naturereignis!“

„Eigentlich wollte ich darauf hinaus, dass der Pulvervorrat der Göttinger dadurch eher begrenzt sein dürfte!“

Der alte General nickte nachdenklich. „Woher wisst Ihr überhaupt von dem Vorfall?“

„Fürstenberg hat auf jeden Deserteur des Gegners, der ihn unversehrt gebracht wird, ein Kopfgeld ausgesetzt. Unsere Soldaten sind sehr bestrebt, die Leute bei guter Gesundheit zu stellen! Sie werden ordentlich behandelt und reden meist schon von alleine. Wir wissen daher noch mehr. Von den großen Geschützen haben sie nur vier. Die hat der Tönnies vermutlich letzte Nacht gegen uns in Stellung bringen lassen!"

Ein leichtes Lächeln huschte über das Gesicht des alten Feldherren. „Also lassen wir rund um die Stadt eine ganze Reihe von Schanzen anlegen. Überall kann der Gegner mit seinen groben Stücken nicht sein. Übrigens, um unsere Pulvervorräte ist es auch nicht zum besten bestellt. Es kommt zwar jetzt mehr Nachschub durch, aber vor allem am Schießpulver respektive den Ingredienzien dafür mangelt es uns. Darum lässt Fürstenberg – ich habe vorhin mit ihm gesprochen – nur feuern, wenn es wirklich Erfolg verheißt."

Der General und sein Obrist erreichten nach einer knappen halben Meile das kleine Wäldchen, zu dem sich die meisten Einheiten aus der beschossenen Stellung zurückgezogen hatten.

## 16 Bergleute

Es war früh am Morgen. Etwa eineinhalb Meilen von Göttingen entfernt standen General Tilly und einige seiner Offiziere am nördlichen Abschnitt des Leinekanals, der mittlerweile trockengefallen war. Einige Soldaten zerrten eine Sturmleiter und ein paar Bretter von dem mitgeführten Planenwagen. Die Leiter wurde an der Uferböschung hinabgelassen. Ihre Holme drückten sich in den weichen Untergrund ein. Ein Soldat kletterte hinab, ließ sich die Bretter hinunterreichen und legte sie auf den matschigen Untergrund.

Der alte Feldherr stieg hinab, langsam, durch seinen weitgehend unbeweglichen linken Arm gehindert. Schließlich langte er auf der Kanalsohle an. Einen Stiefel setzte er auf den schlammigen Boden. Er sank nur bis über den Knöchel ein. „Eine Woche noch, wenn es nicht gerade in Strömen regnen sollte – dann wagen wir es!“ lautete sein Kommentar. Er kletterte die Leiter wieder hinauf, ging zu seinem Pferd und entnahm einer der Satteltaschen ein gefaltetes Schriftstück.

„Rittmeister von Falkenburg, Euer Part!“ Mit diesen Worten drückte er ihm das vorbereitete Schreiben in die Hand. „Hier sind Befehl und Vollmacht!“

Von Falkenburg überflog die Zeilen: „Exzellenz?“

„Habt Ihr Einwände?“ fragte der Graf.

„Nein, jedoch erbitte ich mir den Hauptmann von Estorff samt seiner Schwadron! Außerdem schlage ich vor, Handgeld bei der Werbung auszahlen zu lassen!“

„Macht von Eurer Vollmacht Gebrauch. Aber beim Handgeld bitte ich mir Sparsamkeit aus, sonst haben die Kommissare unseres Kurfürsten Maximilian wieder ihre Einwände!“

„Eine Frage noch bezüglich der Ausführung. Die Leute werden nicht reiten können!“

„Requiriert dort ein paar Fuhrwerke. Ihr habt eine Woche Zeit, die Männer hierher zu bringen! Übrigens – reitet in Sichtweite von Northeim vorbei. Ich möchte die Reaktion der Stadtwachen erfahren!“

Der Rittmeister grüßte, schwang sich auf sein Pferd und ritt zum Zeltlager, das die Soldaten in der Nacht zurückverlegt hatten. Die Göttinger hatten ihr Bombardement wieder aufgenommen und beschossen von Zeit zu Zeit die vordersten noch in der Nacht errichteten Schanzen der Belagerer und die vorangetriebenen Laufgräben.

Von Falkenburg wurde beim Zahlmeister vorstellig und ließ sich eine Summe Geldes aushändigen. Den Hauptmann von Estorff hatte er schnell ausfindig gemacht und ihm den Auftrag den Generals mitgeteilt. Eine halbe Stunde später war die Schwadron in Richtung Nordosten unterwegs.

Die Mauern und Türme der Stadt Northeim kamen in Sicht. Trompetensignale erklangen in der Ferne. Auf den Befestigungsanlagen sah man hektische Betriebsamkeit. Kanonen reckten drohend ihre Mündungen dem Feind entgegen.

„Das Ganze halt!“ kommandierte Hauptmann von Estorff. „Die sind imstande und brennen uns welche auf den Pelz!“

Der Hauptmann gab seinem Pferd die Sporen und ritt alleine vor die Stadtmauern. Mit einer übertriebenen Geste zog er sein Barett. „Nach Norden treibt es uns, nicht in Eure Stadt!“

„Macht, dass Ihr weiterkommt, Ihr papistischen Schelme, sonst ziehen wir Euch einen Scheitel!“ erklang es von den Northeimern herüber. Die Artilleristen schwenkten unmissverständlich ihre qualmenden Luntenstöcke.

„Sehr wohl, die Herren!" Der Hauptmann grüßte wieder spöttisch und kehrte zu seiner Einheit zurück. Mit donnernden Hufen galoppierte die Schwadron auf der Landstraße davon. Bald war nur noch eine Staubwolke von ihr zu sehen.

Gegen Abend erreichten die Reiter die Ortschaft Windhausen am Fuße des Harzes. Die meisten Häuser des Ortes standen noch. Nur einige niedergebrannte Gehöfte zeugten von früheren Überfällen. Ein Teil der Schwadron ritt um das Dorf herum und kam von Norden herein, die übrigen drangen auf direktem Wege in die Ansiedlung. Für die Einwohner gab es kein Entkommen. Die Reiter saßen ab und stürmten in die Häuser.

Hauptmann von Estorff wandte sich an den Rittmeister: „Kommt, nur munter lustig. Das Abendessen wartet. Wir müssen es uns bloß holen!"

Der Rittmeister wandte sich angewidert ab – das war nicht sein Krieg. Der Hauptmann schüttelte ungläubig den Kopf und stürzte mit gezogenem Säbel davon.

Die ersten Bewohner wurden herausgeschleppt, Männer, Frauen und Kinder. Einem Bauern, der zu seiner Sense griff, wurde von einem der Reiter sofort der Schädel mit dem Schwert gespalten. Schreie, Weinen, Flüche waren überall zu hören.

„Sagt uns, wo Ihr eure Schätze, euer Geld versteckt habt. Sonst ergeht es euch schlecht!"

„Schätze? Geld? So oft, wie wir schon überfallen wurden?"

Einige Soldaten trugen Schränke und Tische aus den Häusern und zertrümmerten sie.

Ein glimmender Herd war schnell in einem der Häuser gefunden und bald brannte ein gewaltiges Lagerfeuer auf dem Dorfplatz. Die Soldaten schlachteten erbeutete Schweine und eine Kuh, während die überlebenden Dorfbewohner gefesselt und mit ohnmächtiger Wut zuschauen mussten, wie die Soldaten ihr Hab und Gut vernichteten. Als im Keller der Dorfschänke einige volle Fässer gefunden wurden, kannte die Begeisterung der Eindringlinge keine Grenzen mehr. In kurzer Zeit war die gesamte Reiterschwadron mehr oder weniger sturzbetrunken. Lachend und grölend nahmen Soldaten die Frauen unter den Dorfbewohnern in Augenschein. Einige wurden gepackt und in die Häuser und Scheunen geschleppt. Entsetzliche Schreie waren zu hören, Jammern, Weinen. Die gefesselten Männer bäumten sich auf – es nutzte ihnen nichts. Sie wurden von den Soldaten verhöhnt.

„Rittmeister, seid Ihr immer so ein Sauertopf?“ rief der Hauptmann von Estorff voller Übermut. Sein Branntweinatem schlug von Falkenburg ins Gesicht. „Was ist denn gegen ein bisschen Vergnügen einzuwenden! Wir sorgen für Nachwuchs und machen neue kleine Bauern!“ Er schlug sich vor Lachen auf die Schenkel..

„Vergnügen? Gegen den Willen der Frauen?“

„Seid nicht albern!“

„Mit Gewalt musste ich mir das niemals nehmen!“

Hauptmann von Estorff trat einige Schritte zurück, schaute den Rittmeister nur an: „Was seid Ihr denn für ein komischer Heiliger? Wer weiß, ob wir morgen noch da sind! Heute wird gelebt!“

Von Falkenburg schüttelte den Kopf.

„Na, dann kommt zum Essen. Das erste Schwein ist durch! Oder habt Ihr auch ein Fastengelübde abgelegt, Bruder Mathias? So heißt Ihr doch!“

Der Rittmeister ging schweigend mit dem Hauptmann zu dem lodernden Feuer. Sie ließen sich ein Stück von dem

Braten abgeben und setzten sich auf eine Hausbank, die zufällig nicht im Feuer gelandet war.

„Seht, mein lieber Falkenburg," wandte sich der Hauptmann, der noch nicht allzu betrunken war, an ihn. „Macht Ihr es Euch nicht ein wenig zu einfach?"

„Was meint Ihr?"

„Das Stück Fleisch, in das Ihr gerade Eure Zähne schlagt! Es wurde den Bauern genommen. Mit dem Requirieren wollt ihr zwar nichts zu tun haben – aber satt wollt Ihr trotzdem werden! Ihr wart wohl noch nie auf Fresspatrouille, habt noch nie fouragiert? Ich habe es schon viele Male gemacht. Glaubt mir, für gute Worte rückt das Landvolk nichts heraus, zum Bezahlen reicht unser Sold nicht, wenn wir überhaupt welchen bekommen. Der Bauer muss den Soldaten ernähren, ob es ihm passt oder nicht! Und ihr Vermögen rücken sie auch nur heraus, wenn man sie etwas peinlicher befragt!" Der Hauptmann deutete auf einige Soldaten, die einem Mann die Stiefel ausgezogen hatten und seine Füße ins Feuer hielten: „Sag' uns, wo du dein Geld vergraben hast oder wir braten dich wie deine Sau!" Die Antwort des wimmernden, sich windenden Bauern war nicht zu verstehen. Der Rittmeister knetete seine Finger, die mittlerweile fast weiß waren.

*Willst Du dazwischen gehen?*
*Die sind sowieso nicht mehr bei Sinnen,*
*außerdem sind es ihrer zu viele!*

Von Falkenburg antwortete dem Hauptmann: „Wir, ich meine unsere Familie, haben auf unserem Gut bei Landsberg keine Leibeigenen. Die Leute, die unseren Grund und Boden bewirtschaften, behandeln wir ordentlich. Das kann ich guten Gewissens sagen!"

„Sie leben bestimmt genau so gut wie Ihr und Euresgleichen?" spottete von Estorff.

Der Rittmeister ließ sich von der Ironie nicht provozieren: „Denkt, was Ihr wollt. Aber ein derartiger Frevel gegen das Landvolk ist mir fremd!"

„Was wollt Ihr denn?" reagierte der Hauptmann nun erbost. „Das gehört zum Krieg dazu! Versorgungstrains kommen immer noch viel zu wenige durch. Wir sind froh, wenn wir Waffen, Munition, Kleider und Stiefel bekommen – Fourage schickt uns der bayrische Maximilian kaum!" Von Estorff deutete auf seine plündernden Reiter. „Nennt mir Eure Alternative zu dem da!"

„Ich weiß es nicht!" räumte der Rittmeister schließlich ein.

„Na also, dann mokiert Euch nicht! Warum seid Ihr überhaupt Soldat geworden?"

„Eine alte Familientradition. Meist ging der zweite Sohn zu den Fahnen. Wir haben eine Reihe von Offizieren vorzuweisen. Das stehende Heer unseres Kurfürsten Maximilian war zwar schon im Kriege, als ich hinzukam, aber etwas Ehrenrühriges war daran zunächst nicht zu erkennen, zumal der General Tilly damals schon ein verdienter Oberbefehlshaber war. Meine erste Bewährung, mein erster großer Einsatz kam in der Bataille bei Stadtlohn!"

„Ich habe davon gehört. Ihr habt dem tollen Halberstädter die erste Batterie genommen!"

„Weiß Gott nicht ich allein!" Und er berichtete von seinem übermütigen Vorpreschen, aus dem ihm damals hauptsächlich Meinrad, sein späterer Diener regelrecht herausgehauen hatte.

„Ihr seid viel zu ehrlich! Und Euren Anstand hättet Ihr besser zu Hause gelassen. Manchem kommt er schon in den ersten Tagen bei den Fahnen abhanden, wenn er ihn denn überhaupt je hatte!"

„Und – wie kamt Ihr dazu?“ Dem Rittmeister wurde das Gespräch allmählich peinlich und er wollte ihm eine gewisse Wendung geben. „Von Estorff scheint mir ein recht norddeutscher Name zu sein!“

„Ich bin Holsteiner!“

„Daher damals Eure merkwürdige Anmerkung, nachdem wir uns bei Bovenden wieder von der dänischen Schwadron gelöst hatten!“

„Nicht nur das. Ich habe im Herr des dänischen Königs gedient – bis zum 4. November des letzten Jahres!“

„Da war die Schlacht bei Seelze!“

„Ganz richtig, wobei das Wort Schlacht ein wenig zu groß gegriffen ist. Ich geriet mit etlichen anderen in die Gewalt der Tillyschen. Es war auch der Sven Pedersen dabei, ein Däne. Er war ebenso Hauptmann im Fußvolk wie ich damals! Ein ziemlich auffallender Bursche übrigens. Ebenso groß wie Ihr, aber deutlich breitschultriger, mit blondem, fast weißen Haaren!“

„Ihr wart Infanterist! Daher Euer Offiziersrang. Als Reiteroffizier müsstet Ihr eigentlich wie ich Rittmeister sein.“

„Richtig. Der Dänenkönig suchte zu der Zeit nur Offiziere für sein Fußvolk. Jedoch bin ich von klein auf mit Pferden umgegangen. Manchmal kommt es mir so vor, dass ich eher reiten als laufen konnte. Daher bin ich beim Tilly zur Kavallerie gegangen, als sich die Gelegenheit bot!“

„Und dieser andere Offizier?“ fragte der Rittmeister, aufmerksam den Hauptmann anschauend.

„Pedersen? Der ist beim Tillyschen Fußvolk, obwohl er auch reiten kann, wie bekanntlich fast alle Offiziere!“

Von Falkenburg fiel wieder die kurze Szene in der Kirche von Gieboldehausen ein, als dieser weißblonde Hüne mit dem merkwürdigen Akzent ihn ansprach:

*Der alte Fuchs führt noch etwas anderes im Schilde!*
*Wie man hört, seid Ihr mittlerweile zum Stabe*
*kommandiert und mit allerlei Sonderaufgaben betraut!*
*Wisst Ihr um den Ort des Sammelpunktes?*

Wahrscheinlich war das nur ein Zufall. Doch irgendwie begannen des Rittmeisters Gedanken zu kreisen. „Solch ein Fahnenwechsel – seid Ihr nicht gegen Eure Überzeugung in unserem Heer?"

„Meine Überzeugung ist, dass es mir gut gehen soll. Schade, dass mich der Wallenstein nicht gefangen nahm. Der Bursche soll deutlich besseren Sold zahlen, habe ich gehört. Meine Überzeugung ist auch, dass der dänische Christian den Krieg verlieren wird. Kein Elan, keine Fortune mehr seit seinem verhängnisvollen Sturz auf den Hamelner Wallanlagen. Er ist seither dem Trunke recht ergeben. Im Heer des zukünftigen Verlierers möcht' ich nicht dienen. So kam mir der Seitenwechsel gerade recht! Im übrigen bin ich nicht aus Überzeugung für eine Sache zu den Soldaten gegangen, sondern aus purer Abenteuerlust. Ich wollte etwas erleben!"

„Und der Pedersen? Wie denkt er darüber?"

„Weiß ich doch nicht. Habe ihn seitdem kaum noch gesehen. Was stellt Ihr überhaupt für merkwürdige Fragen?"

„Schon gut. Vergesst es!" Der Rittmeister winkte ab. „Ist auch nicht so wichtig!"

Am Lagerfeuer erhob sich ein wüstes Geschrei. Die Beine des Bauern waren völlig verbrannt. Er rührte sich nicht mehr. Ein penetranter Geruch hing in der Luft.

„Willst du endlich reden, du verdammter Hundesohn?"

Der Rittmeister erhob sich und ging zu den Soldaten. „Ihr könnt aufhören. Er hat sich davongemacht!"

Die Reiter glotzten ihn branntweinumnebelt und blöde an: „Hä?"

„Er ist tot. Er kann Euch nichts mehr sagen!"

„Dieser verdammte ...!" Einer der Soldaten trat nach der Leiche.

Der Rittmeister wandte sich ab. Tote und Sterbende hatte er schon viele, vielleicht zu viele gesehen, es machte ihm nichts mehr aus – auf dem Schlachtfeld, wo er das selbe Risiko wie der Gegner einging. An diesem Irrsinn jedoch konnte er sich nicht gewöhnen.

Hauptmann von Estorff war herangekommen. „Falkenburg, wollen wir in diesem Nest übernachten? Wie sieht überhaupt Euer weiterer Plan aus?"

„Heute bewegen wir ohnehin nichts mehr. Der Harz liegt vor uns. Wir richten uns hier erst einmal häuslich ein!"

Hauptmann von Estorff gab seine Befehle und ging zusammen mit dem Rittmeister in eines der Häuser. Sie setzten sich an den Küchentisch. Von Falkenburg erläuterte dem Hauptmann seinen Plan: „Das nächste Städtchen, das wir erreichen, müsste im Tal, im Grund sein!"

„So heißt es auch, Grund! Dort wollt Ihr mit Eurer Anwerbung beginnen?"

„Ja, warum nicht? Es ist doch eine Siedlung von Bergleuten!"

„In Grund findet Ihr gar nichts mehr! Wir haben den Ort am 10. Februar dieses Jahres restlos zerstört!"

„Warum?"

„Befehl von General Tilly persönlich! Er wollte ein Exempel statuieren lassen. Das Städtchen Grund war eine Hochburg der rebellischen Harzschützen unter der Führung dieses Hans von Eisdorf!"

„Ein Adliger als Anführer der Aufrührer?"

„Kein Adliger! Eigentlich heißt er Hans Warnecke, kommt aber aus dem Ort Eisdorf. Daher der Name! Ihn haben wir leider nicht gekriegt. Aber von den Einwohnern ist uns kaum einer ausgekommen. Der Tilly hat den Befehl ganz überlegt im tiefsten Winter gegeben, wenn normalerweise kein Mensch Krieg führt. Zum ersten haben die Rebellen zu dieser Zeit nicht damit gerechnet, zum zweiten konnten wir die Spuren der Flüchtenden gut im Schnee verfolgen und zum dritten dürften diejenigen, die uns vielleicht entkamen, in der eisigen Kälte erfroren sein. Der Tilly denkt sich immer etwas dabei. Er überlässt nichts dem Zufall!"

„Welches sind die nächsten Orte, in denen wir Erfolg haben könnten?"

„Wir müssen auf jeden Fall die Straße nehmen, die hinter Grund über die Anhöhe führt! Wir schwenken nordwärts nach Wildemann, Bockswiese und Lautenthal!"

„Wie sieht es dort aus?"

„Oh, die haben wir nur ein wenig gerupft. Dort sollten Leute zu finden sein!"

„Bevor wir aus Weende losritten, sagtet Ihr, dass Eure Schwadron knapp dreihundert Mann stark sei!"

„Richtig!" Von Estorff nickte.

„Mein Vorschlag wäre, dass wir uns teilen und möglichst gleichzeitig in die drei Orte einfallen. Wenn aus jedem Dorf etwa vier Dutzend Bergleute kommen, sollte das reichen!"

„Sagt, Falkenburg, was will der Tilly mit Harzer Bergleuten?"

„Darüber habe ich mir auch schon Gedanken gemacht," antwortete der Rittmeister.

„Er hat sein Vorhaben nicht erwähnt. Aber wie Ihr schon ganz richtig sagtet: Unser General denkt sich immer etwas dabei!"

„Es interessiert mich einfach," sinnierte der Hauptmann. „Das Leinewasser wurde bereits umgeleitet. Besser gesagt, man hat Zu- und Abfluss des Leinekanals versperrt. Und dieser kleine Bach, der noch in den Kanal floss, wurde abgeleitet. Das gab eine gewisse Überschwemmung auf einigen Wiesen. Aber dazu brauchte man natürlich keine Bergleute. Da haben unseren Schanzenbauer die Spaten und Schaufeln geschwungen!"

„Bergleute bauen Schächte!" sagte der Rittmeister nachdenklich.

„Und Stollen!" ergänzte von Estorff.

„Das haben die Türken 1529 vor Wien ebenfalls gemacht, wenn auch erfolglos. Die alten Römer sind auf diese Weise nach Jerusalem hineingekommen!"

Der Hauptmann grinste. „Bergleute sind aber keine Soldaten. Wenn die Feuer kriegen, rennen sie wie die Hasen!"

„Auch das wird Graf Tilly berücksichtigt haben. Wir werden sehen, wie er das handhaben will. Am besten wird es sein, wir dringen morgen Abend in die Orte ein und warten, bis die Bergleute aus ihren Bergwerken herauskommen," schlug der Rittmeister vor.

„Mein lieber Falkenburg," lachte von Estorff. „Ihr scheint mit den Gepflogenheiten der Harzer Bergleute nicht sonderlich vertraut zu sein. Die meisten bleiben nachts im Berg. Sie kommen nur zum Sonntag heraus!"

„Warum das denn?"

„Die Schächte sind mittlerweile so tief, dass die Bergleute bis zu zwei Stunden in den Berg einfahren müssen, um vor Ort zu gelangen! Auf schwankenden Leitern in die Tiefe! Es dauert einfach zu lange. Darum schlafen sie in manchen Bergwerken unter Tage! Es gibt dort nicht nur Schlafräume, sogar Küchen und kleine Kirchen. Und die Pferde, die dort unten eingesetzt sind, um über Göpel die

Schöpfräder der Entwässerung anzutreiben und mit Karren das erzhaltige Gestein zu den Schächten mit ihren Korbaufzügen zu bringen, sehen das Tageslicht erst wieder, wenn sie nicht mehr zu gebrauchen sind!"

„Du lieber Himmel! Das ist auch ein Leben. Die Bergleute müssten uns noch dankbar sein, wenn wir sie nach Göttingen bringen!"

„Na, ich weiß nicht. Wenn die uns Soldaten sehen ... !"

Am nächsten Morgen trabte die Schwadron bergan und passierte bald das zerstörte Dorf Grund. Eine knappe Meile hinter dem Bergsattel gab von Estorff das Signal: „Das Ganze – halt. In Dritteleskadrons aufteilen!"

Er wandte sich an den Rittmeister: „Falkenburg, hier zweigt ein Kammweg ab. Cornett Gabioni führt nach Lautenthal, ich übernehme von dort Bockswiese und Hahnenklee und Ihr reitet mit Eurem Trupp hinunter auf der Straße nach Wildemann. Dort treibt Ihr die Leute zusammen. Morgen Abend sollten wir mit unseren Bergleuten dort eintreffen!"

„So Gott will! Im übrigen, wir zahlen den Bergleuten ein Handgeld aus!" Der Rittmeister sprang vom Pferd, holte aus seinen Packtaschen zwei Geldbeutel und überreichte sie den beiden Offizieren.

„Nobel, nobel," sagte der erstaunte Gabioni. Von Estorff gab den Befehl zum Antraben.

Das kleine Bergstädtchen Wildemann lag vor ihnen. Der Rittmeister suchte den Amtmann des Ortes in seinem Hause auf. Die erste Reaktion des Mannes kam für ihn nicht überraschend. Dieser erschrak, als er von Falkenburg mit den übrigen Soldaten erblickte.

„Was wollt Ihr von mir?"

Der Rittmeister erklärte es ihm in kurzen knappen Worten. Der ältere Herr reagierte empört. „Die Bergleute sind vor Ort! Ich kann sie doch nicht heraufholen!“

„Doch, Ihr könnt und Ihr werdet!“ sagte der Rittmeister drohend. Er stand mit gezogener Pistole vor dem Amtmann, um seinen Worten Nachdruck zu verleihen.

„Könnt Ihr uns nicht endlich in Ruhe lassen? Hört das gar nicht mehr auf?“

„Hört zu, guter Mann. Ich sage es nicht zweimal. Ihr schickt jetzt Leute mit der Aufforderung auszufahren hinunter oder wie auch immer Ihr das bewerkstelligt. Und in zwei Stunden will ich dort vor der Kirche alle Bergleute versammelt sehen!“

Der Amtmann rührte sich nicht.

„Sonst brennen wir Wildemann bis auf das letzte Haus nieder und stechen alle Einwohner ab!“

„Gottloses Gesindel, das Ihr seid!“

Der Rittmeister hob seine Pistole und spannte den Hahn.

*Drückst du wirklich ab, wenn der Alte sich jetzt nicht bewegt?*
*Du solltest noch ein wenig finsterer dreinschauen!*
*Ja, so könnte es etwas werden!*

Von Falkenberg setzte dem Amtmann den kalten Lauf der Waffe auf die Stirn. Langsam erhob sich dieser. „Wir müssen zu verschiedenen Schächten!“ seufzte er. „Mit zwei Stunden ist das aber nicht getan!“

„Bewegt Euch!“ Der Rittmeister dirigierte den Amtmann mit unmissverständlichen Bewegungen seiner Pistole zur Tür.

Am frühen Nachmittag waren etwa fünfzig Bergleute auf dem Kirchplatz versammelt, der von den Reitern abgeriegelt wurde.

„Und das sollen alle sein?" fragte der Rittmeister den Amtmann. „Wollt Ihr mich zum Narren halten?"

„Nein, Herr Offizier!" Der alte Herr begann zu zittern. „Es gibt noch mehr Schächte, aber die liegen weit entfernt und Ihr hattet mir eigentlich nur zwei Stunden gegeben!"

„Na gut! Ich glaube Euch zwar nicht recht, aber sei's drum!" Der Rittmeister wandte sich an die Umstehenden, die ihn misstrauisch beäugten. „Bergleute!" rief er mit lauter Stimme. „Unser General, Seine Exzellenz Graf Tilly hat mich beauftragt, Euch für eine Arbeit anzuwerben, die nur von Leuten Eures Faches ausgeführt werden kann. Ihr erhaltet regulären Lohn ausbezahlt. Graf Tilly verbürgt sich dafür. Nach getaner Arbeit werden Ihr wieder in Eure Heimat entlassen!"

Sofort war die Luft von erbosten Zwischenrufen erfüllt.

„Warum sollten wir Euch glauben?"

„Euer Besuch im Februar ist uns noch in unguter Erinnerung!"

„Mörderbande!"

„Was habt Ihr wirklich mit uns vor!"

„Verfluchte Papisten!"

Der Rittmeister schwenkte seine Pistole. „Ruhe! Ihr habt ohnehin keine Wahl. Wer einen Fluchtversuch unternimmt, wird erschossen. Und damit keiner von Euch auf dumme Gedanken kommt, geht Ihr jetzt in Eure Kirche. Eure Frauen können Euch dort etwas zum Essen bringen! Im übrigen erhält ein jeder in der nächsten Stunde sein Handgeld ausbezahlt!"

*Falkenburg, du hättest Schauspieler werden sollen!*
*Was machst du, wenn dir wirklich einer abhaut?*
*Mit Tillys Kriegskasse gehst du auch recht großzügig um!*

Die Reiter bildeten eine Gasse und trieben die Bergleute in das Gotteshaus. Wachen wurden drinnen wie draußen postiert.

Am Nachmittag des darauffolgenden Tages trafen in kurzem Abstand die Trupps von Estorffs und Gabionis ein. Mit sich führten sie etwa siebzig Bergleute und fünf requirierte Fuhrwerke, mit denen sonst das erzhaltige Gestein zu den Schmelzöfen transportiert wurde. Leider hatte es in Lautenthal einen Zwischenfall gegeben, wie der Cornett berichtete. Einer der nicht ganz freiwillig Geworbenen warf dem Offizier das Handgeld vor die Füße und versuchte zu fliehen. Gabioni hatte ihn daraufhin mit einem Pistolenschuss niedergestreckt. Der Bergmann starb gleich darauf. Die Bewohner des Ortes warfen mit Steinen nach den Soldaten und entfachten einen gewaltigen Tumult. Die Reiter hieben rücksichtslos drein und mehrere Lautenthaler bezahlten mit ihrem Leben. Von den zuvor Geworbenen aber nutzen die meisten die Gelegenheit zur Flucht. Insgesamt konnte man jedoch den Befehl des Generals Tilly nachkommen, der besagte, dass man wenigstens acht Dutzend Männer heranzuführen hatte. Mühsam rumpelten die Pferdefuhrwerke über die engen Straßen und Wege, die durch tiefe Wälder führten. Einige Männer hielten sich mehr schlecht als recht auf den schwankenden Fuhrwerken, andere trotteten missmutig hinterdrein.

Nach vier Tagesmärschen, am 20. Juli 1626 traf der Konvoi bei Weende ein.

## 17 Der Stollen

Oberst Casselius, dürfte ich Euch sprechen?" Der Rittmeister hatte sich zum Quartier des Obristen in Weende durchgefragt.

„Nur zu, mein lieber Falkenburg, kommt herein." Oberst Casselius stand in der von zwei Wachtposten flankierten Tür des großen Bauernhauses und machte eine einladende Handbewegung. „Wie ich hörte, wart Ihr recht erfolgreich!"

„Bald hundertundzwanzig Bergleute haben wir hergebracht!" Der Rittmeister setzte sich mit zufriedener Miene in einen angebotenen Stuhl. „Drei Steiger sind auch dabei!"

„Steiger?"

„Das sind die Vorarbeiter der Bergleute, die Meister sozusagen!"

Oberst Casselius nickte. „Das sollte reichen für das Vorhaben unseres verehrten Generals!"

„Er will die Stadtmauer unterminieren lassen!" Der Rittmeister sprach es wie eine Feststellung aus.

„Richtig erkannt!" Der Oberst nickte erneut.

„Einer der Steiger hatte mir gegenüber gleich die rechte Vermutung geäußert!"

„Hoffentlich wird das nicht zu schnell publik! Unsere Göttinger Freunde sollten es als letzte erfahren!"

„Oberst, Ihr sprecht den Punkt an, der mich zu Euch führt!"

„Verrat?"

„Genau! Ihr erinnert Euch sicher an meine Anmerkung, als ich mit den Maurern aus Allendorf zurückkehrte!"

„Allerdings!"

„Hier betreibt jemand Geheimnisverrat in größerem Umfang! Die Informationen können nicht nur von Überläufern kommen, sondern müssen aus der näheren Umgebung unseres Generals stammen!"

„Was meint Ihr damit, Falkenburg? Habt Ihr einen Verdacht?"

„Verdacht ist zuviel gesagt. Nennen wir es zunächst eine Vermutung." Der Rittmeister schilderte dem Obristen noch einmal seine Begegnung mit dem dänischen Offizier in der Kirche und die Erwähnung durch den Hauptmann von Estorff.

„Vage, sehr vage, mein Bester!" Oberst Casselius lehnte sich zurück und zog bedächtig an seiner Pfeife. „Wir sollen uns hier nicht auf einen Unschuldigen kaprizieren!"

„Natürlich nicht!" räumte der Rittmeister ein. „Darum bitte ich Euch, unauffällig Erkundigungen einzuholen, wo sich der Hauptmann Pedersen in den Tagen nach unserem Aufbruch aus Gieboldehausen und in der Zeit meiner Werbung in Allendorf aufgehalten hat. Vielleicht ergibt sich dann ein genaueres Bild!"

„Das könnte uns helfen!" Der Oberst nickte wieder zustimmend.

„Sagt, Oberst Casselius, wo ist eigentlich unser General?"

„Nun, Graf Tilly hat sich in den Schoß der Mutter Kirche zurückgezogen! Er ist ins Kloster gegangen!" Der Obrist lachte leise über den verblüfften Gesichtsausdruck des Rittmeisters.

„Nachdem die Göttinger Artillerie ihre enorme Reichweite unter Beweis gestellt hatte, nahmen wir das Lager auf Weende zurück. Graf Tilly hat sein Hauptquartier in einem Nebengebäude des nahen Augustinerinnenklosters genommen. Es ist genau wie das Dorf weitgehend zerstört. Ich habe mich auch dort zunächst aufgehalten. Aber in den dicken Mauern wird es selbst jetzt im Juli nicht richtig warm. Seiner Exzellenz scheint das nichts auszumachen.

Doch für meine Knochen war das einfach nichts. Darum bin ich hierher gegangen. Übrigens, die Eigentümer dieses Hauses sind noch hier. Ich habe nur die Wohnstube und zwei Schlafräume beansprucht, einen für meinen Diener. Das Haus ist recht groß. Der Bauer kam schnell dahinter, dass es durchaus Vorteile haben kann, einen Obristen des Grafen Tilly zu beherbergen. Meine Wachen sorgen auch für die Sicherheit seiner Familie und zu hungern brauchen sie ebenfalls nicht. Man hat sich trefflich arrangiert!" Der Oberst schmunzelte.

Drei Tage lang tat sich nicht viel, wenn man einmal davon absieht, dass die Lage der Göttinger immer verzweifelter wurde. Zwar konnten sie noch Wasser aus mehreren Brunnen schöpfen, aber es waren mittlerweile in der von Flüchtlingen überfüllten Stadt Seuchen ausgebrochen, wie Egon Graf zu Fürstenberg-Heiligenberg, der Obrist der ligistischen Artillerie und der Sturmtruppen es vorhergesehen und seine Exzellenz Graf Tilly es gutgeheißen hatte. Der Zweck heiligte wieder einmal die Mittel. Die Zeit arbeitete für die Belagerer. In Göttingen starben sie wie die Fliegen, Mensch wie Tier. Man konnte gar nicht so schnell die Gräber schaufeln Aber mit dem Mute der Verzweiflung hielten die Belagerten aus. Ein erneutes Kapitulationsbegehren des Grafen Tilly hatten sie brüsk zurückgewiesen.

Und so spielte erneut die Artillerie Fürstenbergs aus mehreren Schanzen gegen Göttingen, wiederholt trefflich beantwortet von den schweren Stücken Cord Brinkmanns, der nur fluchte, dass er nicht mehr davon hatte, andererseits aber sorgenvoll seine Pulvervorräte überschlug.

Am 24. Juli waren die Arbeiten der Zimmerleute des Grafen Tilly abgeschlossen. In der darauffolgenden mondlosen Nacht stieg ein Trupp von Soldaten und Bergleuten so leise wie möglich in den trockenen Göttinger Stadtgraben hinab. Graf Tilly selbst hatte auf mehreren Erkundungsritten die Stelle sorgfältig ausgesucht. Man hatte ein massives Schutzdach vorgefertigt und stellte es nun in die Böschung des Grabens. Pechschwarz war die Wehr von oben angestrichen. Fürstenberg ließ von Zeit zu Zeit wieder feuern und lenkte die Aufmerksamkeit der Verteidiger auf andere Bereiche. Schnell hatten sich die Bergleute, die eher das Arbeiten in hartem Gestein gewohnt waren, mit Spitzhacken und Spaten in das Erdreich gegraben. Soldaten schaufelten die gelösten Brocken nach draußen. Der Stollen kam voran. Große mitgebrachte Holzstempel wurden gesetzt, Deckenbalken und Bretter eingezogen. Von oben rieselte Erde, argwöhnisch von den Steigern vor Ort beäugt. Wenn nur nicht die ganze Stadtmauer herunterkam! Die Arbeit ging zügig voran, die Bergleute lösten einander ab. Am frühen Morgen musste man bereits unter der Stadtmauer hindurch sein, wie mehrfache Messungen bestätigten. Da erklangen aufgeregte Trompetensignale bei den Göttingern. Musketenschützen tauchten auf der Stadtmauer auf, wurden aber vom Artillerie- und Musketenfeuer der Belagerer in Deckung gehalten. Den Belagerten gelang es schließlich, brennendes Öl und Pech auf die Schutzwehr zu kippen, welche in Flammen aufging. Allein, der Stollen war schon zu weit vorangetrieben, die Bergleute konnten sie nicht mehr erreichen.

„Na wartet, Euch werden wir kriegen!“ knurrte Cord Brinkmann. „Und wenn es mein letztes Pulver ist!“

Er schickte nach dem Stadtkommanten. David Tönnies stimmte dem Vorhaben zu.

Es war spät am Vormittag. Belagerte und Belagerer lieferten sich einen heftigen Schusswechsel. Graf Tilly erteilte bereits seine Befehle zum Einbringen der Pulverladung in die seitliche Sprengkammer des Stollens . . .

.... da gab es einen gewaltigen dumpfen Schlag! Der Boden erzitterte im weiten Umkreis.

„Die Göttinger haben eine Gegenmine gezündet!“ stellte Oberst Casselius mit ruhiger Stimme fest. Der alte General sah mit einem Male sehr bleich aus. „Wir hätten früher sprengen müssen!“

Nur wenige Bergleute und Soldaten taumelten aus dem Stollen. „Das Werk ist vorne ein ganzes Stück eingebrochen! Sie sind vor Ort verschüttet!“

Weitere Bergleute sprangen mit ihren Werkzeugen hinzu und gruben wie wild. Einige ihrer Kameraden konnten sie noch retten, aber ein Gutteil der Harzer hatte den Tod gefunden.

Graf Tilly gab schließlich den Befehl zum Rückzug, zum Abbruch. „Man muss wissen, wann es keinen Sinn mehr hat!“

Den Überlebenden ließ er den Lohn auszahlen. Anschließend wurden sie nach Hause geschickt.

Graf Tilly hatte sich in sein Quartier beim Kloster Weende zurückgezogen und eine ganze Weile mit seinem engsten Vertrauten, dem Obersten Casselius gesprochen. Erst am späten Abend gingen der alte Feldherr und sein Obrist wieder hinaus. Wie zufällig schlug Oberst Casselius den Weg zur Zeltstadt des nächstgelegenen Regimentes ein. Eine kleine Baumgruppe trennte sie von einem der Wachtfeuer. Soldaten hatten sich darum gelagert. An einem Spieß wurde ein Stück Fleisch gewendet. Die Stimmen der Männer waren deutlich zu verstehen.

„Nun sind wir immer noch nicht in der Stadt drinnen. Sonst hat der Alte doch nicht solche Geduld gehabt. In Münden waren wir nach vier Tagen!“

„Nach drei Tagen!“ korrigierte ihn ein anderer. „Du kannst das aber nicht vergleichen. Die Göttinger sind besser gerüstet, besser verschanzt und haben mehr Soldaten!"

„Trotzdem, warum lässt er nicht wie vor Münden eine Bresche schießen und gibt dem Sturmbefehl? Wir liegen nun seit vier Wochen vor Göttingen!"

Der erste gab die Antwort: „Er zögert, er zaudert. Er versucht es mit einer Stollengrabung, die schief geht. Ich glaube, er ist einfach zu alt. Er sollte seinen Abschied nehmen und einem Jüngeren Platz machen. Pappenheim, das wäre einer nach meinem Geschmack! Drauf und dran, Spieß voran!"

„Na, ich weiß nicht. Den Pappenheim nennen sie nicht ohne Grund den Schrammenhans! Der ist viel zu unüberlegt, da ist mir der Alte doch lieber! Aber mehr Schwung sollte er schon an den Tag legen!"

Die Soldaten hatten in der Dunkelheit die Anwesenheit ihres alten Feldherren und seines Obristen nicht bemerkt. Graf Tilly wandte sich zum Gehen. Auf dem ganzen Weg zu seiner Unterkunft sprach er kein einziges Wort. Oberst Casselius sagte schließlich: „Exzellenz, nehmt es nicht tragisch. Ihr habt noch eine Aufgabe zu erfüllen und Ihr werdet das große Ziel erreichen!"

„Ich stehe nun im achtundsechzigsten Jahre," erwiderte der Graf. „Da haben andere sich längst zurückgezogen wenn sie denn überhaupt noch leben! Diese einfachen Soldaten haben die Situation durchaus richtig erkannt. Sagt bitte Pater Ansgar Bescheid. Ich möchte ihn sprechen!"

„Gleich, Exzellenz? Es geht auf Mitternacht zu!"

„Jetzt!" Graf Tilly verabschiedete sich mit einer müden Handbewegung und trat in sein Quartier.

Der Pater hatte für den alten Feldherrn eine Messe gelesen und ihm die Beichte abgenommen. „Ego te absolvo a peccatis tuis! In nomine patris et filii et spiritus sancti, Amen!"

Das Feuer im Kamin brannte gleichmäßig vor sich hin, aber es wurde nicht recht warm in dem Raum. Die Kühle wich auch im Sommer nicht völlig aus den starken alten Mauern des Klostergebäudes.

„Sagt, Pater, glaubt Ihr an die Rechtmäßigkeit unserer Mittel?"

„Wie meint Ihr das?"

„Pater Ansgar, ich will mein Anliegen einmal genauer beschreiben. Die Erstürmung Mündens und ihre Folgen – kaum einer der Bewohner hat überlebt! Eines hohen Blutzolls war ich mir zwar bewusst, aber dass es derart eskalieren würde – damit hatte ich nicht gerechnet."

„Dreimal habt Ihr der Stadt den Accord angeboten! Allein, sie haben ihn ausgeschlagen! Außerdem hat das Volk wie die Soldaten Widerstand geleistet. Ihr habt Euch nichts vorzuwerfen, Graf! Ihr habt den Kriegsbrauch gewahrt!"

„Es sind die Toten, die vielen Toten. Nachts sehe ich die Wagen, welche die Toten zu den Brücken bringen, die Männer, die sie ins Wasser werfen! Pater, es sind die Toten! Deshalb liegen wir seit vier Wochen vor Göttingen! Darum habe ich noch keine Bresche schießen lassen und den Befehl zum Sturmangriff gegeben!"

Ein Windzug fuhr durch den Kamin. Funken stoben in den Raum. Die Flammen begannen wild zu flackern. Groteske Schatten erschienen auf den Wänden.

„Irgendwann wird es passieren und niemand wird es mehr aufhalten können!" flüsterte der Graf. Seine Stimme klang völlig fremd.

Der Pater schaute ihn erschrocken an. „W a s wird passieren?"

„Seht Ihr das, seht Ihr die Flammen, die Schatten? Das ist eine brennende Stadt! Es wird passieren! Brände brechen aus, eine ganze Stadt wird vernichtet mitsamt ihren Einwohnern! Vielleicht wird es schon Göttingen sein, vielleicht eine andere Stadt. Dann wird es heißen: Tilly, der furchtbare Mordbrenner. Tilly, der Schlächter werde ich jetzt schon genannt! Pater, ist das wirklich der Weg des Herrn, den wir beschreiten?"

„Ihr seid ein aufrechter Streiter für den einzig wahren Glauben, Graf Tilly! Ohne Grund hat Euch der Herr diese Aufgabe nicht gegeben!"

Der Graf starrte in die Flammen. Dann vergrub er sein Gesicht in den Händen. Schließlich schaute er wieder auf. „Pater, wie werde ich am Tage des Jüngsten Gerichts dastehen?"

Der Jesuitenpater antwortete nicht. Ihm wurde die Situation langsam unheimlich. Ausgerechnet Graf Tilly, der große Feldherr, zweifelte?

„Pater, da auch ich nur ein armer fehlbarer Erdenwurm bin, verfüge ich hiermit als meinen Willen: Sollte mir etwas zustoßen, so möchte ich in Altötting begraben sein. Die Hälfte meines Vermögens soll dazu dienen, einen Geistlichen zu bestellen, der jeden Morgen eine Messe für mich und mein Seelenheil liest, per omnia saecula saeculorum!"

„Bis in alle Ewigkeit, Amen!" antwortete der Pater. „Graf, wenn es Eure Seele erleichtert, werde ich ein entsprechendes Schriftstück verfassen!"

„So sei es, Pater!" antwortete Graf Tilly. Er starrte wieder in die Flammen des Kaminfeuers.

Pater Ansgar erhob sich und wollte zur Tür gehen.

„Wartet noch, Pater! Ich brauche Eure Einschätzung der Lage und Euren Rat!"

„Eine Beurteilung der Lage möchte ich mir nicht erlauben.“ Der Pater kehrte zu seinem Platz zurück und setzte sich wieder. „Von militärischen Dingen verstehe ich nicht viel. Da gibt es Berufenere als mich!“

„Aber Ihr kennt die Menschen und das ist manchmal wichtiger als alles andere!“

„Da mögt Ihr recht haben. Wie kann ich Euch helfen?“

„Heute Abend wurden Oberst Casselius und ich Zeugen einer Unterhaltung!“ General Tilly gab den Wortlaut wieder und schaute aufmerksam auf seinen Beichtvater. „Wie ich schon zum Obersten sagte, die Soldaten haben die Lage vollkommen richtig erkannt!“

„Ihr seid zwar müde, Graf, müde in der vorgerückten Stunde, vielleicht auch ein wenig müde von den vielen Lebensjahren. Andererseits erstaunt mich immer wieder Eure Energie, die Ihr an den Tag legt, mit der Ihr noch manch deutlich Jüngerem etwas vormacht!“

„Pater, wie erreiche ich unsere Ziele ohne ein erneutes furchtbares Blutbad?“

„Exzellenz, Ihr erwartet von mir geistlichen Beistand. Aber vielleicht hilft Euch ein ganz weltlicher Rat!“

„Jeder ehrliche und ernsthafte Rat hilft mir, Pater! Und von Euch kenne ich nichts anderes. Was wollt Ihr mir sagen?“

Der Pater stützte seine Ellenbogen auf den Tisch. Er legt die erhobenen Hände zusammen, und berührte sie leicht mit seinem Gesicht. Seine Augen waren geschlossen. Er verharrte eine Zeit in dieser nachdenklichen Pose. Dann schaute er den Grafen an: „Die Vergangenheit hat uns etwas gelehrt. Es halfen keine Aufforderungen zur Kapitulation, es halfen keine Drohungen. Die bisherigen militärischen Mittel führten nicht zum Ziel. Unnötiges Blutvergießen wollt Ihr vermeiden. Wo und wie setzen wir an? Auf diese Frage gibt der Herr uns eine Antwort. Der

Mensch ist verdorben, der eine mehr, der andere weniger. Dies ist seine größte Schwäche. Und hier ergibt sich vielleicht eine Möglichkeit. Wir müssen nur geschickt vorgehen. Wir brauchen für diese Aufgabe einen Mann von höchster Beredsamkeit, einen, der mit den unterschiedlichsten Charakteren gleichermaßen gut umgehen kann. Einen Mann von schneller Auffassungsgabe in jeder Situation. Kennt Ihr solch einen Mann, Graf Tilly?"

„Euch, Pater!"

Der Pater lächelte. „Verzeiht, Graf. Aber die Aufgabe ist weltlicher, nicht geistlicher Art!"

„Es bleibt nur unser hochgeschätzter Oberst Casselius!"

„Er wird der rechte Mann sein!"

„Allerdings werde ich nicht zulassen, dass dem Obristen ein ähnliches Schicksal widerfährt wie unserem Rittmeister von Falkenburg!"

„Auch dafür werdet Ihr Sorge tragen!"

## 18 Ungewöhnliche Gäste

„Wie seid Ihr hier hereingekommen?" David Tönnies, der Göttinger Stadtkommandant schrak von einen leisen Hüsteln auf. Er starrte den Mann an, der zu solch vorgerückter Stunde plötzlich in seiner Wohnstube stand.

„Wäre die Antwort nicht zu banal, würde ich jetzt sagen: Zu Fuß, durch die Tür!" antwortete der nächtliche Besucher. „Vielleicht darf ich Eure Frage präzisieren! Ihr meint, wie ich an den Wachen vor Eurem Haus vorbeigekommen bin?"

David Tönnies nickte. Dieser Zungenschlag kam ihm vertraut vor. War das ein Däne oder imitierte er diesen Akzent nur?

„Sie sind nicht sehr aufmerksam, Eure Wachen. Es war mir ein leichtes, sie abzulenken!"

Der Stadtkommandant überlegte fieberhaft. Was mochte dieser Mann von ihm wollen? Tönnies betrachtete ihn. Warum war er derart mit Erde verschmutzt? Dieser Mensch war groß und kräftig. Wollte der Mann ihn umbringen? Tönnies suchte mit Blicken nach einer Waffe. Doch er befand sich hinter seinem Schreibtisch. Pistole und Säbel waren für ihn im Moment unerreichbar. Wer rechnete auch schon mit solch einem nächtlichen Überfall – wenn es denn überhaupt einer war. Anscheinend konnte dieser Mensch auch Gedanken lesen. Denn plötzlich hatte der Mann einen Dolch in der Hand, den er nun mit der Spitze zwischen Daumen und Zeigefinger nahm. Wollte er das Messer nach ihn werfen? Ebenso unerwartet kam die nächste Bewegung des unheimlichen Besuchers. Er legte das Messer langsam auf den Schreibtisch des Kommandanten.

„Wenn ich Euch hätte umbringen wollen, so wäre mir dies auch gelungen. Ich stand schon eine Zeit in der

Tür. Ihr habt mich erst bemerkt, als ich absichtlich leise hustete. Ihr habt keine Posten vor Eurer Wohnstube. Ihr seid ein wenig nachlässig!"

„Was wollt Ihr von mir?"

„Vielleicht sollte ich mich zunächst einmal vorstellen, bevor ich zu meinem Anliegen komme. Mein Name ist Sven Pedersen, Hauptmann der königlich dänischen Infanterie!"

Er nahm sein Barett ab. Blonde, fast weiße Haare wurden sichtbar.

„Ihr seid also tatsächlich ein Däne!" David Tönnies blieb zwar wachsam, reagierte aber unwillkürlich ein wenig erleichtert. „Nehmt Platz!" Er deutete auf einen Sessel.

„Die gute Garnitur möchte ich Euch nicht ruinieren, so verschmutzt wie ich bin!" Der Däne lachte leise. „Erlaubt, dass ich mir einen Stuhl aus der Küche hole! Mit den Gegebenheiten des Hauses habe ich mich vorhin schon vertraut gemacht! Übrigens, es ist wohl an der Zeit, dass ich Euren Diener wieder freilasse. Der sitzt nämlich geknebelt und gut verschnürt in der Küche."

Sven Pedersen nahm sein Messer wieder an sich und verschwand. Als erster tauchte der Diener des Majors auf. Er rieb sich die Hand- und Fußgelenke, an denen die Stricke deutliche Spuren hinterlassen hatten. Gleich darauf kam der Däne mit dem Sitzmöbel zurück.

„Woher kommt Ihr eigentlich?" fragte David Tönnies. „Etwa aus Wolfenbüttel?"

„Ich bin kein Kurier unseres Königs, wenn Ihr das meint. Ich komme direkt aus dem Lager des Grafen Tilly!"

Diese Eröffnung kam für den Stadtkommandanten völlig unvermutet.

„Die Überraschung steht Euch ins Gesicht geschrieben, Major Tönnies!" Wieder dieses leise Lachen des Dänen.

„Ich will es Euch erklären! In der Bataille bei Seelze geriet ich in die Hände unserer Gegner. Man bot mir an, in die Armee der Papisten einzutreten. Vorerst blieb mir keine andere Wahl. Ich gedachte, bei der ersten Gelegenheit wieder das Weite zu suchen. Dann kam mir ein besserer Gedanke. Auch hier konnte ich meinem König und meinem Lande dienen. Wo sich die Gelegenheit nur bot, habe ich die protestantische Seite mit Informationen aus dem Lager Tillys versorgt. Ob es der Oberst Lawis in Münden war, den ich vom Nahen eines Unterhändlers unterrichtete oder der Braunschweiger Christian auf seinem Zug gegen Merode, den ich vor dem Anrücken des ligistischen Heeres warnte. Auch hintertrieb ich Bemühungen, Handwerker in Witzenhausen anzuwerben. Gar mancher Infanterieoffizier ist auch als Reiter unterwegs. Ein Pferd war schnell besorgt, einen längeren Erkundungsritt konnte ich, wenn nötig, immer plausibel machen. Ich habe unserem Feind geschadet, wo es nur ging. Nur die Explosion des Pulverturmes in Münden war nicht mein Werk. Das haben die Papisten allem Anschein nach selbst besorgt!"

„Aber warum taucht Ihr dann hier auf, warum zu diesem Zeitpunkt? Welches ist der Anlass?" Major Tönnies konnte ein leises Misstrauen immer noch nicht unterdrücken. Vielleicht war die ganze Geschichte umgekehrt und der Graf Tilly wollte ihm hier falsche Informationen unterschieben? Dem Gegner war alles zuzutrauen!

„Vielleicht habe ich mein Spiel zu toll getrieben. Irgend jemand ist mir draufgekommen. Der Ordonnanzoffizier General Tillys, der Obrist Casselius hat Erkundigungen über mich eingeholt. Wo ich zu welchen Zeiten gewesen sei, wollte er von meinem Regimentsobristen wissen. Glücklicherweise hat mich der Schreiber, mit dem ich gut bekannt bin, darüber informiert. Überhaupt habe ich meist die Schreiber ausgefragt. Einige gute Flaschen Wein abends am Feuer haben so manche Zunge gelöst. Mir war klar, ich durfte keine Zeit mehr verlieren. Hätten sie mich erwischt, wäre ich fällig gewesen!“ Hauptmann Pedersen führte seine Rechte hinter den Kopf und machte die Geste des Hängens.

„Wohl wahr,“ pflichtete ihm Major Tönnies bei. „Aber wie seid Ihr nach Göttingen hineingekommen? Habt Ihr euch durch einen der verbarrikadierten Kanaldurchflüsse gegraben? Ich meine, so wie Ihr ausseht!“

„Die Durchgänge waren gut bewacht von Euren Leuten! Ich wollte mir keine Musketenkugel einfangen. Und laut, vielleicht zu laut für die Ohren von Tillys vorgeschobenen Feldwachen Einlass zu begehren, erschien mir ebenso riskant!“

„Ja, wie zum Teufel seid Ihr dann in unsere Stadt gekommen?“

„Ihr habt gestern dem Stollenbau Tillys mit einer Gegenmine ein Ende gesetzt!“

„Richtig! Unser Gegner hatte sich ganz geschickt eine Stelle ausgesucht, an der kein Haus an der Stadtmauer stand. Wir haben das wiederum ausgenutzt und uns nahe der Mauer dem Gegner entgegengegraben. Als wir schließlich auf Deckenschalbretter stießen, haben wir darauf eine Pulverladung angebracht, sie in aller Eile mit einem Berg von Erde und Steinen verdämmt und die Mine gezündet. Daraufhin ist der Stollen eingestürzt!“ erläuterte der Major mit einem gewissen Stolz in der Stimme. „Wir haben wohl gerade noch rechtzeitig reagiert, bevor der Feind die Sprengkammer beschicken konnte!“

„Dort bin ich durchgekommen!“

„Was?“ David Tönnies blieb vor Überraschung der Mund offen stehen. „Wie ist das möglich?“

„Ihr habt sicher gesehen, dass die Stadtmauer durch Eure Sprengung ein paar Risse bekommen hat.“

Der Major nickte.

„Anscheinend habt Ihr aber nicht bemerkt, dass sich etwa auf Fußhöhe ein sehr schmaler Spalt zwischen dem Fundament der Mauer und dem Erdreich gebildet hat. Es war zwar eine arge Plackerei, aber ich habe mich dort hindurch gewühlt wie ein Maulwurf. Hätte der Feind diese Entdeckung gemacht, so wäre er jetzt wohl schon in der Stadt!"

Der Kommandant erbleichte. „Ich werde gleich morgen früh den Befehl geben, das Loch ein für allemal zu verstopfen."

„Nein!" sagte der Däne. „Gebt den Befehl sofort. Sollte mich jemand beobachtet haben, machen sich in diesem Augenblick Tillys Sturmtruppen bereit, mir auf diesem Weg zu folgen. Eure Wachen habe ich nur oben auf der Mauer gesehen. Unten war niemand!"

David Tönnies sprang auf und rannte wie gehetzt nach draußen. Sven Petersen ging ihm langsam nach. Er hörte, wie der Major Befehle brüllte, denen eine Reihe derber Flüche folgte.

Pferdegetrappel verhallte in der Nacht. Der dänische Hauptmann konnte sich ein Grinsen nicht verbeißen, als der Stadtkommandant mit hochrotem Kopf zurückkehrte und zu ihm sagte. „Ich danke Euch vielmals für Eure Warnung!"

„Vielleicht kann ich noch etwas für Euch tun!" erwiderte Pedersen. „Aus dem Lager Tillys überbringe ich Euch einige Neuigkeiten!"

David Tönnies schaute ihn aufmerksam an: „Ich bin ganz Ohr!"

„Die Artillerie unseres Gegners hat nur noch wenig Pulver!"

„Da haben sie mit uns etwas gemeinsam!" bemerkte der Major sarkastisch: „Wir haben so ziemlich unser letztes

Pulver zusammengekratzt, um den Stollen zu sprengen. Nur kann der Gegner Nachschub erhalten, während wir mittlerweile eingeschlossen sind."

„Wie oft hat Euch Graf Tilly zur Übergabe aufgefordert?"

„Zweimal! Beim letzten Mal haben wir dem Unterhändler unmissverständlich klargemacht, dass wir nicht an Kapitulation denken!"

„Ihr solltet noch etwas wissen, Major! Wenn ich es richtig mitbekommen habe, wird Euch ein hochrangiger Offizier Tillys aufsuchen und zum dritten und letzten Mal den Accord von Euch fordern! Denkt daran, der Gegner hat gar nicht mehr die Mittel, eine Bresche zu schießen. Anders kann er aber nicht in die Stadt gelangen! Habt Ihr etwas von König Christian gehört?"

„Nein, absolut nichts."

„Wenn Ihr mir ein Pferd gebt, werde ich in der nächsten Nacht versuchen, die feindlichen Linien zu durchbrechen, um nach Wolfenbüttel zu reiten und König Christian um Succurs zu bitten!"

„Wir haben schon mehrere Kurierreiter losgeschickt, als der Belagerungsring noch nicht geschlossen war – bislang ohne Erfolg! Uns hilft nur noch ein Wunder!" Der Stadtkommandant schwieg resigniert.

Am nächsten Morgen inspizierten Major Tönnies und der dänische Hauptmann noch einmal die Stelle, an welcher der Feind mit seinem Stollen gescheitert war. Hinter der Mauer, die durch die Sprengung in Mitleidenschaft gezogen worden war, häuften seine Soldaten einen großen Erdhügel zur Stabilisierung des Bauwerkes an. Die Öffnung unterhalb der Mauer war längst verfüllt.

Ein Reiter der Stadtwache sprengte heran. „Major, vor dem Weender Tor steht ein Bote des Feindes. Ich soll Euch dieses Schreiben überbringen! Er wartet dort so lange, bis Ihr eine Antwort verfasst habt!“ Der Reiter langte in sein Lederkoller und zog einen gesiegelten Brief hervor, den er dem Stadtkommandanten überreichte.

„Die dritte Aufforderung!“ bemerkte Sven Pedersen mit bitterer Miene. Die beiden Offiziere ritten zum Haus des Kommandanten zurück. In der Wohnstube brach David Tönnies das Siegel auf und überflog die Zeilen.

„Was schreibt er, wenn ich fragen darf?“

„Gleich – einen Moment!“ Der Major setzte sich an seinen Schreibtisch und las den Brief noch einmal aufmerksam durch. Er ließ das Blatt sinken und atmete hörbar aus.

„Wie Ihr mir schon sagtet! Graf Tilly lässt einen Unterhändler ankündigen. Es wird tatsächlich ein hochrangiger Offizier sein. Er schickt seinen Ordonnanzoffizier, einen gewissen Obristen Casselius. Ihr erwähntet den Namen schon in der letzten Nacht. Kennt Ihr ihn vielleicht näher?“

„Nun, es wäre zu viel gesagt, wenn ich behauptete, den Obristen zu kennen. Ich habe ihn allerdings einige Male erlebt. Ein äußerst honoriger Mann. Von der Richtigkeit seines jeweiligen Anliegens absolut überzeugt und mit größter Eloquenz gesegnet. Gerade das macht ihn gefährlich!“

„Man kann also nicht mit ihm verhandeln, sondern nur seine Bedingungen akzeptieren?

„Das will ich damit nicht gesagt haben. Aber wenn ich nur an ihn denke, bringt mich dieser Casselius schon in eine Zwangslage! Als königlich dänischer Hauptmann und in Anbetracht meiner eigenen Situation muss ich Euch dringend von einem Gespräch mit diesem Mann abraten. Andererseits, nachdem ich die Lage der Stadt ein wenig besser kennengelernt habe, wäre es im allgemeinen Interesse, ihn zumindest anzuhören!“ Sven Pedersen zuckte ein wenig ratlos mit den Schultern. „Steht noch etwas in dem Brief?“

„Graf Tilly bedingt sich freies Geleit für den Obristen aus. Sollte ihm etwas zustoßen, würde in Göttingen kein Stein auf dem anderen bleiben und niemand diesen Frevel überleben!“

„Reizend!“

„Nun,“ entgegnete der Major. „Wie man auch hier vernahm, wurde dem ersten Unterhändler, den Graf Tilly nach Münden schickte, übel mitgespielt! Daher kann ich die Drohung unseres Gegners in gewisser Weise verstehen!“

„Der General Tilly ist meist recht überzeugend, in jeder Beziehung!“

David Tönnies griff zu Feder und Papier. „Ich werde ihm eine positive Antwort geben und mich persönlich für die Unversehrtheit seines Unterhändlers verbürgen!“

„Es wäre schön, wenn Ihr Euch auch einige Gedanken über m e i n Schicksal machtet, sollte es zu einer Übergabe der Stadt kommen!“

„Das wird ein Teil der Verhandlungen sein!“

Der Major setzte das Antwortschreiben an seinen großen Widersacher auf.

Am Vormittag des nächsten Tages näherte sich ein kleiner Trupp von Reitern auf der Weender Landstraße. Fast eine Meile vor der Stadt verhielten die Reiter. Das war ein wenig mehr als die erstaunliche Reichweite der schweren Göttinger Artillerie, die Cord Brinkmann so überzeugend unter Beweis gestellt hatte. Ein Trompeter löste sich und galoppierte in voller Karriere bis auf wenige hundert Schritte vor das Tor. Dort gab er ein langanhaltendes Signal ab und wiederholte dieses noch einmal auf halber Distanz. Von Göttinger Seite erklang eine Antwort. Das Stadttor wurde geöffnet. Ein Reiter erschien und hielt auf den Trompeter zu. Man wechselte einige Worte. Der Trompeter gab ein verabredetes Signal. Der Reitertrupp setzte sich in Bewegung und näherte sich langsam dem Weender Tor.

Ein Offizier der Stadtwache trat heraus und grüßte die Ankömmlinge: „Wenn ich den Obristen Casselius bitten dürfte, mir zu folgen! Eure Begleitung darf die Unterredung hier abwarten, drinnen oder draußen, wie es beliebt!“

Der Oberst war zwischenzeitlich abgestiegen und trat auf den Offizier zu. „Casselius, Unterhändler meines Herrn, des Grafen Tilly!“ Und an seine Begleiter gewandt. „Geht einstweilen in die Wachstube, dort wird es ein wenig mehr kommod sein!“

Der Göttinger Offizier geleitete den Obristen zu einer Kutsche, aus welcher der Major stieg. „Oberst Casselius – mein Name ist David Tönnies. Ich begrüße Euch als Kommandant der Stadt Göttingen! Wenn ich Euch bitten darf, mich zu begleiten!“

Der Oberst erwiderte den Gruß und kam dem Wunsch des Majors nach. Dieser zog die Vorhänge an den Fenstern des Gefährts zu. „Wir fahren zu meinem Hause. Dort können wir in Ruhe sprechen!“

Oberst Casselius nickte zustimmend. Dieser Major war allem Anschein nach ein vorsichtiger Mensch. Eindrücke aus der belagerten Stadt konnte der Oberst nicht aufnehmen.

Die Kutsche setzte sich in Bewegung, rumpelte über holprige Straßen, bog schwankend und schaukelnd mehrfach ab und erreichte nach einer geschätzten Viertelstunde ihr Ziel. Der Kutscher öffnete die Tür.

„Nach Euch, Oberst!“ David Tönnies stieg nun auch aus dem Gefährt. „Ihr erlaubt, dass ich vorangehe!“

Die Schildwachen traten heraus und gaben den Weg für die beiden Offiziere frei. Vor der Wohnstube war nun ebenfalls ein Doppelposten aufgezogen. Der Major öffnete die Tür: „Bitte, Herr Oberst. Hier sind wir ungestört!"

Man nahm in zwei bequemen Sesseln Platz. „Was darf ich Euch anbieten?"

„Sofern verfügbar, hätte ich gerne dieses Getränk aus dem fernen Osten, einen schwarzen Tee. Es darf natürlich auch jede andere Erfrischung sein," Oberst Casselius gab sich von seiner freundlichsten Seite. Der Major rief nach seinem Diener und gab den Wunsch weiter.

„Nun, Oberst, lasst uns beginnen!"

„Zunächst, werter Major, darf ich Euch den Gruß Seiner Exzellenz, des Grafen Tilly, übermitteln und seinen ehrlichen Wunsch, die Situation friedlich beizulegen!"

„Meinen Dank. Zunächst, Oberst, möchte ich Euch jedoch bitten, mir eine Frage zu beantworten!"

„Wenn es in meiner Macht steht, gerne!"

„Oberst Casselius, die Stadt Göttingen weiß sich nicht zu erinnern, jemals etwas gegen seine Kaiserliche Majestät in Wien unternommen zu haben. Erst das Aufziehen fremder Heerscharen gebot der Stadt, sich unter den Schutz der protestantischen Fürsten zu begeben. Warum also begehrt Euer Graf Tilly als allzu williger Helfer seines Herrn, des Kurfürsten Maximilian von Bayern, mit seiner Armee Einlass? Ihr seid hier in fremdem Lande. Als Besucher seid Ihr uns jederzeit willkommen, nicht jedoch unter Waffengeklirr!"

„Wohl gesprochen, Major. Allerdings ist es der Zeitenlauf, auf den weder wir beiden noch mein Herr Tilly einen Einfluss haben. Wir können uns nur nach den Gegebenheiten richten und dies sollten wir gemeinsam tun!"

Der Diener des Majors kam herein und servierte den Tee.

„Das tut gut,“ sagte der Oberst behaglich, nachdem er einen Schluck genommen hatte. Er setzte das Gespräch fort. „Graf Tilly bekundet Euch seinen höchsten Respekt. Ihr habt Euch bislang wacker geschlagen. Daher bietet er, sofern Ihr Euch zu einem Accord entschließen könnt, den ehrenvollen Abzug mit allen Mannschaften und Handwaffen an!“

„Sind wir hier gemeinsam nicht allzu voreilig, Oberst?“

„Voreilig? Lieber Major, auf Entsatz durch die Truppen Eures Königs könnt Ihr nicht hoffen. Er hat sich schon während der Belagerung Mündens nicht gerührt. Warum also sollte er Euch zu Hilfe kommen? In Eurer Stadt grassieren die Seuchen und Ihr habt kaum noch Pulver, wie Überläufer berichteten!“

„Ja, die Überläufer. Es ist so eine Sache mit ihnen. Zwei Nächte zuvor erhielt ich Besuch von einem aus Eurem Lager! Mit dem Schießpulver scheint es bei Euch auch nicht zum besten zu stehen.“

Der Oberst nahm einen weiteren Schluck Tee zu sich. „Es kann sich nur um den Hauptmann Sven Pedersen handeln. Auch wenn er sich die Informationen auf eine sehr geschickte Weise besorgte, wie wir mittlerweile wissen, kann er Euch bezüglich unserer Pulvervorräte nicht über den neuesten Stand informiert haben. Schließlich ist er schon vorgestern zu Euch gestoßen!“

Oberst Casselius beobachtete sein Gegenüber genau. Der Major ließ sich nichts anmerken. Das Gespräch schien auf einem toten Punkt angekommen zu sein. Aber schließlich nahm David Tönnies den Faden wieder auf: „Allein kann und mag ich über einen Accord nicht befinden. Ich werde mich mit Bürgermeister und Stadtrat besprechen!“

„Tut das. Graf Tilly lässt Euch bis übermorgen Bedenkzeit. In drei Tagen wird er eine, vielleicht sogar zwei Breschen schießen lassen. Zum einen werdet Ihr damit über den aktuellen Stand unserer Pulvervorräte informiert, zum anderen wird es Euch als Argumentationshilfe gegenüber dem Stadtrat dienen. Ihr habt nach dem Beschuss sechs Stunden Zeit, Euren Accord zu erklären! Danach werden die Sturmtruppen antreten. Was das bedeutet, brauche ich Euch nicht zu erläutern!“

„Es gäbe noch ein Problem zu bereinigen, Herr Oberst!“

„Das wäre?“

„Ihr habt es schon namentlich benannt!“

„Es geht Euch um den Verräter Sven Pedersen!“

„Es geht mir um den aufrechten königlich dänischen Hauptmann Sven Pedersen!“ Major Tönnies richtete sich kerzengerade auf.

„Seine Exzellenz Graf Tilly hat befohlen, ihn im Falle der Ergreifung unverzüglich hängen. zu lassen. Er hat seinen Eid gebrochen … .“

„… zu dem er gezwungen wurde!“ unterbrach David Tönnies den Obersten. „Was ist solch ein Eid wert? Oberst, beantwortet mir eine Frage ganz ehrlich: Wie hättet Ihr an seiner Stelle gehandelt?

„Vielleicht – nein, wahrscheinlich nicht anders. Aber das bringt uns nicht weiter! Graf Tilly war sehr aufgebracht, als er von dem fortwährenden Geheimnisverrat erfuhr. Wie ich ihn kenne, wird er Euren Argumenten nicht zugänglich sein. General Tilly will ihn hängen sehen!“

„Ich habe dem Hauptmann Pedersen mein Wort gegeben, dass ich mich für ihn verwenden werde!“

„Ihr wollt aber nicht das Schicksal einer ganzen Stadt von dem eines Einzelnen abhängig machen?“ antwortete Oberst Casselius nun leicht beunruhigt.

„Da kann ich nur hoffen, dass wir in diesem Falle etwas gemeinsam haben!“ erwiderte der Major. Der Oberst antwortete: „An dem in Abwesenheit gefällten Todesurteil gegen den Hauptmann Pedersen kann ich nichts ändern."

Major Tönnies schaute dem Obristen mit einer Eindringlichkeit in die Augen, als könne er ihm seinen Willen aufzwingen. Oberst Casselius griff in aller Ruhe wieder zur Teetasse.

„Aber ich kann Euch mein Wort als Offizier geben, dass Euer Fuhrwerk – Ihr nehmt doch einen Wagen – bei Eurem Abzug nicht durchsucht werden wird!" Der Oberst beugte sich zum Major vor, als befürchte er, das Gespräch könne belauscht werden. „Und im übrigen solltet Ihr ... ." Seine Stimme ging in ein Flüstern über. Dann setzte er sich wieder auf und fügte im normalen Tonfall hinzu: „... dies nur für den Fall, dass einer unserer Soldaten übermäßigen Eifer an den Tag legt!"

Der Major David Tönnies nickte erleichtert.

Oberst Casselius führte das Gespräch fort: „Ein weiteres Ansinnen unseres Generals muss ich noch zur Sprache bringen!"

„Welches?"

„Euer Stückmeister ist ein sehr tüchtiger Mann. General Tilly würde ihn gerne in seine Dienste nehmen!"

„Ihr habt ehrenvollen Abzug angeboten – das gilt hoffentlich ohne Ausnahme!"

„Selbstverständlich, ihr habt mein Wort darauf!" antwortete Oberst Casselius. „Eines solltet Ihr der Vollständigkeit halber auch wissen, Major. Ich sage dies erst, nachdem ich Euch ein wenig besser einzuschätzen weiß. Graf Tilly wäre sogar bereit gewesen, Euch für die Unannehmlichkeiten, die Ihr durch den Accord haben werdet, gewisse Auslagen zu erstatten!"

David Tönnies wollte aufspringen: „Wofür hält er mich?"

„Ganz ruhig, lieber Major!“ wehrte Oberst Casselius mit einer Handbewegung ab. „Wie ich schon ausführte, erwähne ich dies nur der Vollständigkeit halber! Da ich Euch aber als ehrenhaften Offizier kennen gelernt habe, wäre es eine Beleidigung, Euch dieses Angebot tatsächlich zu unterbreiten! Ich versichere daher, dass ich persönlich nicht an derartiges dachte!“

Der Major entspannte sich wieder und atmete tief durch.

## 19 Accord

1. August des Jahres 1626

Nun haben sie sechs Stunden Zeit," bemerkte Graf Tilly in aller Sachlichkeit, nachdem die letzte Kanonenkugel der Belagerungsartillerie in die Trümmer der Stadtmauer geschlagen war. Er stand mit dem Obristen Casselius und weiteren Offizieren auf einer der Schanzen zwischen dem verwüsteten Dorf Grone und der Stadt Göttingen. Fürstenbergs Geschütze hatten über die Leine, die zwischen den beiden Orten floss, hinweg geschossen und ganze Arbeit geleistet. In der Mauer gähnte eine gewaltige Bresche.

„Sie versuchen gar nicht mehr, zu schanzen," antwortete der ranghöchste Artillerist. „Mir scheint, sie haben aufgegeben. Das dürfte das erste Zeichen für den Accord sein!"

„Hoffentlich!" ließ sich Oberst Casselius vernehmen.

Es sollte aber noch gute zwei Stunden dauern, bis ein Kurierreiter den Offizierstab erreichte und die vom Göttinger Rat ausgefertigte und vom Stadtkommandanten unterzeichnete Kapitulationsurkunde überbrachte. Den Abzug der dänischen Garnison kündigte der Major David Tönnies für den nächsten Tag an.

Das Weender Tor war weit geöffnet. Die ersten Reiter und Fußsoldaten erschienen. Mehrere Fuhrwerke und Kutschen folgten. Nun kam das Gros der abrückenden Garnison. Kein klingendes Spiel, kein Trommelwirbel. Aber die Fahnen trotzig hochgereckt, so zogen sie an den Truppen des Grafen Tilly vorbei, welche die Landstraße flankierten. Vereinzelt waren höhnische Rufe der Belagerungssoldaten zu hören. Verbissenes Schweigen herrschte bei den Männern des David Tönnies. Oberst Casselius hatte dem General Tilly das Versprechen abgerungen, keinen der Wagen in diesem Zug zu durchsuchen.

„Und wenn sie Artilleriestücke hinausschmuggeln?“ hatte der alte Feldherr eingewandt.

„Selbst wenn! Wir bekommen Göttingen,“ lautete die Antwort des Obristen. „Exzellenz, wir sollten die tapfere Haltung des Majors und seiner Garnison zu würdigen wissen. Wir werden den Gegner nicht unnötig demütigen!“

Oberst Casselius hatte den Grafen Tilly mit diesen Argumenten schließlich überzeugen können. Und so kam es, dass sich die ausgesprochen sorgfältige Arbeit eines unbekannten Schreiners letzten Endes als überflüssig erwies. Der königlich dänische Hauptmann Sven Pedersen hatte die Stadt Göttingen in dem doppelten Boden des schweren Fuhrwerkes verlassen, auf welchem der Major David Tönnies saß.

Am 3. August rückten die Soldaten der katholischen Liga ein. Dem alten Feldherren war die äußerst schlechte und angespannte Stimmung in den Regimentern, welche bereits für den Sturmangriff eingeteilt worden waren, nicht entgangen. Diese Soldaten, die wochenlang geschanzt und teils auch gekämpft hatten, die so manchen Kameraden von einer Kanonenkugel zerfetzt daliegen sahen, fühlten sich um ihren Lohn gebracht. War es doch alter Kriegsbrauch, ihnen nach erfolgreichem Sturm die Stadt wenigstens für einen Tag zur Plünderung zu überlassen. Der General schickte diese Truppen in ihre Feldlager zurück. Er wusste, wenn die Stimmung vollends umschlagen würde, waren diese Bluthunde nicht mehr zu halten. Sie waren der Auswurf, der Abschaum der Menschheit.

Für den rücksichtslosen Angriff gut zu gebrauchen, in allen Lagen eine dauernde Gefahr, die sie manchmal auch im Umgang miteinander zum Ausdruck brachten. Nur die militärische Disziplin konnte der General bei ihnen aufrecht erhalten, wenn es Not tat, mit drakonischen Leibstrafen. Gegenüber der Bevölkerung jedoch waren diese Bestien in Menschengestalt in ihrer Brutalität nicht zu zügeln. Sie hatten neben vielen anderen auch die Einwohner Mündens auf dem Gewissen. Ein Leben bedeutete ihnen gar nichts.

„Sollen sie sich in der Schlacht austoben. Und die wird kommen – vielleicht schon bald!" lautete der Kommentar des alten Feldherren.

An die Stelle der Bluthunde traten andere Truppen, die nach Göttingen einrückten. Auch unter diesen Soldaten gab es genügend Gesindel, welches für diverse Zwischenfälle wie Raub, Vergewaltigung und Mord sorgte. Das einzig Gute in dieser Situation der Gewalt, des Jammers und des Elends war, dass der Stadt Göttingen und ihren Einwohnern das grauenhafte Schicksal Mündens im Wesentlichen erspart blieb.

Graf Tilly zog in das Haus des Göttinger Bürgermeisters Gabriel von Schnehen ein. Das große mehrflüglige Fachwerkhaus bot genügend Platz. Es befand sich in der Weender Straße nahe dem Kornmarkt, also unweit des Rathauses. Mit einem Umstand aber hatte der alte Feldherr nicht gerechnet. Als er dem Bürgermeister und dem Stadtrat die Liste seiner Kriegskontributionen zustellen ließ, hob ein unglaubliches Geschrei an. Graf Tilly, der wenig persönlichen Umgang mit den Vertretern der besiegten Partei pflegte, hatte sofort den Bürgermeister auf dem Hals. Er ging dem alten General derart auf die Nerven, dass dieser ihn durch seine Schildwachen aus den beanspruchten Räumlichkeiten setzen ließ. Mochte Gabriel von Schnehen sich im restlichen Teil seines Hauses aufführen wie er wollte. Schließlich war das Gebäude groß genug!

„Casselius, übernehmt Ihr das!“ bat Graf Tilly seinen Obristen. „Dieses Bitten, Betteln, Toben, Kreischen, Schreien, Flehen – ich ertrage es nicht mehr!“

Der Oberst nahm die Liste in die Hand.

„Sagt einmal, Casselius, waren diese Forderungen nicht auch Gegenstand Eurer Verhandlungen mit dem Stadtkommandanten?“

„Nein, keineswegs!“

„Und warum nicht, mein Bester?“ fragte der General leicht erbost. „Dann könnten wir uns jetzt dieses Theater sparen!“

„Exzellenz!“ Die Gestalt des Obristen straffte sich. „Diesen Part habe ich ganz bewusst nicht angesprochen. Und ich war froh, dass David Tönnies es auch nicht tat. Ich glaube nicht einmal, dass er es vergessen hat. Es war – nun, wie soll ich es formulieren – es war wie eine stille Übereinkunft zwischen uns. Es galt, den Sturm auf die Stadt zu verhindern, also den Accord zu ermöglichen. Nichts anderes hatten der Major und ich im Sinn. Uns beiden war klar, alles andere würde sich finden!“

Der General schwieg eine Weile. „Oberst, Ihr habt recht getan. Ich weiß um Eure Leistung und ich danke Euch dafür. Aber haltet mir diesen Bürgermeister vom Hals!“

Der Oberst Casselius ertrug das Gezeter mit stoischer Ruhe. Er fragte seinen General auch nicht nach irgendwelchen Verhandlungsspielräumen. Der Oberst ging nach eigenem Ermessen vor und erließ den Göttingern einen ganz erheblichen Teil der Forderungen. Hauptsache, es war Ruhe!

Bürgermeister Gabriel von Schnehen lehnte sich danach recht behaglich in seinem Sessel zurück. Hatte er doch intuitiv eine der wenigen schwachen Stellen des Grafen Tilly entdeckt. Es war für den Bürgermeister nicht einfach gewesen, seine Rolle glaubwürdig einzustudieren – entsprach sie doch so gar nicht seinem eigentlichen Naturell. Aber hier hatte der Zweck wahrlich die Mittel geheiligt.

Zwei Probleme waren Gegenstand einer großen Lagebesprechung. Das erste, die Versorgung der Stadt mit Wasser, die Beseitigung der Blockaden des Leinekanals mutete fast harmlos an. Einige leitende Offiziere waren schnell gefunden und Mannschaften für die Arbeiten im Norden und Süden der Stadt eingeteilt. Das zweite jedoch war ausgesprochen unangenehm und duldete nicht den geringsten Aufschub. Es ging um das Vieh, welches das Landvolk bei seiner Flucht vor den Truppen Tillys mit in die Stadt gebracht hatte. Genauer gesagt, es ging um die Viehkadaver. Die Tiere hatten in den Wochen der Belagerung innerhalb der Stadtmauern nicht mehr genügend zu fressen gefunden. Der Großteil von ihnen war schlicht verhungert. Überall in den Straßen lagen tote Rinder, Schweine, Ziegen und dergleichen mehr. Die überlebenden Bauern und ihre Familien hatten sich zumeist wieder in ihre Dörfer begeben, in der Hoffnung, dort noch irgend etwas zum Leben vorzufinden. In Göttingen war das nicht mehr möglich. Aber die toten Tiere – sie stellten den Grafen Tilly und seinen Stab vor ein großes Problem. Bei vielen Kadavern war die Verwesung so weit fortgeschritten, dass man sie nicht mehr am Stück fortschaffen konnte. Und der Gestank wurde immer unerträglicher in der Tageshitze..

„Welcher der Herren Offiziere übernimmt freiwillig die Angelegenheit und weist die Mannschaften ein!“ fragte General Tilly.

Betretenes Schweigen.

„Ach, soll ich es vielleicht selber tun?“ Die Stimme des Grafen wurde wieder gefährlich leise. Nur verlegenes Hüsteln war zu hören.

„Ich erkläre mich bereit!“ erklang eine klare laute Stimme. Sie gehörte dem Rittmeister von Falkenburg. „Dabei erbitte ich mir freies Handeln in Auswahl und Anzahl sowohl der Mannschaften als auch der Mittel!“

„Selbstverständlich!“ antwortete der Oberst Casselius erleichtert, der wie alle anderen Anwesenden schon einen Zornausbruch des Generals befürchtet hatte.

Der Offizier der Kleiderkammer war einigermaßen erstaunt über das Ansinnen des Rittmeisters. Etliche Ballen festen Leinens waren durchaus zu beschaffen. Aber dreihundert Paar Reiterhandschuhe? Das war schon schwieriger. Mit einigem Ziehen und Zerren gelang das auch. Eine ganze Schwadron musste ihre Stulpenhandschuhe abgeben. Den Proviantmeister aber stellte von Falkenburg vor eine unlösbare Aufgabe.

„Wie viele Fässer Essig wollt Ihr? Unmöglich! Ich habe gerade fünf Stück hier im Bestand!“

Der Rat der Stadt Göttingen aber hatte auf einmal ein sehr offenes Ohr, nachdem der Rittmeister den Grund seiner Forderung dargelegt hatte. Essig und auch Branntwein! Bürgermeister Gabriel von Schnehen kümmerte sich persönlich um weiteren Nachschub, zumal der Mensch mit der seltsamen Maske, dieser energische und tatkräftige Rittmeister von Falkenburg ihn durchaus beeindruckte.

Schon wenige Stunden später verteilte sich ein merkwürdiger Zug über das Stadtgebiet. Bald dreihundert

Schanzsoldaten waren abkommandiert. Auch einige Göttinger Bürger beteiligten sich. Sie erhielten zunächst doppelte Rationen Branntwein. Mit essiggetränkten Tüchern vor den Nasen, mit den Reiterhandschuhen ausgerüstet, gingen sie die scheußliche Arbeit an. Mit Mauerhaken, Schaufeln und anderem Werkzeug zogen sie die Tierleichen auf bereitstehende Fuhrwerke. Verdünnter Essig – sonst hätte die Menge nicht gereicht - wurde zudem über die Kadaver verteilt. So ließ sich der entsetzliche süßliche Leichengestank halbwegs ertragen.

Soldaten und Bürger arbeiteten tagelang in der Sommerhitze, fuhren die toten Tiere aus der Stadt und warfen sie in tiefe ausgehobene Gruben, die sofort wieder zugeschüttet wurden.

Schließlich war die elende Arbeit getan.

## 20 Begegnungen

Mathias von Falkenburg ritt zurück zum Hauptquartier. Es waren nur wenige Menschen auf den Straßen unterwegs. In einiger Entfernung fiel ihm eine zierliche junge Frau auf, welche die selbe Richtung nahm. Er sah ihre langen lockigen schwarzen Haare. Im Lichterspiel der Sonnenstrahlen sahen sie fast dunkelblau aus … .

… dem Rittmeister stockte fast der Atem. Er trieb sein Pferd vorwärts, preschte heran. Die Frau hörte das laute Hufgeklapper und drehte sich um. Von Falkenburg sprang mit einem Satz vom Pferd: „Lucia, du bist es wirklich!"

Das Mädchen prallte erschrocken zurück: „Mathias? Mein Gott, ich habe dich nur an deiner Stimme erkannt!"

Sie stürzte ihm förmlich in die Arme. Er umklammerte das Mädchen, als wolle er es nie wieder loslassen. Schließlich sagte sie mit leisem Lachen: „Wenn du weiter so zudrückst, bekomme ich keine Luft mehr!"

Er ließ sie los und sie schauten sich an: „Mathias, was ist mit deinem Gesicht passiert? Warum trägst du diese Maske?"

„Eine Musketenkugel hat mir die Nase weggerissen. Ohne die Ledermaske bin ich ein Schrecken für jeden!"

„Ist es wirklich so schlimm?"

„Ich glaube nicht, dass du es sehen möchtest!"

„Mathias, die Hauptsache ist, dass du lebst!" Sie nahm seine Maske und schob sie ganz vorsichtig ein wenig hoch. Zum Vorschein kam ein grauenhaft verstümmelter Nasenrest mit wulstig verwachsenem Wundfleisch. Lucia schauderte. Behutsam brachte sie die Maske wieder an ihre Stelle.

„Jetzt bin ich dir ein Graus!" sagte der Rittmeister ein wenig bitter.

„Mathias, das ist völliger Unsinn. Auch wenn du vorher ein sehr hübscher Kerl warst, spielt deine Verwundung für mich keine Rolle!“ Sie drückte sich an ihn.

„Lucia, ich kann es noch gar nicht fassen. In ganz Münden habe ich nach dir gesucht!“

„Warst du an der Erstürmung beteiligt?“ fragte sie erschrocken.

„Nein, das war die Sache des Fußvolks. Reiter sind dafür nicht zu gebrauchen! Aber ich war am Tage nach dem Angriff in Münden und habe dich gesucht. Nur deinen Karren mit dem toten Esel habe ich gefunden. Ich habe gesucht, gesucht und nur den Thomas entdeckt. Von dir keine Spur!“

„Es war furchtbar. Sie haben Thomas umgebracht, sie haben alle umgebracht. Meinen kleinen Esel auch. Nur ich war kaum verletzt. Blutbesudelt lag ich zwischen den Toten und habe mich nicht gerührt. Das hat mir wohl das Leben gerettet!“

„Aber wie bist du aus Münden herausgekommen?“

„Es dämmerte schon, als die Wahnsinnigen über uns kamen. Überall lagen Leichen herum, auch von euren Soldaten. Einen habe ich mit größter Mühe in einen Hauseingang gezerrt, ihn seiner Kleider entledigt und sie mir angezogen. Eine Hellebarde war schnell gefunden. Als ein Trupp Soldaten vorbeikam und in Richtung Werrabrücke marschierte, habe ich mich ihnen einfach angeschlossen. Mittlerweile war es dunkel und bei diesem heillosen Durcheinander fiel das gar nicht auf. Außerhalb der Stadt traf ich auf andere Flüchtlinge. Zusammen mit diesen Leuten bin ich nach Göttingen gekommen!“

Ein Reiter näherte sich. Er führte ein weiteres Pferd am Zügel: „Verzeihung!“ sprach er den Rittmeister an. „Ist das Euer Pferd? Es lief alleine die Straße entlang!“

Von Falkenburg schaute überrascht auf und ergriff die Zügel: „Oh ja, meinen Dank! Ich hatte es völlig vergessen!"

Der Reiter schaute Lucia an und grinste: „Für s o l c h eine Stute würde ich auch jedes Pferd vergessen!" Sprach es, grüßte und ritt davon. Lucia und der Rittmeister sahen sich an und lachten.

„Unseren Obristen Casselius muss ich noch aufsuchen und ihm Meldung machen!"

„Was für eine Meldung?" fragte Lucia.

„Großes militärisches Geheimnis!" scherzte der Rittmeister und freute sich über den ungläubigen Gesichtsausdruck der jungen Frau. „Nein, Unsinn! Wir haben die Stadt von den Tierkadavern befreit. Ich will dem Obristen nur Vollzug melden!"

„Du hat dich daran beteiligt – als Offizier? Warum?"

„Nun ja," von Falkenburg wand sich ein wenig. „Ich habe eigentlich keine Gelegenheit ausgelassen, nach dem Sturm auf Münden in andere Städte zu kommen. Auf diese Weise hatte ich die Möglichkeit, dich zu suchen. Ich war in Witzenhausen und in Allendorf. Der Befehl, aus dem Harz Bergleute zu holen, kam mir auch recht. Meine größten Hoffnungen aber hatte ich auf Göttingen gesetzt, weil ich wusste, dass hier die meisten Mündener Flüchtlinge untergekommen waren. Als unser Graf Tilly einen freiwilligen Offizier suchte, der die Beseitigung der toten Tiere organisieren sollte, habe ich mich gemeldet. Auf diese Weise erhielt ich die Gelegenheit, die ganze Stadt nach dir abzusuchen. Und die Hoffnung hat mich schließlich nicht getrogen, wie man sieht!"

„Ach du lieber verrückter Mathias!" Lucia umarmte ihn und gab ihm einen Kuss, den der Rittmeister vergnügt erwiderte.

„Nun geht es zum Obristen! Komm, ich nehme dich mit!" Ohne eine Antwort abzuwarten, hob er Lucia auf sein Pferd und saß ebenfalls auf. Er umfasste das Mädchen mit dem rechten Arm und nahm die Zügel in die Linke. Der Rittmeister schnalzte mit der Zunge und drückte dem Pferd die Stiefelabsätze leicht in die Flanken. Bald war das Hauptquartier erreicht. Der Rittmeister band sein Pferd an einem der eiserne Ringe an der Hausfassade fest. Lucia war gerade mit Hilfe des Rittmeisters vom Pferd gestiegen, als das Hauptportal des Gebäudes geöffnet wurde. Im Kreise einiger Offiziere trat General Tilly auf die Straße hinaus. Umringt war die Gruppe von mehreren Leibwachen.

„Sag, Mathias! Wer ist das dort, der kleinere ältere Mann mit den grauweißen Haaren und dem Knebelbart, der so angeregt spricht?“

„Das ....!“

„Das ist nicht etwa der Graf Tilly?“ Lucias Augen weiteten sich.

„Doch – das ist er!“

Lucia wurde blass, lief im nächsten Moment dunkelrot an und öffnete den Mund ... .

*Halt sie fest! Aber schnell, bevor sie etwas Unüberlegtes tut!*

Geradezu blitzartig umfasste von Falkenburg mit der Rechten ihre Taille und presste ihr seine linke Hand auf den Mund. Er hob sie hoch. Lucia wand sich verzweifelt und wehrte sich vergebens. Schließlich biss sie ihm in die Hand. Der Rittmeister hielt sie eisern fest und trat mit ihr den Rückzug an. General Tilly nahm von dem kleinen Zwischenfall keinerlei Notiz. Nur wenige Offiziere und Wachen schauten erstaunt oder auch amüsiert herüber. Es griff niemand ein – warum auch? In der nächsten Seitenstraße setzte der Rittmeister das Mädchen ab, hielt es aber noch immer fest. „Wenn du mir versprichst, weder zu schreien noch wegzurennen, lasse ich dich los!“

Lucia schaute ihn mit weit aufgerissenen Augen an und nickte ganz schnell und hektisch.

„Lucia – ruhig! Sonst fange ich dich wieder ein!“ Der Rittmeister lockerte langsam seinen Griff und ließ sie schließlich los, legte aber seine Hände um ihre Taille.

„Lucia – was war das? Bist du plötzlich toll geworden?“ Von der linken Hand des Rittmeisters tropfte das Blut.

„Ist es schlimm?“ Das Mädchen schaute ihn erschrokken an.

„Nein, es wird wohl gleich aufhören.“

„Ich wollte das gar nicht. Es ist förmlich mit mir durchgegangen! Verstehst du? Es ist das dritte Mal, dass ich die Einnahme einer Stadt durch Tillys Mordgesindel erlebe! Erst Heidelberg, meine Heimatstadt. Soldaten haben meine Eltern nach viehischer Quälerei umgebracht – einfach zum eigenen Vergnügen! Dann Münden – nur noch ein einziges Schlachthaus. Und jetzt Göttingen!“ Die Tränen liefen ihr übers Gesicht.

„Ja, aber hier ist es doch Gott sei Dank einigermaßen geordnet und ruhig verlaufen.“

„Weißt du, was es bedeutet, eine Belagerung von fünf Wochen durch euer Mörderpack zu erleben und immer die Bilder von Heidelberg und Münden vor Augen zu haben?“

Der Rittmeister sagte zunächst nichts. Dann nickte er langsam und bedächtig. „Das ganze Grauen hat für dich plötzlich ein Gesicht bekommen, als du den General Tilly sahst!“

Sie nickte.

„Und was hattest du vor?“

„Mathias, ich weiß es selber nicht recht. Vielleicht wollte ich ihn anschreien, ihm das ganze Unrecht dieser Welt entgegenschreien, ihm das Gesicht zerkratzen, ihn erwürgen, ihn ... ach, was weiß ich!“

„Lucia, bitte versprich mir, nie wieder derart unüberlegt zu handeln!“

Sie schaute ihn nur fragend an.

„Ist dir eigentlich klar, was passiert wäre, wenn du wie eine Furie auf den General losgegangen wärest?“

Sie zuckte mit den Schultern. „Ich habe in dem Moment gar nichts mehr gedacht. Nur die Toten tauchten vor mir auf, vorneweg meine Eltern!“

„Lucia, du wärest nicht weit gekommen. Die Wachen hätten dir ihre Hellebarden durch den Leib gerammt!“

Das Mädchen schauderte und begann haltlos zu weinen. Der Rittmeister zog die kleine Person nur sanft an sich. Als sie sich ein wenig beruhigt hatte, sagte sie: „Mathias, ich finde mich in dieser ganzen irrsinnig gewordenen Welt nicht mehr zurecht. Was soll das noch werden? Wem nutzt es letzten Endes, wenn alle tot sind und alles in Trümmern liegt? Nicht einmal mehr dem Kaiser, den Königen, den Fürsten und dem Papst, der noch seinen Segen zu diesem Wahnsinn gibt!“

„Lucia, was ist das denn?“

„Mir egal, das sind doch die eigentlichen Verbrecher, machtgieriges Pack. Und sie glauben auch noch, recht zu handeln – das ist der größte Hohn! Und die Gegenseite ist auch nicht besser.“

Sie schimpfte noch längere Zeit. Der Rittmeister ließ sie gewähren. Alles andere brachte nichts.

*Ist dir eigentlich klar, dass es einer immer*
*größeren Anzahl von Menschen so geht?*

Von Falkenburg fror plötzlich in der Augusthitze.

„Lucia?“

„Ja?“

„Kann ich etwas vernünftig mit dir besprechen?“

„Versuch es mal!"

„Vorhin sagte ich schon, dass ich noch einmal zum Obristen muss, zum Rapport."

„Ja, und?"

„Ich möchte dich hier nicht alleine lassen!"

„Ich soll noch einmal dort hin! Und wenn ich den Tilly wieder sehe?"

„Schließt du die Augen, hältst dir die Ohren zu und ich geleite dich vorbei!"

„Das ist absurdes Theater!"

„Wahrscheinlich kann man dieses ganze Leben nicht anders bezeichnen!"

Die beiden betraten das Portal des Hauptquartiers. Die Schildwachen gaben den Weg frei, als sie den Rittmeister erkannten. Wegen der Frauensperson machte keiner ein Aufhebens. Das Arbeitszimmer des Obristen lag im ersten Stock. Auch hier stand eine Doppelwache vor der Tür. Diese ließ den Rittmeister und das Mädchen allerdings nicht durch.

„Ist Oberst Casselius anwesend?"

„Wen darf ich melden?"

„Rittmeister Mathias Graf von Falkenburg nebst einer jungen Dame!"

Der eine Wachposten klopfte an die Tür und trat ein, während der andere sich in den Weg stellte.

„Mögen hereinkommen!" war der Bass des Obersten zu hören.

Die Wachen verließen das Zimmer und die beiden Besucher traten ein.

„Mein lieber Falkenburg!" Oberst Casselius stand hinter seinem Schreibtisch auf.

„Und das ist – nein, lasst mich raten – Lucia, die Ihr so verzweifelt gesucht habt!"

Die beiden nickten und strahlten.

„Freut mich sehr für Euch beide. Rittmeister, wie sieht es aus in der Stadt?"

„Die Kadaver sind fortgeräumt, Herr Oberst."

„Nun, da kann ich Euch einige Tage vom Dienst freistellen. Oder was meint Ihr, Rittmeister?"

„Wenn das ginge?"

„Warum nicht! Ihr meldet Euch nur jeden Morgen bei mir nach der Lagebesprechung, da ich selbst nicht sagen kann, wie lange die Ruhe anhält!"

Der Rittmeister stieß einen völlig unmilitärischen Jubellaut aus, umfasste die lachende Lucia, wirbelte sie herum und lief mit ihr hinaus. Fast wären sie in der Tür mit einer der Wachen kollidiert.

„Was war das denn, Herr Oberst?" fragte der Soldat völlig perplex.

„Zwei glückliche Menschen. So etwas soll es auch in dieser Zeit noch geben!"

„Nie hätte ich gedacht, dass solch ein umgänglicher Mann in der Umgebung Tillys zu finden ist!" wandte sich Lucia an ihren Rittmeister, während sie die Treppe des Hauptquartiers hinuntergingen.

„Man kann nicht alle über einen Kamm scheren! Der Obrist ist ein ganz ungewöhnlicher Mensch. Er ist gleichzeitig konziliant und doch bestimmt. Oberst Casselius vermittelt seinen Willen dem jeweiligen Gegenüber in einer Art und Weise, die dieser schließlich nur noch als eigenen Vorteil begreifen kann. Man sollte ihn aber in seinem einnehmenden Wesen nicht unterschätzen. Er setzt seine Sache durch!"

„Und Tilly?"

„Der General ist eine ganz andere Persönlichkeit mit einer unglaublichen Autorität, einer gewissen Unnahbarkeit, mit vielen Facetten. Er ist ein sehr einsamer Mensch, schwer zu begreifen, zu erfassen. Eigentlich vermögen das nur der Oberst und vielleicht noch sein Beichtvater, dieser Jesuitenpater."

„Jesuiten! Fanatiker! Kriegstreiber!" Lucia sprach es verächtlich aus.

„Friedrich Spee von Langenfeld ist auch Jesuit. Kennst du seine Verdienste?"

„Er kämpft gegen die Verfolgung unschuldiger Frauen als Hexen ... ."

„ ... und begibt sich damit selbst in unmittelbare Gefahr! D i e Jesuiten gibt es nicht, genau so wenig, wie man das katholische Lager, aber auch die Protestanten als Ganzes betrachten darf! Nur die Differenzierung ist zulässig, wenn man auch nur halbwegs gerecht urteilen möchte!"

Die beiden traten auf die Straße.

„Schade, auf dem Kornmarkt ist noch nichts los," sagte Lucia. „Es wird wohl noch eine Weile dauern, bis hier wieder Marktstände sind." Sie wandte sich an den Rittmeister: „Übrigens, ich habe dir noch gar nicht erzählt, dass mich hier ein Pastor aufgenommen hat! Dort mache ich mich im Haushalt nützlich und helfe seiner Frau. Die beiden haben sechs Kinder! Sie werden sich ohnehin schon wundern, wo ich abgeblieben bin. Würdest du mit zu ihnen kommen? Wenn wir dein Pferd nehmen, geht es ein wenig schneller!"

Sie ritten durch die halbe Stadt, bis sie in der Nähe des Geismarer Tores, also im südlichen Teil das Haus des Pastoren Johannes Husemann erreichten.

„Da bist du wieder, Lucia! Wir haben uns schon Gedanken gemacht." Der Geistliche stand in der Tür des Hauses. „Möchtest du mir deinen Begleiter nicht vorstellen?"

Lucia schaute ihn verlegen an. „Wenn es Euch nicht recht ist ... ?"

Pastor Husemann schaute sie ernst an: „Es wäre die Unwahrheit, wenn ich sagte, es würde mich freuen, einen Soldaten Tillys in meinem Hause zu sehen!“ Er wandte sich an den Rittmeister, der die Worte mit angehört hatte. „Andererseits – Ihr müsst der Reiteroffizier sein, von dem Lucia erzählt hat. Ihr habt dem Mädchen in Beverungen geholfen!“

Der Rittmeister nickte. „Herr Pastor,“ entgegnete er. „Auch wenn unseresgleichen naturgemäß den Ruf der Gewalttätigkeit hat, so möchte ich mich doch nicht aufdrängen. Ich habe Lucia zu meiner großen Freude heute wiedergefunden und sie auf ihren Wunsch hin nun zu Euch gebracht. Ich werde besser meiner Wege gehen!“

„Nein, nein! Ihr kommt in friedlicher Absicht und wisst Euch zu benehmen. Also kommt herein!“

Sie nahmen in der Wohnstube Platz.

„Graf von Falkenburg!“ sagte der Pastor. „Meinen Faden von vorhin möchte ich noch einmal aufnehmen. Gegen Eure Person habe ich nichts einzuwenden, warum auch. Ihr macht mir nicht den Eindruck eines hirnlosen Schlagetots. Andererseits habe ich von dem furchtbaren Schicksal unserer Brüder und Schwestern in Münden erfahren. Zu verzeihen ist das dem General Tilly niemals. Er hat durch seinen Sturmbefehl zumindest billigend in Kauf genommen, die Bürger einer ganzen Stadt hinzumetzeln. Oder sollte ich ihm zugute halten, dass es in Göttingen unter der papistischen Garnison geordneter zugeht als zu Zeiten des protestantischen Herzogs Christian von Braunschweig, der sich hier höchstselbst wild und anmaßend gebärdete?“

„Eure Argumente kann ich nicht entkräften. Es würde angesichts der Geschehnisse doch sehr billig wirken, wenn ich darauf hinweise, dass der General Tilly in Göttingen wie auch in anderen besetzten Städten weiterhin lutherische Gottesdienste zulässt. Auch andere gute Seiten wiegen das Schreckliche nicht auf."

„Das wahrlich nicht. Aber Eure Anmerkung ist keineswegs billig. Ich war von der Verlautbarung des Generals völlig überrascht. Meinen Amtsgeschäften kann ich ungehindert nachgehen, ohne dass es mir zum Nachteil gereicht!"

„Unser General wird nicht die gesamte Göttinger Bürgerschaft gegen sich aufbringen wollen," entgegnete der Rittmeister. „Die angestrebte Restitution des katholischen Glaubens ist ohnehin nicht von heute auf morgen zu erreichen. Außerdem gibt es unter unseren Soldaten, die für die katholische Sache kämpfen, genügend Lutheraner. Vielleicht sollten wir es dabei bewenden lassen, gemeinsam auf ein baldiges Ende der schrecklichen Zeiten zu hoffen."

„Recht gesprochen. Streiten wollen wir uns ohnehin nicht. Das besorgen andere schon zur Genüge! Mich wundert allerdings Eure Einsicht in die Dinge. Fast scheint mir, Ihr seid nicht mehr recht von Eurer Sache überzeugt?"

„Anfangs, genauer gesagt in den ersten Jahren war ich unserer Sache und der Rechtmäßigkeit unserer Ziele durchaus sicher. Andererseits breitet sich dieser Krieg wie noch kein anderer immer weiter aus. Zum tieferen Nachdenken hat mich Lucia bei unserer ersten Begegnung in Beverungen und dem Gespräch in Lauenförde gebracht. Von da an habe ich vieles mit anderen Augen gesehen. Spätestens nach der Erstürmung von Münden war ich mir sicher, dass wir, aber auch unsere Gegner einen furchtbaren Irrweg beschritten haben!"

Johannes Husemann wirkte nach diesen Sätzen recht zufrieden. „Wenn ein ligistischer Reiteroffizier zu dieser Einsicht gelangt ist, sollte man nicht ausschließen, dass die Verantwortlichen eines Tages auch zu solchen Schlüssen kommen! Vielleicht ist doch noch nicht alles zu spät!"

Lucia, deren Gesicht bei den Worten des Rittmeister eine feine Röte angenommen hatte, meldete sich zu Wort: „Mathias, eines wollte ich vorhin schon fragen. Wo ist dein Diener Meinrad? Bei unserer ersten Begegnung hatte ich den Eindruck … ."

Der Rittmeister unterbrach sie: „Hans Meinrad ist tot!"

„Mein Gott, wie ist das passiert?"

„Man hat ihn in Münden erschlagen und seine Leiche in die Werra geworfen! Mir hat man bei der Flucht die Nase weggeschossen!"

Der Pastor sah ihn an: „Deshalb Eure Gesichtsbedekkung! Ich wollte vorhin nicht unhöflich fragen."

„Aber weshalb hat man das getan?" fragte Lucia entsetzt. „Was war das für eine Mission, die ihr in Münden ausführen solltet? Jetzt kannst du es doch erzählen!"

Und der Rittmeister erzählte. Die Reaktion des Obristen Lawis, das Ende Meinrads, die Flucht, schließlich die Erstürmung Mündens und die Kapitulation Göttingens. Von Falkenburg sah in zwei nachdenkliche Gesichter. Weder Lucia noch der Pastor wussten zunächst die Schilderung des Rittmeisters zu kommentieren.

Johannes Husemann fand als erster die Worte wieder: „Ein merkwürdiger Gedanke beschäftigt mich schon seit längerem. Ich möchte ihn einmal aussprechen. Nach allem, was ich über den General Tilly erfahren habe, kann ich nur folgendes schließen. Dieser Mann ist ein brillanter Kopf, ein genialer Stratege, er ist gottesfürchtig und führt mit großer Kraft die ihm übertragenen Aufgaben und Befehle aus!"

Von Falkenburg nickte zustimmend und Lucia schaute den Pastor mit zunehmender Nervosität an. Was war in ihn gefahren?

Johannes Husemann lächelte. Ihm war die Reaktion des Mädchens nicht entgangen: „Lucia, nein, ich bin nicht plötzlich toll geworden. Das war kein Lob, sondern nur eine absolut nüchterne Feststellung zur Person des Generals. Man stelle sich einmal vor, Graf Tilly hätte nicht die Aufgabe eines Feldherrn, sondern die eines Verwaltungskommissars. Kurfürst Maximilian würde ihn beauftragen, ein verheertes und verwüstetes Land wieder aufzubauen. Würde Graf Tilly nicht mit der selben Energie, Tatkraft und Genialität diese neue Aufgabe meistern? Er könnte zum Segen der Menschen werden, So aber, in der grausamen Wirklichkeit bringt er nur Tod und Verderben! Was läuft hier auf Erden, unter uns Menschen falsch? Warum lässt Gott dies zu? Ich darf es nicht sagen, aber ich tue es trotzdem. Ich zweifle nicht an unserem Herrgott, aber wenn ich all dieses Elend sehe, verzweifle ich an seinem unerforschlichen Ratschluss."

Das Quartier des Rittmeister befand sich in einem hohen schmalen Fachwerkhaus in der Barfüsserstraße unweit des Gebäudes, in dem sich Graf Tilly und sein Offiziersstab eingerichtet hatten.

„Hier haust du also, hoch oben unter dem Dach!" sagte Lucia zu Mathias von Falkenburg.

„Nun, ich hätte auch im Hauptquartier unterkommen können, da ich ohnehin meist für besondere Aufgaben eingesetzt werde. Aber hier ist es mir lieber, ein wenig ab vom Schuss. Es ist nur ein kleines Zimmerchen. Aber mehr brauche ich nicht. Nach Meinrads Tod habe ich mir keinen Diener wieder genommen!"

„Sein Ende scheint dich ziemlich getroffen zu haben!"

„Uns verbanden die gemeinsamen Erlebnisse in diesem Krieg. Einer konnte sich ganz und gar auf den anderen verlassen. Wir haben uns wortlos verstanden, fast wie ein altes Ehepaar!"

Lucia lachte: „Du wirst doch nicht ... ."

„Nein!" Der Rittmeister amüsierte sich. „Obwohl das vielleicht gerade unter Soldaten nicht einmal selten vorkommt. Suum cuique, auch wenn der Satz des alten Cicero in diesem Zusammenhang nicht recht passt. Aber zu Frauen fällt mir wesentlich mehr ein. Vor allem zu einer bestimmten!" Er nahm Lucia in die Arme und küsste sie zärtlich.

„Jedem das seine?" fragte das Mädchen. „Und dir das Deine? Wie darf das denn aussehen?" setzte sie mit gespielter Naivität hinzu.

„Nun ja," sagte der Rittmeister. „Das will ich dir gerne erklären!" Er ließ sich auf das Bett fallen und zog Lucia zu sich herunter.

„Mathias? Was machst du da?" fragte sie nach kurzer Zeit.

Keine Antwort. Aber von seinem Tun ließ sich Mathias von Falkenburg keineswegs abbringen.

„Mein lieber Mathias!" sagte Lucia in einem Tonfall, der gar nicht empört klang. „Dafür habe ich dem Ratsherrn in Beverungen eine gelangt!"

„Wie gut, dass ich kein Ratsherr bin!"

Lucia lachte leise: „Du lieber verrückter Mathias ... ."

## 21 Dunkle Wolken

Schon einen Tag nach der Kapitulation Göttingens hatte der rastlose General Tilly ein Schreiben an den Rat der Stadt Northeim aufgesetzt. Zwar sehr höflich, aber recht bestimmt verlieh er seiner Erwartung Ausdruck, eine ligistische Garnison in die Stadt legen zu dürfen. Die Erwiderung der Northeimer erfolgt postwendend und ließ an Deutlichkeit nicht zu wünschen übrig. Man wolle lieber mit den Mündenern sterben als mit den Göttingern leben, hieß es in der Antwort. Der alte Feldherr reagierte höchst verärgert und erteilte mit dem nächsten Atemzug seinem bewährten Obristen Egon von Fürstenberg den Marschbefehl. Dieser erschien mitsamt seinem Belagerungsheer am 6. August vor Northeim. Die allgemeinen Umgangsformen ließen, wie zu erwarten war, wieder einmal sehr zu wünschen übrig. Man baute Schanzen, beschoss einander und führte in gewohnter Form den Wahnsinn des Krieges weiter. Fürstenberg traf schon Anstalten, die vier schweren Rohre, welche man in Göttingen erbeutet hatte, vor die belagerte Stadt zu ziehen. Da traf eine Nachricht im Hauptquartier ein, die alles verändern sollte.

„Meine Herren!" begann Graf Tilly die morgendliche Lagebesprechung. „General Wallenstein ist im Begriff, mit seinen Truppen aus der Börde nach Schlesien abzumarschieren! Er verfolgt den Mansfelder, dem es gelungen ist, an Wallenstein vorbei in Richtung Ungarn zu marschieren. Er will sich dort mit der Armee des aufständischen Bethlen Gabor zusammentun. Dies wird zu einer ernsten Bedrohung für den Kaiser."

Der General blickte in die erstaunten und fragenden Gesichter seiner Offiziere.

„Herrschaften, das kann nur eines zur Folge haben. Der Däne wird sich bewegen. Wenn nicht jetzt, wann soll er es sonst tun? Bislang musste er befürchten, im Falle der direkten Auseinandersetzung zwischen unsere Truppen und die des Friedländers zu geraten. Dies hätte für König Christian die sichere Niederlage bedeutet. Nun fällt die Bedrohung durch Wallenstein weg. Folglich wird er sich gegen uns wenden, verstärkt durch die Resttruppen des Halberstädters sowie des Göttinger Kommandanten Tönnies."

„Man hätte den Tönnies gar nicht unbehelligt abziehen lassen dürfen!" erklang eine halblaute Stimme aus der Gruppe der Offiziere.

„Oberst Erwitte, tretet doch bitte vor!"

„General!" Der Angesprochene schaute dem alten Feldherrn fest in die Augen.

„Ihr braucht Eure Kritik an meinen Maßnahmen nicht aus dem Halbdunkel vorzubringen. Ihr – und das gilt für alle der hier Versammelten – richtet Einwände oder Vorschläge bitte direkt an mich. Damit habe ich so lange kein Problem, wie es nicht despektierlich oder unsachlich daherkommt."

„Jawohl, Herr Generalleutnant!"

„Nicht so förmlich, mein lieber Erwitte!" Graf Tilly konnte ein leichtes Lächeln nicht unterdrücken. „Grundsätzlich habt Ihr mit Eurer Bemerkung vollkommen recht. Allerdings galt für mich, Göttingen möglichst unversehrt zu nehmen. Einem bedingungslosen Accord hätte Tönnies nie zugestimmt, nach allem, was ich über ihn in Erfahrung bringen konnte. Daher ehrenvoller Abzug auch im Bewusstsein, damit den Dänen zu stärken!"

Gemurmel erklang aus den Reihen der Obristen.

„Herrschaften, folgende Befehle! Sofort ist eine Schwadron zur Aufklärung vor Wolfenbüttel zu ziehen. Oberst Erwitte, Ihr führt. Jegliche Feindberührung ist unter allen Umständen zu vermeiden. Es ist ausschließlich Sichtkontakt zu halten. Meldereiter alle drei Stunden zu mir!"

„Jawohl, Exzellenz!"

„Außerdem, Oberst Casselius, sind alle Garnisonen im Umkreis von sechzig Meilen aufzulösen. Diese sollen sofort zu uns stoßen. Truppen verbleiben in Holzminden, Münden, Hersfeld und hier in Göttingen. Die Belagerung von Northeim ist unverzüglich abzubrechen. Mein Schreiber zu mir!"

General Tilly diktierte rasch mehrere Briefe. Sie gingen an den kaiserlichen Generalissimus von Wallenstein, den Kurfürsten Maximilian von Bayern und schließlich an den Kaiser Ferdinand in Wien.

„Letzterer wird wohl erst ankommen, wenn die Bataille bereits geschlagen ist!" bemerkte der alte Feldherr sarkastisch. „An den Friedländer mit doppeltem Kurier!"

So geschehen am 9. August des Jahres 1626.

In den nächsten Tagen überschlugen sich die Meldungen:

„König Christian marschiert mit seiner Armee auf Duderstadt!"
„Der dänische König geht auf Halberstadt!"
„Heereszug auf Goslar!"
„Die dänischen Truppen nähern sich wieder Halberstadt!"
„Dänen bei Eisleben gesichtet!"

Kommentar des Grafen Tilly. „Weiß er bald, was er will? Der Däne irritiert. Aber vielleicht ist das sein vorrangiges Ziel!"

Mittlerweile sammelten sich die ligistischen Truppen der umliegenden Garnisonen bei Göttingen. Vom General Wallenstein kam die ersehnte Antwort.

„Oberst Casselius, was schreibt der Friedländer?"

„Er schickt uns als Verstärkung den Obristen Dufour mit einem Kavallerieregiment und zwei Infanterieregimentern. Sie sind schon auf dem Marsch!"

Der kaiserliche Obrist Dufour hatte sich ohne Verzug mit seinen Reitern aufgemacht und traf bereits zwei Tage später ein. General Tilly begrüßte ihn höchst erfreut. „Mein lieber Dufour, ich danke für Euer schnelles Vorrücken!"

„Keine Ursache," erwiderte der Reiteroberst. „Wie ich sehe, kommen wir durchaus rechtzeitig! Die Infanterie hat sich ebenfalls auf den Marsch begeben und wird naturgemäß später anrücken. Mit ihr ist in etwa ein bis zwei Tagen zu rechnen. Ich lasse nur mit militärischem Tross marschieren."

„Großartig! Mit dieser Verstärkung sollte es gelingen, den Dänen zu schlagen!"

„Im übrigen hatten wir gestern noch ein seltsames Erlebnis!"

General Tilly schaute den kaiserlichen Obristen fragend an.

„Ein Kurierreiter traf auf uns und überbrachte eine Botschaft – vermeintlich von Euch, Graf Tilly. Diese Nachricht besagte, dass wir sofort unsere Route ändern und auf Wolfenbüttel marschieren sollten. Eure Truppen, General, befänden sich dort in einer schweren Schlacht gegen die Armee Christians!"

„Das konnte nur eine falsche Meldung sein! Ein solches Schreiben habe ich nie aufsetzen lassen. Seit Monaten haben wir gegen Christian keine Bataille geschlagen!"

„Der Reiter machte mich zunächst nicht misstrauisch," antwortete Oberst Dufour. „Äußeres und Sprache eines Soldaten besagen heute gar nichts mehr, seit Männer aus aller Herren Länder überall kämpfen. Und dieses gesiegelte Schreiben wirkte durchaus echt. Allerdings hatte ich zufällig Euren Brief an unseren Generalissimus Wallenstein gesehen. Das Siegel darauf sah anders aus. Es fanden wohl verschiedene Stempel Verwendung, dachte ich. Dann aber ließ der Kurier erkennen, dass er den Inhalt des Schreibens kannte, denn er drängte uns sogleich, ihm in Richtung Wolfenbüttel zu folgen. Dies war höchst ungewöhnlich. Spätestens in diesem Moment kam mir der Gedanke, dieser Vogel könne nicht echt sein. Ich sagte ihm, dass wir befehlsgemäß nach Göttingen weiterreiten würden und ihn dorthin mitnähmen, um seine Identität durch Euch bestätigen zu lassen. Kurz entschlossen befahl ich, ihn festzusetzen. Er leistete heftigsten Widerstand und konnte nur mit Mühe von meinen Leuten überwältigt werden. Selten habe ich jemanden derart kämpfen sehen. Wäre er Euer Kurier gewesen, hätte er sich wohl kaum zur Wehr setzen brauchen. Damit hatte er meinen Verdacht bestätigt."

„Die Absicht war klar. Er wollte Euer Kavallerieregiment allein vor die überlegene Armee Christians führen," sagte General Tilly. „Wo ist dieser seltsame Reiter jetzt?" fragte Graf Tilly. „Hat er überlebt? Kann man ihn befragen?"

„Wir haben ihn mitgenommen, geknebelt und gefesselt. Er lebt noch!" antwortete Oberst Dufour. „Ich habe ihn, bevor ich Euch aufsuchte, bereits bei Eurem Profoss im Gefängnis sicher untergebracht und Anweisung auf strengste Bewachung gegeben. Wir hatten ihn gleich nach seiner Festsetzung verhört. Da er nicht antwortete, befragten wir ihn schließlich hochnotpeinlich. Ich habe seine Daumen in die Luntenzwingen zweier Musketen nehmen lassen. Diesem Argument hat normalerweise niemand etwas entgegenzusetzen!"

„Und?"

„Nichts. Kein Wort hat er gesagt. Ein unglaublich zäher, tapferer Bursche!"

„Gab es sonst irgend etwas Auffälliges an ihm?“ fragte General Tilly.

„Nein! Halt doch, eines ist mir aufgefallen!“ antwortete der kaiserliche Obrist. „Beim Kampf fiel sein Barett herunter. Er hat weißblonde Haare, wie ich sie selten gesehen habe!“

Oberst Casselius biss sich beim letzten Satz Dufours auf die Unterlippe und schwieg. General Tilly ergriff wieder das Wort. „Es handelt sich mit größter Wahrscheinlichkeit um den dänischen Hauptmann Pedersen. Dieser wurde wegen fortgesetzter feindlicher Kundschaftertätigkeit bereits durch unser Kriegsgericht in Abwesenheit zum Tode verurteilt. Wenn er es ist, wird er morgen früh hängen!“

Er wandte sich an seinen Vertrauten: „Oberst Casselius! Ihr kennt doch auch den Mann. Sucht ihn im Gefängnis auf und überzeugt Euch, ob es sich um den Gesuchten handelt!“

Der Angesprochene nickte nur kurz und verließ das Zimmer.

Der Profoss persönlich ließ den Obristen ein, der sich gleich in das Verließ begab. „Ich möchte allein mit dem Gefangenen sprechen!“

„Werter Herr Oberst! Bei allem Respekt, aber ich habe strikte Anweisung von diesem kaiserlichen Obristen erhalten, den Gefangenen nicht unbewacht zu lassen!“

„Ihr kennt mich?“

„Selbstverständlich, Oberst Casselius, wer kennt Euch nicht!“

„Also bitte! Im übrigen bleibt das Gitter verschlossen, wenn es Euch beruhigt!“

Der Gefängnisaufseher und die Wachen verließen den Vorraum des Kerkers. Oberst Casselius schloss die Tür des Vorraums hinter ihnen und wandte sich dem Gefangenen zu.

„Hauptmann Pedersen, Ihr hattet Eure Chance! Warum dieses erneute Risiko?“

Oberst Casselius schaute auf die blutig zerquetschten Daumenstümpfe des Hauptmanns.

„Ich weiß, Oberst. Ihr habt mich aus Göttingen entkommen lassen. Major Tönnies hat es mir gesagt. Nun war ich in meinem Eifer zu unvorsichtig. Im übrigen bin ich nur meinem Land, meinem König und unserem Herrgott verpflichtet!“

„Wofür unser Herrgott alles herhalten muss,“ murmelte der Oberst leise.

„Ich habe Euch leider nicht verstanden,“ antwortete der Däne.

„Nichts, schon gut!“ antwortete Oberst Casselius. „Euch ist klar, was jetzt droht!“

Der Däne nickte.

„Persönlich habe ich nichts gegen Euch, Hauptmann Pedersen. Ich bewundere Euren Mut und Eure Tapferkeit! Aber General Tilly hat befohlen, dass Ihr morgen früh gehängt werdet!“

„Vielleicht könnt Ihr doch noch etwas für mich tun. Wenn es schon sein muss, möchte ich nicht wie ein Dieb, sondern als Soldat sterben!“

„Man wird Euch diesen letzten Wunsch nicht abschlagen. Außerdem werde ich nach einem Pfarrer Eurer Konfession schicken lassen. Mögen Euch die letzten Stunden nicht zu schwer werden!“

Oberst Casselius wandte sich zum Gehen.

„Oberst?“

Der Angesprochene wandte sich noch einmal um.

„Danke!“

Am nächsten Morgen begleitete ein sichtlich ergriffener Pastor Husemann den Delinquenten auf seinem letzten Wege. Der königlich dänische Hauptmann Sven Pedersen wurde vor den Mauern der Stadt Göttingen erschossen.

## 22 Strategische Entscheidungen

Dänen marschieren weiter südöstlich des Harzes!" Oberst Casselius trug die jüngste Meldung vor.

„Haben wir diese Nachricht erst von einem Kundschafter oder ergibt sich schon ein umfassenderes Bild?" fragte General Tilly. Er stützte sich auf den großen Tisch, auf dem eine Landkarte lag.

„Exzellenz, bislang liegt nur eine Meldung vor!" antwortete Oberst Casselius.

„Wo genau soll das gewesen sein?"

„Hier, bei Duderstadt!" Der Oberst deutete auf die Karte.

Die Tür des Besprechungsraumes wurde aufgerissen. Eine der Wachen stürzte herein.

„Verzeihung, Herr General, aber draußen steht ein weiterer Reiter mit einer wichtigen Botschaft!"

„Bringt ihn herein, rasch!"

Der Reiter betrat das Zimmer. „Exzellenz, Eberhard Steinlein, Kundschafter vor Lutter in Eurem Auftrag!"

„Danke. Berichtet!"

„Die Armee des dänischen Königs nähert sich Seesen! Sie war schon durch Hahausen, als ich losgeritten bin."

„Wie viele unserer Kundschafter sind derzeit vor Ort?"

„Vier oder fünf Kameraden!"

„Gut, Ihr könnt abtreten!" Graf Tilly sprach den Obristen Casselius an: „Oberst, wir wurden vorhin unterbrochen. Was hat der andere Reiter bei Duderstadt genau gesehen?"

„Er war sich ziemlich sicher, dass es sich nur um eine Schwadron dänischer Kavallerie handelte!"

„Meine Herren, was haben wir von dieser Situation zu halten?" fragte General Tilly. „Oberst Dufour, Eure Meinung bitte!"

„Der Däne muss zunächst erfahren haben, dass wir auf Göttingen gingen. Er hat folglich versucht, zu verhindern, dass sich unsere Truppen vereinen. Daher auch der falsche Kurier. Mit der Schwadron bei Duderstadt will er uns glauben machen, er nähere sich von Osten. In Wahrheit marschiert er mit seiner Hauptstreitmacht westlich des Harzes. Wenn er es schafft, mit seinen Truppen in Northeim einzurücken, erhält er einen entscheidenden Vorteil."

„Was schlagt Ihr vor, Oberst Dufour?"

„Nachdem meine Infanterie bereits heute früh eingetroffen ist, werde ich mit meiner Kavallerie im bewusstem Abstand von Northeim bei Katlenburg über die Rhume gehen. Dabei werde ich die Dänen glauben machen, dass ihnen bereits Euer gesamtes Heer entgegenrückt! Wir müssen viel Staub aufwirbeln. Mal sehen, was sie dann machen!" Der Oberst lachte ein wenig boshaft.

„Was aber, wenn Christian u n s getäuscht hat und sich in Wahrheit doch ö s t l i c h des Harzes nähert?" warf Oberst Casselius ein. „Dann habt Ihr ihn plötzlich im Rücken, Oberst Dufour!"

„Dieser Einwand ist absolut berechtigt." antwortete General Tilly. „Wir agieren folgendermaßen. Oberst Dufour, Ihr marschiert wie vorgeschlagen über Katlenburg. Eure Infanterie folgt so schnell wie möglich. Ich gehe mit unserer Hauptstreitmacht weiter östlich bei Bilshausen über die Rhume und nahe Wulften über die Oder. Gibt es bis dahin keine neuen Meldungen, lasse ich auf Seesen schwenken. Vorher senden wir aber Kundschafter nach Osten aus. So können wir kurzfristig in beiden Richtungen vorrücken und haben selbst dann noch Sicherheit, wenn König Christian auf die ungewöhnliche Idee kommen sollte, d u r c h den Harz zu marschieren."

„Das ergäbe für ihn kaum einen Sinn. Christians Heereszug würde in den Tälern unnötig in die Länge gezogen.

Die Streitmacht müsste sich womöglich teilen und parallel auf verschiedenen Talstrecken marschieren, um schneller voranzukommen. So oder so, eine Aufstellung in Schlachtordnung wäre für ihn in kurzer Zeit gar nicht möglich." Oberst Dufour schüttelte sich förmlich bei diesem Gedanken.

„Da habt Ihr recht, Dufour!" entgegnete Graf Tilly. „Aber ich rechne auch mit dem Unwahrscheinlichen und kann gleichzeitig agieren. Der Däne kann nur noch reagieren, gleich von welcher Seite her er mit seiner Hauptarmee kommt! Oberst Casselius, habt Ihr noch weitere Vorschläge?"

„Nein, der Plan klingt gut. Ich werde sofort den Befehl auf Marschbereitschaft geben! Wir werden zwanzig Stück Feldartillerie nachführen. Der zivile Tross verbleibt bei Göttingen, denn beim plötzlichen Parieren wäre er uns äußerst hinderlich."

„Oberst Dufour, Ihr brecht in vier Stunden auf. Bis dahin sollen sich Eure Leute noch ausruhen! Als Ortskundiger wird unser Rittmeister von Falkenburg führen!"

Der Rittmeister traf kurz nach der Lagebesprechung beim Obristen Casselius ein. Er hatte gerade noch die Gelegenheit, sich von seiner Lucia zu verabschieden. Als Mathias von Falkenburg mit dem Kavallerieregiment Dufour zum Weender Tor hinausritt, sah ihm eine kleine winkende Gestalt noch lange nach, bis er mit den anderen Reitern im Dunst des Sommertages verschwunden war.

Mühsam hatte sich der Zug des protestantischen Heeres durch die Landenge bei Klingenhagen gequält und befand sich nun auf der Höhe von Seesen. Die Vorhut, ein Kavallerieregiment, in dessen Gefolge sich auch der dänische König und sein General Johann Freiherr Fuchs von

Bimbach befanden, ging bereits über die alte Stauffenburg hinaus.

„Majestät!“ General Fuchs wies mit der behandschuhten Rechten nach vorne. „Uns nähert sich ein einzelner Reiter!“

„Es wird einer unserer Kundschafter sein, General!“ antwortete Christian.

Der Reiter kam in rasendem Galopp heran. Die Kavalleristen der Vorhut zogen der Vorsicht halber ihre Pistolen.

„Leute, das ist unser Mortensen, lasst ihn passieren!“ rief der General. Der Kavallerist parierte sein dampfendes Pferd: „Feindliche Streitmacht rückt heran!“ stieß er fast atemlos hervor.

„Wie viele sind es und wo habt Ihr sie gesehen?“

„Ein Stück über Eisdorf hinaus, von Katlenburg kommend habe ich sie gesichtet. Es dürfte mindestens ein Kavallerieregiment sein, vielleicht auch zwei. Die Pferde gingen nur im Schritt, manchmal im leichten Trab. Wenn sie dieses Tempo beibehalten, sind sie in spätestens zwei Stunden hier. Ich habe schließlich auch eine Zeit gebraucht, um den Weg fast im gestreckten Galopp zurückzulegen. Infanterie habe ich übrigens nicht gesehen!“

„Tilly rückt uns entgegen!“ Der dänische König wurde blass. „Wir kehren sofort nach Wolfenbüttel zurück. Die Festung gibt uns Schutz!“

„Mortensen!“ General Fuchs gab sofort seine Order: „Ihr reitet sofort weiter und gebt Oberst Stedinck den Befehl, mit seinem Infanterieregiment vorzuziehen. Der Artillerietross und die Kavallerie sollen die Straße freimachen!“

Mortensen wiederholte den Befehl und trabte an.

„Fuchs!“ rief der König erbost. „Ich habe Order gegeben, umzukehren und nicht anzugreifen!“

„Majestät! Ich beschwöre Euch. Vor uns kann nur Tillys Vorhut sein. Bis Northeim sind es noch etwa fünfzehn Meilen. Unter den Mauern der Stadt, verstärkt um ihre Artillerie haben wir eine viel bessere Ausgangsposition. Wir werfen Tillys Vorhut und schlagen uns bis dorthin durch! Mit der Gewalt unseres gesamten Heeres sollte das gelingen!“

„Und was ist, wenn wir auf Tillys Hauptstreitmacht treffen?“

„Mortensen hat keine Infanterie geschweige denn Artillerie gesehen! In jedem Falle brauchen wir Infanterie hier. Egal ob wir vorrücken oder umkehren! Sie müssen Tillys Vorhut zum Stehen bringen!“

„Meinetwegen. Aber wir kehren um!“

„Majestät! Die Armee kann nicht einfach auf dem Absatz kehrt machen. Die Reihenfolge stimmt nicht für einen Rückzug. Unsere Artillerie liegt dann zu weit hinten und kann in den Zugriff Tillys geraten!“

„Ach, jetzt ist es doch Tilly, doch die Hauptarmee!“

„Seine Vorhut!“ General Fuchs verdrehte die Augen.

„Umkehren!“ schrie der König. „Es ist mir egal, wie Ihr das anstellt!“

Der General Fuchs schickte Meldereiter mit dem Rückzugsbefehl des Königs zurück. Die Kommentare einiger Regimentsobristen waren nicht wiedergabefähig. Nach einer halben Stunde war das Infanterieregiment Stedinck herangerückt, das mit seinen Pikenieren und Musketieren die Aufgabe erhielt, den Rückzug zu decken. Ihm wurden zwei Eskadrons Kavallerie und zwei Artilleriestücke mit der Bedienung hinzugegeben. Es war als strategische Meisterleistung des Generals Fuchs anzusehen, dass sich die Armee innerhalb einer weiteren Stunde leidlich geordnet wieder in Richtung Wolfenbüttel in Marsch setzte. Die

Artillerie befand sich nun im vorderen Drittel des Heeres. Der dänische König führte den Rückzug.

Unter dem Befehl des Generals Fuchs schanzte die verbliebene Nachhut und brachte die beiden Kanonen in Stellung. Reiter wurden in der Ferne gesichtet. Sie näherten sich nur langsam, noch weit außerhalb der Artillerieschussweite. Es war eine unglaubliche Staubwolke, die dort langsam heranrückte.

„Das kann nur die Hauptarmee Tillys sein," sagte Oberst Stedinck mit sorgenvoller Stimme.

„So langsam, wie die vorrücken, muss Infanterie im Gefolge sein!"

„Oberst," entgegnete General Fuchs mit ruhiger Stimme. „Das will man uns vorgaukeln. Infanterie wirbelt niemals einen derartigen Staub auf. Mir scheint dort ein ganz ausgekochtes Schlitzohr am Werke zu sein!"

Oberst Stedinck sah seinen General überrascht an: „Und warum rücken sie so langsam vor, wenn es sich ausschließlich um Kavallerie handelt?"

„Ganz einfach. Weil sie noch nicht die notwendige Stärke für einen Angriff haben. Da reitet eine Anzahl von Kavalleristen im Hintergrund mehrfach hin und her, um größere Truppenstärke vorzutäuschen! Wären es mehrere Kavallerieregimenter, so könnten sie in voller Karriere angreifen! Wir hätten vorstoßen und die feindliche Vorhut werfen müssen. Die Rückzugsentscheidung war falsch. Jetzt warten wir hier, bis sie angreifen. Und das werden sie tun, wenn sie schließlich Infanterie nachgezogen haben. Das kann noch Stunden dauern!"

Es dauerte noch Stunden. Die Staubwolke legte sich, ohne dass etwas passierte. Die Rechnung des kaiserlichen Obristen Dufour war aufgegangen. Der gegnerische Vormarsch war zum Stehen gebracht. Nur hatte er nicht damit gerechnet, dass der Dänenkönig schon vor dem Täuschungsmanöver den Befehl zum Rückzug gegeben hatte. Christian gewann zunächst Zeit, mit der Hauptstreitmacht davonzukommen, während Oberst Dufour auf seine nachgeführte Infanterie wartete. Als seine Kundschafter die Meldung brachten, dass es sich vor ihnen nur noch um eine relativ kleine gegnerische Nachhut handelte, konnte der Oberst es zunächst kaum glauben. Mit dem Aufschließen der beiden Infanterieregimenter gab er unverzüglich den Angriffsbefehl. Aus dem Marsch heraus und ohne die Möglichkeit, sich vorher noch auszuruhen, gingen seine nun zahlenmäßig überlegenen Soldaten gegen den Feind. Das Gefecht war kurz, heftig und fürchterlich. Am Ende waren etwa 600 Mann der protestantischen Streitmacht tot oder schwer verwundet. Die Angreifer ließen von den Verletzten niemanden am Leben. Auch Oberst Stedinck war unter den Opfern. Die zwei dänischen Feldkanonen wurden von den Angreifers erbeutet. General Fuchs entkam mit wenigen hundert Soldaten.

Oberst Dufour gönnte den Infanteristen, welche die Hauptlast des Kampfes getragen hatten, nur wenige Stunden Ruhe. Er selbst setzte mit seinem Kavallerieregiment sofort dem Gegner nach. Den ganzen Tag - über Seesen bis zur Landenge Klingenhagen - attackierte er mit wechselnden Schwadronen immer wieder den fliehenden Gegner. Der Feind durfte nicht zur Ruhe kommen. Die Hauptstreitmacht des Grafen Tilly, welche sich nicht mit Kämpfen aufhalten musste und stattdessen marschieren konnte, schloss beständig auf. Oberst Dufour saß den Resten der dänischen Nachhut im Nacken, bis diese fast vollständig vernichtet war. Der kaiserliche Obrist hatte sein strategisches Ziel vorerst erreicht. Er brach die Verfolgung ab und wartete auf die Truppen des Grafen Tilly. General Fuchs traf unterdessen mit wenigen Überlebenden beim Heer König Christians ein. Dessen Armee lagerte mit einigen Fähnlein und Schwadronen in Hahausen. Der größte Teil befand sich in dem Taleinschnitt östlich des Dorfes.

„Schulze, sag mir, wie lange soll das noch gehen?“ Die alte Frau hatte Peter Conrad, den Dorfvorsteher von Hahausen, an den Armen gepackt. „Erst kommen die Dänischen und wir laufen weg, dann kommen die Dänischen wieder und wir laufen noch einmal. Hernach kommen wahrscheinlich die Tillyschen und wir laufen wieder. Wir laufen nur noch!“

„Anne, ich weiß, du kannst das in deinem Alter nicht mehr. Aber was bleibt uns anderes übrig. Wenn Soldaten anrücken, ist das Ergebnis fast immer gleich. Sie plündern die Häuser und wenn sie uns erwischen, geht es noch viel schlimmer zu. Darum sind wir hierher auf die Osterköpfe geflohen. Hauptsache, sie finden uns nicht und wir überleben!“

Ein Schrei gellte herüber: „Hahausen brennt! Die Dänen haben es angezündet!“

Hoch oben in der Krone einer mächtigen Eiche saß ein junger Kerl und blickte in Richtung Süden. Der Dorfschulze lief zum Fuß des Baumes: „Pieper, schrei um Gottes Willen nicht so laut. Nachher finden sie uns noch!“

„Schulze, dein Hof brennt auch!“

„Warum sollten sie ihn verschonen!“ antwortete Peter Konrad mit stoischem Gleichmut. „Andere verlieren ihr Leben!“

„Warum machen die das?“

„Ich kann es mir nur so erklären, dass der Tilly hinter den Dänen her ist und sie ihm kein Dach mehr über dem Kopf lassen wollen!“

„Sie marschieren! Christians Truppen ziehen ab in Richtung Pöbbeckenmühle!“

„Das war es dann auch mit der Mühle!“

Viele Dorfbewohner, deren Häuser dort unten in Flammen aufgingen, waren vollkommen verzweifelt. Hatten sie schon vor einigen Tagen, als die protestantischen Truppen in Richtung Seesen gezogen waren, ihr Dorf Hals über Kopf verlassen müssen, so fanden sie ihre Höfe danach zwar geplündert, aber sonst weitgehend unversehrt vor. Nun waren die selben Soldaten zurückgekehrt und zerstörten ihrer Hände langjährige Arbeit. Manche Frauen und Kinder weinten, die Bauern standen mit versteinerten Gesichtern da. Weitere hatten die hohe Eiche erklommen. Sie sahen einen Heereszug ermatteter Soldaten im Tal marschieren. Die Sonne brannte vom Himmel. Die Männer Christians waren durch den schnellen Rückzug vollkommen erschöpft und ausgehungert, da ihnen mittlerweile die Verpflegung ausgegangen war. So hatten manche von ihnen die Obstbäume in Hahausen abgeerntet, obwohl die Früchte noch gar nicht reif waren. Dies hatte bei den meisten eine durchschlagende Wirkung, vor allem, wenn sie noch Wasser aus den Brunnen und Bächen getrunken hatten. Mancher Soldat krümmte sich vor Leibschmerzen.

„Und die wollen eine Schlacht gewinnen, so wie die beieinander sind?“ bemerkte Hans Pieper mit höhnischem Unterton. „Der Tilly wird sie zur Hölle schicken. Am besten, er ginge gleich hinterher, dann könnten wir wieder in Frieden leben!“

Trompetensignale erklangen aus dem Tal. Reiter galoppierten hin und her.

„Was machen die denn nun?“ fragte einer der Männer auf dem Baum. In der Tat hatten die Soldaten ihren Weg geändert und überquerten einige Bäche. Pferdegespanne mit Kanonen und nachfolgenden Fuhrwerken zogen über eine kleine Brücke. Ziel war eine langgestreckte leichte Bodenerhebung, die nahe Hahausen begann und sich über einige Meilen in nördlicher Richtung erstreckte. Nach Osten lief diese lange Bodenwelle sanft aus, teilweise war der Rücken mit dichtem Wald bedeckt. Bald hörte man auf dem südlichen Teil der Erhebung das Schlagen von Äxten und das Geräusch von Sägen. Von Zeit zu Zeit fielen Bäume um.

„Was machen die da?“ erklang wieder die Frage.

„Was wohl?“ kam prompt die Antwort. „Der dänische König kann dem Tilly nicht mehr entkommen. Darum bauen sie Schanzen, um den Feind besser abwehren zu können. Schaut, da bringen sie schon ihre Kanonen in Stellung. Und die Läufe zeigen im Halbrund in die Richtung, aus der sie hergekommen sind. Ich sage Euch, bald kommen die Tillyschen und dann geht es hier ganz fürchterlich zu!“

„Da ziehen aber welche weiter auf Lutter zu!“

„Das kann ich nicht genau erkennen! Pieper, siehst du etwas?“

„Allerdings, dort machen sie das gleiche, aber es sind weit weniger Kanonen. Vielleicht vier an der Zahl!“

„Nach Süden zu sind es sechzehn, wenn ich es recht gesehen habe!“

Hahausen war mittlerweile von den Reitern des Obristen Dufour erkundet worden. Die meisten Häuser lagen in Schutt und Asche. Auch die steinerne Kirche war ausgebrannt. Von ihr waren nur Mauern mit leeren Fensterhöhlen übrig geblieben. General Tilly richtete sich mit seinem

Stab in einem der wenigen unversehrten Häuser ein. Sein Heer kam vor dem Dorfe zum Stehen.

„General!" Mathias von Falkenburg hatte am frühen Abend einen der letzten Erkundungsritte unternommen. „Christians Truppen gehen auf dem leichten Höhenzug, der sich östlich bis zu dieser Mühle hinzieht, in Stellung!"

„Danke, Falkenburg!" war die Antwort des Grafen Tilly. „Benachrichtigt alle Regimentsobristen. Lagebesprechung in einer Stunde!"

Rund zwei Dutzend Offiziere drängten sich in der niedrigen Bauernstube um den Tisch, auf dem eine große Landkarte lag.

„Meine Herren!" begann Graf Tilly. „Morgen ist der Tag der Entscheidung. Wir gehen in Bereitstellung, sobald die Sonne untergegangen ist. Christian muss so lange wie möglich im Unklaren gelassen werden. Die Obristen Erwitte und Bock gehen mit ihrer Kavallerie nach Norden entlang der Neile und Hummecke westlich an der Mühle vorbei in diesen Waldabschnitt und halten sich dort in Bereitschaft." Mit entsprechenden Gesten wies der General auf die Landkarte. „Sollte Christians Kavallerie einen Flankenangriff ausführen, fallt Ihr ihnen in den Rücken. Die Infanterie Herliberg und Reinach sowie die Kavallerie Kronberg und Schönberg verbleiben nahe der Brücke, die über den Mittelbleek führt!"

„Westlich, General?" kam die Frage von einem der Obristen.

„Natürlich westlich! Spätestens nach dem Überschreiten des Baches liegt Ihr in Reichweite der feindlichen Kanonen. Die Schlacht darf auf keinen Fall eröffnet werden, bevor ich nicht den Befehl dazu gegeben habe. Anderenfalls würde meine gesamte Strategie fehlschlagen.

Ich verlasse mich auf Euch, meine Herren." General Tilly sah seine Offiziere eindringlich an.

„Weiter! Die übrigen Regimenter gehen langgezogen in die Talsenke bis zu Erwitte und Bock. Aufstellung in zwei Treffen. Die Position unserer Artillerie werde ich gleich mit den Stückmeistern besprechen. Das dauert länger. Deckung der Artillerie durch Regiment Würzburg!"

„Welche Aufgabe kommt mir zu?" Oberst Dufour trat vor.

„Zuerst einmal, mein lieber Dufour, noch einmal meine ausdrückliche Anerkennung für Eure Leistung und die Eurer Leute in den letzten beiden Tagen!" Das Lob des Grafen Tilly ließ den alten Haudegen verlegen dreinschauen. Er murmelte etwas Unverständliches.

„Keine übertriebene Bescheidenheit, Oberst. Nachdem Ihr Eure Qualitäten derart bewiesen habt, kommt Euch morgen die wichtigste Aufgabe zu. Ihr bleibt südlich von Hahausen. Mit zwei zusätzlichen Kavallerieregimentern umgeht Ihr den linken Flügel des Gegners und greift ihn von Osten her an. Dufour, Euer Einsatz wird den Ausgang der Schlacht entscheiden!"

Der Oberst nickte: „Wir werden sie schlagen!"

Mathias von Falkenburg richtete das Wort an den alten General. „Exzellenz, gestattet Ihr mir eine Frage?"

„Nur zu, junger Mann, keine falsche Scheu!"

„Christians Truppen haben mit ihrer höher gelegenen Position einen strategischen Vorteil, da unsere Soldaten beim Angriff hinaufstürmen müssen!"

„Falkenburg, das ist richtig. Die Lage unserer Truppen in dieser langen Senke ist aber nur vordergründig von Nachteil! Wir können nicht von hinten angegriffen werden. Die bewaldeten Berge, die Osterköpfe geben uns Rückendeckung. Christian hat dagegen von keiner Seite einen nennenswerten Schutz. Und genau das gedenke ich mit den Truppen des Obersten Dufour auszunutzen. Überraschender Angriff von Osten, während von Westen aus die Schlacht schon in vollem Gange ist," erläuterte General Tilly seinen Plan: „Rittmeister, kennt Ihr Euch aus in dieser Gegend?"

„Recht gut!" antwortete Mathias von Falkenburg.

„Ihr werdet morgen wieder die Regimenter Dufours führen und einweisen. Ich gedenke, die Schlacht morgen um elf Uhr zu eröffnen. Ihr reitet bereits morgen früh um sieben Uhr los! Dann sind Straßen, Äcker und Wiesen noch taufeucht. Ihr werdet keine Staubwolken aufwirbeln, die dem Gegner dieses Vorhaben verraten könnten." Graf Tilly deutete auf die Karte. „Hier auf der Straße zunächst in Richtung Langelsheim. Dann über diesen Weg in Richtung Norden, hier wieder westlich in den Rücken des Gegners. Annäherung langsam und damit so leise wie möglich. Dufour, sobald der Gegner Euch bemerkt, attakkiert Ihr mit allen Kräften. Die Verwirrung wird hoffentlich vollendet sein. Ziel ist es, bei Christians Truppen eine regellose Flucht auszulösen! Noch Fragen oder sachliche Einwände, Herrschaften?"

Es war nur leises Stimmengemurmel zu hören.

„Nun, meine Herren Offiziere, sucht Eure Quartiere auf. Morgen gilt es. Gute Nacht!

Graf Tilly wandte sich zur Seite. „Nun die Herren Stückmeister. Die Aufstellung der Kanonen nehmt folgendermaßen vor ... ."

Eine halbe Stunde später schloss der General mit den Worten: „... den Schanzsoldaten kann ich es nicht ersparen, die Nacht hindurch zu arbeiten. Da sie anschließend zu erschöpft sein werden, kommt ihnen in der Schlacht keine Aufgabe mehr zu. Sie gehen zurück in die Reserve unterhalb der Osterköpfe!"

Graf Tilly und sein Stab verbrachten die Nacht in Hahausen. General Fuchs hielt sich nahe der südlichen Geschützstellung auf. Der dänische König befand sich mit seinen Offizieren in dem kleinen Ort Nauen, etwa zwei Meilen nördlich von der Pöbbeckenmühle entfernt. Wären die ligistischen Regimenter Erwitte und Bock über den ihnen zugewiesen Aufstellungsbereich hinaus nur ein wenig weiter nach Norden vorgestoßen, hätten sie vermutlich Christian mitsamt seinem Offiziersstab kassieren können. Doch einer kannte die Pläne des anderen nicht.

## 23 Die Schlacht

27. August 1626

Bei Tagesanbruch hatten die unter dem Befehl des Obristen Dufour stehenden drei Kavallerieregimenter ihre Vorbereitungen getroffen. Männer und Pferde waren ausgeruht. Der nachgerückte Versorgungstreck hatte sie mit Fourage versorgt. Die Waffen wurden nachgesehen und geladen. Die meisten Reiter bevorzugten Radschlosspistolen und Karabiner gleicher Bauweise. Sie ermöglichten das Schießen vom Pferd aus ohne umständliches Hantieren mit der Zündschnur. Das kleinere Kaliber und die geringere Reichweite gegenüber der Luntenschlossmuskete fielen bei der Angriffsweise der Kavallerie weniger ins Gewicht. Helme, Brust- und Rückenpanzer sowie Arm- und Beinschienen boten den Reitern Schutz im direkten Kampf, wenn Säbel, Schwert und Streitaxt zur Hauptwaffe wurden.

Die meisten Kavalleristen wirkten angespannt. Einige konnten ihre Nervosität kaum verbergen. Allen war klar, dass am Ende dieses Tages mancher von ihnen nicht mehr leben würde. Oberst Casselius stand beim Rittmeister von Falkenburg. Leise unterhielten sie sich. Oberst Dufour gab den Befehl zum Aufbruch mit Handzeichen, die von den Offizieren weitergegeben wurden. Jegliches Signal, jedes weittragende Geräusch, das den Gegner hätte aufmerksam machen können, wurde vermieden..

„Alles Gute und viel Erfolg, Falkenburg," wünschte Oberst Casselius ein wenig unmilitärisch. Der Rittmeister saß auf, grüßte noch einmal und setzte sich an die Spitze der Regimenter. Die Schwadronen nahmen die Straße nach Langelsheim. Zunächst im Schritt, später im leichten Trab zogen sie davon. Der Oberst sah ihnen noch eine

Weile nach. Ganz in Gedanken bestieg er sein Pferd und ritt langsam zum Quartier des Grafen Tilly nach Hahausen zurück.

Die Sonne stand mittlerweile hoch am Himmel. Der Dorfschulze Peter Conrad, Hans Pieper und noch einige andere hatten wieder die hohe Eiche erklettert. Am Stamm des mächtigen Baumes waren die Dorfbewohner versammelt und warteten auf Neuigkeiten.

„Könnt Ihr etwas sehen?"

„Tillys Heer ist in das Tal eingerückt. Die Soldaten haben sich niedergekniet!"

„Was machen sie?"

„Sie beten!"

„Sie – beten?"

„Ja, Tillys Soldaten beten und bitten unseren Herrgott um den Sieg!"

„Und was machen die anderen?"

„Vermutlich dasselbe! Das lässt sich aber kaum erkennen. Man sieht die Protestantischen nur sehr undeutlich und schemenhaft dort hinten auf dem Höhenzug!" erklärte Hans Pieper von der Krone des Baumes und wies mit der linken Hand nach Osten..

„Jetzt kommt Bewegung in die Sache. Dort reitet einer an den Truppen entlang und hält eine Ansprache. Das muss Tilly sein!"

„Was sagt er?

„Das kann ich hier oben genau so wenig verstehen wie du! Moment – jetzt rufen es die Soldaten im Chor: *Unserer gnädigsten Jungfrau Maria.* Er widmet die Schlacht der Jungfrau Maria ... ! Kein Pardon! Sie wollen dem Gegner keinen Pardon geben!"

„Sie werden auch Gefangene töten?" klang es ungläubig von unten herauf.

„Scheint so!"

Trompetensignale erklangen aus dem Tal, dann der dumpfe rhythmische Klang der Trommeln.

„Es geht los, Tilly hat das Signal zum Angriff gegeben! Mehrere Regimenter gehen im Süden gegen die Anhöhe vor, Reiter und Fußsoldaten!"

Musketenfeuer war zu hören, dann donnernde Kanonenschüsse. Mörderisches Geschrei klang herauf. Die dänische Batterie schoss Salve auf Salve, so schnell die Geschützknechte nur nachladen konnten.

„Pieper, nun schau dir das an. Warum lässt der Tilly ausgerechnet im Bereich der stärksten dänischen Geschützbatterie angreifen?"

„Vielleicht will er sie als erstes außer Gefecht setzen!"

„Fürchterlich! Die Kanonenkugeln rasieren regelrechte Schneisen in Tillys Regimenter. Warum schießt er nicht ebenfalls mit Kanonen?"

„Siehst du welche?"

„Nein – sollte Tilly etwa keine haben?"

„Kann gar nicht sein – verstehe ich nicht!"

Nun lagen die Soldaten des Grafen Tilly im Nahkampf mit den Holsteinern. Mann gegen Mann fochten sie. Die dänische Batterie hatte das Feuer eingestellt, da Freund und Feind mittlerweile regelrecht ineinander verbissen waren. Dichter Pulverqualm hing über dem Getümmel. Die Kämpfenden waren nur noch schemenhaft zu erkennen. Dafür war der Lärm, das Klirren der Hiebwaffen, die knatternden Abschüsse der Musketen und das Geschrei um so deutlicher zu hören. Der Kampf wogte hin und her. Immer mehr Tote und Verletzte lagen am Boden. Gnadenlos trampelten die Kämpfenden über sie hinweg.

„Die Tillyschen weichen! Die Dänen treiben sie zurück über den Bach!"

Auf beiden Seiten des Wasserlaufes wurde nun gekämpft. Aus dem zweiten Treffen kam ein Reserveregiment des Grafen Tilly heran und warf sich in den Kampf. Bis auf einige Fähnlein, die sich verbissen auf der Ostseite behaupteten, wurden Tillys Soldaten jedoch zurückgedrängt oder niedergemacht. Der erste Angriff war abgeschlagen worden. Die stechenden Schießpulvergase zogen langsam davon.

„Na, Fuchs, es läuft doch prächtig!" Der dänische König war an seinen General herangetreten. „Die Tillyschen weichen! Jetzt sollten wir die Gunst der Stunde nutzen und zum Gegenangriff ansetzen!"

„Majestät! Wir liegen hier gut verschanzt. Warum sollen unsere Männer attackieren und ihre Deckung aufgeben! Sobald unsere Holsteiner sich trennen, werden wir mit der Artillerie den Feind weiter dezimieren!"

Die Geschützknechte hatten längst nachgeladen. Donnernd spieen die Kanonen erneut gegen den Feind, rissen die schweren Kugeln wieder Menschen in Stücke.

Christian war in Hochstimmung. „Wir greifen an!"

„Majestät, nein! Tilly hat mit Sicherheit noch einige böse Überraschungen für uns parat. Ich habe die Berichte über seine früheren Schlachten genau studiert!"

„Fuchs, seid Ihr feige? Genau, wie Ihr die letzten Tage zurückgewichen seid!"

Der General wurde rot vor Zorn. Wer hatte denn diesen unseligen Rückzugsbefehl gegeben? Herrgott, wie konnte dieser Mensch nur der Oberbefehlshaber der protestantischen Truppen werden?

König Christian erteilte unterdessen seinen Trompetern den Befehl, die Angriffssignale zu geben. Schmetternd klang es über das Schlachtfeld. Die Kavallerieregimenter

Landgraf von Hessen-Kassel und Graf Solms rückten nach Norden in Richtung der Pöbbeckenmühle ab. Die Infanterieregimenter Mogens-Kaas, Lindshaw und Lohhausen formierten sich auf dem Rücken des leichten Höhenzuges und machten Front gen Westen. Ein Trommelbube hastete heran, rotblond und mit Sommersprossen übersät. Er schien kaum größer als seine Kriegstrommel zu sein. Der Monarch gab sich leutselig: „Na, mein Junge, wie heißt du denn?“

„Jasper Jensen, Herr König!“

Christian lachte. Der ausgesprochen groß gewachsene General Fuchs beugte sich zu dem Jungen herunter und sagte leise zu ihm: „Das heißt Majestät und nicht Herr König!“

„Jawohl, Majestät!“ krähte der Bengel vergnügt.

„Und wie alt bist du?

„Zwölf Jahre bin ich schon! Und heute werde ich Eure Soldaten zum Sieg trommeln!“ Er schlug einen rauschenden Wirbel.

„Seht Fuchs, das ist Elan! Damit gewinnt man Schlachten, nicht mit Eurem Defäitismus!“

„Das ist ein Kind, wahrscheinlich aus einem Armenhaus oder von einem Bauern ausgerissen und unter die Soldaten gesteckt! Der arme Kerl weiß noch gar nicht, was er tut“

„Fuchs, Fuchs! Was ist das mit Euch?“

Die Hauptleute brüllten Befehle und weitere Trompetensignale erklangen. Die niedersächsischen und Holsteiner Regimenter setzten sich unter fortwährenden Trommelschlägen, welche von allen Fähnlein her erklangen, in Bewegung. Mit gesenkten Piken und angeschlagenen Musketen liefen sie zu Tal. Erneut setzte auf beiden Seiten das Gewehrfeuer ein.

Hans Pieper machte Anstalten, von der Eiche herunterzuklettern.

„Wo willst du hin?" fragte ihn der Dorfschulze

„Irgend etwa kriegen wir hier nicht mit. Ich schau jetzt, wo der Tilly seine Kanonen hat!"

„Pieper, bist du närrisch geworden? Wenn sie dich erwischen, machen sie kurzen Prozess mit dir!"

„Eben, w e n n sie mich erwischen. Ich bin mit Sicherheit flinker!"

Hans Pieper war in seinem jugendlichen Übermut nicht zu bremsen. Rasch war er aus den Augen der übrigen Dorfbewohner verschwunden. Unterdessen nahm der Schlachtenlärm wieder zu.

„Christians Truppen gehen über die Hummecke. Jetzt erreichen sie die Ebene. Sie attackieren Tillys Regimenter. Die weichen immer weiter zurück. Jetzt ... ich kann sie nicht mehr sehen. Es sind zu viele Bäume davor!"

Dafür waren das Schreien und Stöhnen, Waffengeklirr und Musketengeknatter um so deutlicher zu hören. Minutenlang ging das so. Plötzlich krachten ganz in der Nähe Kanonenschüsse. Bald darauf wieder eine Salve und noch eine!

„Das sind nicht die Dänen. Der Tilly hat d o c h Kanonen. Aber wo?" war der Schulze hoch oben vom Baum zu hören. Die Musketenschüsse wurden zum Stakkato. Über längere Zeit wehte der Schlachtenlärm zu ihnen hinauf. Es mochte eine Dreiviertelstunde vergangen sein, als Hans Pieper plötzlich wieder angerannt kam. Blut tropfte von seinem rechten Arm.

„Na, hast du mit dem alten Tilly gerauft?" spottete einer.

„Fast – nein, so dicht war ich denn doch nicht dran. Ich war oberhalb von Tillys Befehlsschanze, bis mir Kugeln von den angreifenden Soldaten Christians um die Ohren flogen!“ Er deutete auf seinen Arm. „Das hier ist nur ein Streifschuss. Aber wisst Ihr, was der Tilly mit seinen Kanonen gemacht hat?“

„Du wirst es uns sagen!“

„Er hat rund zwanzig Geschütze. Die waren gut verschanzt und hinter dichtem Laub verborgen. Frisch geschlagene Zweige und Äste, in den Boden gesteckt, verdeckten sie gegen den Feind. Als Christians Soldaten nahe genug heran waren, haben Tillys Leute die Zweige heruntergerissen. Im nächsten Moment wurden auch schon die Kanonen abgefeuert. Ich stand ein Stück oberhalb und hinter der Geschützbatterie. Es war ganz merkwürdig, aber ich konnte teilweise die schweren Kugeln blitzschnell fliegen sehen. Man hörte ein kurzes Brummen, dann schlugen sie in die Reihen der Angreifer ein. Es war fürchterlich. Die Kanonenkugeln zerfetzten gleich Dutzende von Soldaten. Es gab jedes Mal ein helles reißendes Geräusch und dann sah ich Hände, Arme und Köpfe fliegen. Die Dänen haben trotzdem versucht, Tillys Geschütze zu erobern. Seine Soldaten begannen schon zurückzuweichen und kamen aus dem Kampf getaumelt. Da hat der alte Tilly sie angeschrieen, hat einzelne festgehalten, sie beschworen, weiter zu kämpfen. Manche Leute hat er regelrecht herumgedreht und wieder in den Kampf geschickt. Schließlich ist er selber mit gezogenem Schwert ins Getümmel gestürzt und hat seine Soldaten richtig mitgerissen. Er wollte die Schlacht auf keinen Fall verloren geben. Mut hat der Alte, das muss man ihm lassen. Tilly und seinen Soldaten ist es tatsächlich gelungen, die Dänen zurückzuschlagen!“

Hans Pieper beendete seine Schilderung. „Die Wiesen vor Tillys Stellung sind bedeckt mit lauter Toten und Sterbenden. Teilweise liegen sie übereinander. Den Anblick werde ich mein Lebtag nicht vergessen!“

Ein dumpf donnernder und hämmernder Klang, der immer lauter wurde, ließ die Flüchtlinge aufhorchen. Laut erscholl der Ruf hoch oben von der Eiche: „Da kommen Hunderte von Reitern von der Pöbbeckenmühle her und reiten ins Tal ein. Sie attackieren Tillys Fußsoldaten in der Flanke. Das müsst Ihr Euch ansehen!"

Aus dieser Mischung von Furcht und Sensationslüsternheit, wie sie wohl den meisten Menschen mehr oder weniger zu eigen ist, versuchten nun gleich etliche der Hahausener, die Eiche zu erklettern. Hans Pieper, der gewandteste und kräftigste von allen langte als erster in der Baumkrone an.

„Dort!" Der Dorfschulze zeigte nach Norden.

„Sie schießen und reiten die Tillyschen einfach nieder. Wenn es so weitergeht, gewinnen sie die Schlacht!"

Plötzlich glaubten die Männer auf der Eiche, ihren Augen nicht zu trauen.

„Was ist das?"

Zwei weitere Kavallerieeinheiten näherten sich im rasenden Galopp vom Waldsaum der Osterköpfe her. Es waren die Regimenter Erwitte und Bock, die General Tilly dort als Reserve in einer Geländesenke hatte Aufstellung nehmen lassen.

„Mein Gott, das sind Tillysche. Wo kommen die denn plötzlich her? Jetzt greifen sie Christians Reiterei von hinten an!"

Die Kavallerie Christians, die eben noch eine erfolgreiche Attacke gegen Tillys Infanterie ritt, geriet nun in das Kreuzfeuer der gegnerischen Fußsoldaten und der von hinten angreifenden Reiter. Das Geschrei der Soldaten, das Wiehern der Pferde, die Schüsse, das Klirren der Fechtwaffen, es erreichte einen grausigen Höhepunkt.

„Man kann vor lauter Pulverqualm da unten kaum noch etwas sehen!" rief Pieper. Der Kampf wogte hin und her. Tillys Kavallerie drückte die Reiter Christians zunehmend in die sumpfigen Neilewiesen. Immer mehr Pferde strauchelten. Sie überschlugen sich samt ihrem Reitern, die mehr oder weniger im Morast versanken. Dort wurden sie von Tillys Infanteristen gnadenlos niedergemacht. Die Reiter des Regiments Solms gaben die Sache verloren, nachdem sie sahen, wie ihr Obrist auf grausame Weise starb. Auch der Graf Philipp von Hessen-Kassel kam kurz darauf ums Leben. Die Überlebenden der zerschlagenen Regimenter sahen ihr Heil nur noch in der Flucht und versuchten, sich zu den eigenen Linien auf der langgezogenen Bodenerhebung durchzuschlagen. Dabei gerieten sie in die Reihen der eigenen Infanterie, die teils überritten wurde und nun ebenfalls die Flucht ergriff.

„Christians Leute laufen, das war es dann wohl für den Dänenkönig!“ erklang der Kommentar.

„Abwarten, Leute!“ ließ sich der Dorfschulze vernehmen. „Christians Soldaten liegen dort drüben verschanzt, im Süden und Norden haben sie ihre Kanonen aufgestellt. Diese Stellung müssen die Tillyschen erst einmal knacken!“

Trompetensignale erklangen, Meldereiter hetzten hin und her. Die Truppen des Generals Tilly formierten sich neu. Manche der arg gerupften Regimenter wurden mit Reserven aufgefüllt, andere besonders stark dezimierte Einheiten dagegen neu zusammengelegt. Einige Fähnlein, die nur noch aus Blessierten zu bestehen schienen, gingen vollkommen aus dem Kampf. Tausende von Leichen lagen auf dem Schlachtfeld, dazwischen die Verletzten, um die sich keiner kümmerte.

Noch war man auf dänischer Seite einigermaßen zuversichtlich, lag man doch in guter Stellung. Die Stückmeister hatten unterdessen ihre Rohre wieder ausgerichtet und geladen.. Die ersten Salven jagten dem Feind entgegen und forderten weitere Opfer unter Tillys Soldaten. Da brandete von anderer Seite erneut Schlachtenlärm auf, diesmal aus Richtung Langelsheim.

„Ich höre etwas, aber ich sehe nur Pulverdampf am Horizont!“ beantwortete Hans Pieper die Fragen der Dorfbewohner. „Es ist einfach zu weit entfernt!“

Das Spektakel wurde allmählich lauter.

„Da – jetzt ist etwas zu sehen!“ Peter Conrad deutete nach Osten. „In der südlichen Artilleriestellung der Dänen wird gekämpft. Tillys Reiter sind drin. Sie überwältigen die Kanoniere ... !“

„Weiter, sag an, was siehst du!“ erklang es aufgeregt am Fuße der Eiche.

„Tilly hat die Dänen von hinten angreifen lassen. Sie laufen, sie fliehen!“

Nahe der Pöbbeckenmühle gab es eine heftige Explosion. Eines der Kanonenrohre von Christians Artillerie war beim Abfeuern zersprungen. Die Bruchstücke rasten wie Geschosse durch die Geschützstellung. Viele Soldaten und Stückknechte wälzten sich in ihrem Blut und fanden den Tod. Ein Sprengteil verfehlte nur knapp den Kopf des dänischen Königs. General Fuchs befand sich inmitten seiner zurückweichenden Truppen. „Majestät, schlagt Euch nach Wolfenbüttel durch. Ich decke Euren Rückzug!“

Wie vom Grafen Tilly geplant, hatten die Kavallerieregimenter der Obristen Erwitte, Bock und Dufour mit ihren unterschiedlichen Aufträgen maßgeblich den Ausgang der Schlacht entschieden. König Christian war mit seiner Leibgarde von dreihundert Mann auf der Flucht. General Tilly erneuerte den Befehl, keine Gefangenen zu machen. Ohne jedes Erbarmen machten seine Soldaten Jagd auf Fliehende. Auch die Verwundeten wurden nicht verschont. Sie wurden erschlagen, erschossen oder aufgespießt. Dem Sieger ging es nur noch darum, dem Gegner eine vollständige und vernichtende Niederlage zu bereiten, von der er sich möglichst nicht mehr erholen sollte. Versprengte Reste des unterlegenen Heeres hatten sich in die Burg Lutter geflüchtet und leisteten dort, den sicheren Tod vor Augen, erbitterten Widerstand.

„Exzellenz!“ wandte sich Oberst Casselius an den Grafen Tilly. „Die Protestanten sind vollständig geschlagen. Lasst Gnade walten und schenkt ihnen das Leben!“

Der alte General überlegte einen Augenblick: „Nun gut. Bietet Accord. Ein ehrenvoller Abzug wird ihnen jedoch versagt. Sämtliche Waffen sind abzugeben. Versucht, die Vaterlandslosen unter ihnen herauszufinden und in unser Heer einzugliedern. Das würde einen Teil unserer Verluste ausgleichen!“

Ein Meldereiter kam herangeprescht. „Exzellenz, Oberst Casselius, wir haben den dänischen König gefangen genommen! Er ist schwer verletzt!“

„Wo befindet sich der König jetzt?“

„Man hat ihn nach Nauen gebracht, auf den Riemenschneiderschen Hof. Christian ist mehr tot als lebendig!“

„Oberst Casselius!“ Graf Tilly schwang sich in den Sattel seines Pferdes. „Wir reiten sofort!“ Unter der Bedekkung einer Kavallerieschwadron brachen der General und sein Oberst auf.

Die Reiter des Obristen Dufour sicherten das bezeichnete Gehöft in Nauen.

„Oberst, wie geht es dem König und wo habt ihr ihn gestellt?“ richtete der alte General das Wort an Dufour.

„Nördlich der Pöbbeckenmühle. Der König fiel meinen Soldaten durch seine vornehme Kleidung auf. Er trug keinen Helm und keinen Panzer. Christian kämpfte mit einem wahren Löwenmut und setzte sich mit dem Schwert gegen seine Gefangennahme zur Wehr. Man hat ihm mehrfach Pardon angeboten. Als er sich jedoch partout nicht ergeben wollte und einen weiteren unserer Soldaten verletzte, hat man ihn schließlich niedergeschossen. Was blieb auch anderes übrig?" Oberst Dufour schaute den Grafen Tilly an und zuckte mit den Achseln.

„Habe ich das richtig verstanden?" fragte der General in leicht verwundertem Tonfall. „Der König kämpfte wie ein Löwe?"

„Ja, tapfer und ausdauernd!" Oberst Dufour nickte. „So wurde es mir von meinen Männern berichtet!"

„Führt mich zu ihm!"

Oberst Dufour ging voraus und wies den Weg in die Wohnstube. Dort auf einer Ofenbank lag ein ausgesprochen groß gewachsener Mann, der leise stöhnte.

„Das ist nicht der dänische König," sagte Oberst Casselius mit gedämpfter Stimme zu seinem General. „Auf Bildnissen ist Christian deutlich kleiner und fülliger gezeigt! Wer ist das?"

„Ich will es Euch sagen," antwortete Graf Tilly nach einem Blick auf den Verwundeten. „Das ist Johann Freiherr Fuchs von Bimbach, der General des dänischen Königs. Er ist auf das Schwerste getroffen. Casselius, kümmert Euch um ihn und erleichtert ihm sein Schicksal, soweit noch möglich!"

„Selbstverständlich, Exzellenz!"

Ein Feldarzt bemühte sich bereits um den Schwerverletzten. Er stand auf, als er den Grafen Tilly und den Obristen Casselius bemerkte: „Exzellenz, Oberst, da ist nichts mehr zu machen. Er hat drei Schusswunden, viel Blut verloren und das Atmen fällt ihm zunehmend schwerer. Er ist nur noch bei schwachem Kräften. Es wäre an der Zeit, einen Pfarrer zu holen … ."

„Woher nehmen?" sagte Graf Tilly. Oberst Casselius kniete halb neben dem Sterbenden und sprach ihn mit leiser Stimme an: „General Fuchs, könnt Ihr mich verstehen?“

Der Angesprochene flüsterte mühsam: „Ja, ich kann Euch verstehen. Ich weiß, mit mir geht es zu Ende!“

„General,“ antwortete der Oberst. „Kann ich noch irgend etwa für Euch tun?“

„Wenn Ihr meiner Familie eine Nachricht zukommen lassen wollt ... .“ Der General begann zu husten. Blut lief aus seinem Mund. Der Oberst nahm ein Tuch und wischte es ab.

„Danke! Könntet Ihr dafür sorgen, dass ich an der Stelle begraben werde, an der ich verwundet wurde?“

Oberst Casselius drehte sich zum Grafen Tilly um. „Kennt Dufour den Ort?“

Graf Tilly nickte und wandte sich an den sterbenden General: „Ich werde Sorge dafür tragen, dass Euer letzter Wunsch erfüllt wird!“

Der Atem des Generals Fuchs ging immer flacher, bis er nicht mehr wahrnehmbar war.

„General, hört Ihr mich?“ fragte der Feldarzt. Keine Antwort. Er legte zwei Finger an die Halsschlagader des Daliegenden. „Es ist kein Pulsieren mehr zu spüren. Seine Augen reagieren auch nicht mehr. Meine Herren, der General ist tot!“

Die Anwesenden nahmen ihre Kopfbedeckungen ab.

„Er war ein tapferer Mann und ein fähiger Offizier,“ sagte Graf Tilly mit leiser Stimme. „Der Dänenkönig hat sich in Sicherheit gebracht und ihn dafür geopfert!“

Auf dem Schlachtfeld begannen Soldaten des siegreichen Generals Tilly nun mit einer ganz anderen Arbeit. Sie gingen daran, die verstreut liegenden Waffen einzusammeln. Tote wurden durchsucht und so manche Münze wechselte ihrem Besitzer. Es war üblich, das sich die Leute aus dem zivilen Tross daran machten, die Toten auszuziehen, wenn ihre Kleidung noch halbwegs brauchbar und nicht völlig blutbesudelt oder zerfetzt war. Nur waren diese Zivilisten, meist die Frauen der Soldaten auf Befehl des Generals in Göttingen geblieben. Daher fiel die Aufgabe nun den Soldaten zu. Überwiegend waren es die Schanzgräber, welche die Toten unter die Erde zu bringen hatten. Einige Trupps waren bereits bei der Arbeit. Langgestreckte Gevierte wurden ausgehoben. Sechs Fuß tief sollten die Toten ruhen, so lautete die übliche Anweisung. Um nicht zu viele Gräber ausheben zu müssen, gingen die Soldaten wenigstens neun, oft auch zehn Fuß oder mehr hinunter. Dann wurden die bis aufs Hemd ausgezogenen Toten dicht nebeneinander hineingelegt. Darauf kamen eine zweite und dritte Lage an Leichen, je nach Tiefe des Grabes. Hatte die Totenstarre noch nicht eingesetzt, ging es etwas einfacher. Waren die Leichen jedoch bereits steif, so mussten ihnen manchmal Arme oder Beine gebrochen werden, weil sie sich in ihrer verrenkten Haltung, in der sie auf dem Schlachtfeld lagen, nicht bestatten ließen. Wartete man zu lange, so begann recht bald der Verwesungsprozess, dessen widerlich süßliche Dünste den Schanzgräbern oft den Atem raubten. Das warme Sommerwetter ließ nicht viel Zeit.

Eine besonders unangenehme Aufgabe hatten die Soldaten, die meist mit Hellebarden bewaffnet über das Schlachtfeld gingen und nach Überlebenden Ausschau hielten. Gegnern wurde gleich der Garaus gemacht, aber auch mancher Soldat Tillys endete auf diese Weise, wenn seine Verletzungen augenscheinlich zu schwer waren. Leichter Verletzten wurde aufgeholfen. Wenn sie an einen fähigen Feldscher gerieten, kamen sie manchmal mit dem Leben davon und sahen einer ungewissen Zukunft entgegen. Es war das alte Lied von den Krüppeln, die später jämmerlich dahinvegetierten. Bei der Menge der eigenen Verwundeten gab General Tilly die Anweisung, diese in umliegende Orte bis hin nach Goslar zu bringen, um sie dort versorgen zu lassen.

Es wurde Abend. Noch immer waren Soldaten auf dem Schlachtfeld zu Gange. Peter Conrad und Hans Pieper beobachteten das Treiben.

„Lasst uns hinuntergehen!“ schlug Pieper vor. „Sobald es dunkel ist und die Soldaten weg sind, schauen wir nach, was bei den Toten noch an Brauchbarem zu finden ist!“

Der Pastor mischte sich empört ein: „Ihr wollt als ehrliche Christenmenschen unter die Leichenfledderer gehen?“

„Wir sorgen nur für ausgleichende Gerechtigkeit!“ versetzte Pieper ungerührt. „Sie brannten uns die Häuser nieder, wir nehmen ihre letzte Habe!“

„Pieper!“

„Herr Pastor, wenn wir fleißig fleddern, reicht es vielleicht sogar für eine neue Kirche. Die ist nämlich auch hinüber. Am besten, Ihr kommt gleich mit!“ Pieper grinste frech. Dem Gottesmann verschlug es die Sprache ob solch lästerlicher Rede. Bestimmt drei Dutzend Dorfbewohner schlossen sich dem Pieper an und verschwanden im Wald. Langsam bewegten sie sich zu Tal, immer auf der Hut vor versprengten Soldaten, die dort vielleicht umher irrten. Schließlich erreichten sie den Waldsaum nahe der Stelle, an der noch Tillys Kanonen standen. Einige Soldaten waren nicht weit entfernt. Sie hatten die Bauern, die leise durch das Unterholz geschlichen waren, nicht wahrgenommen. Das Tal lag schon im Schatten. Nur auf der gegenüber liegenden Bodenerhebung zeichneten die letzten Sonnenstrahlen ihr Lichterspiel. Ein klagender heller Ton war zeitweilig zu hören.

„Was ist das?" flüsterte einer der Bauern. „Wo kommt das her?"

„Das wird ein Verwundeter sein!" kam die ebenso leise gesprochene Antwort.

Das Wimmern erklang nun deutlicher und anhaltender.

„Da, sieh!" Hans Pieper wies auf das Schlachtfeld. „Da vorne bei der zerborstenen Marschtrommel, da muss er liegen!"

Nun wurden auch die Soldaten aufmerksam. „Da lebt noch einer. Lasst uns nachsehen!"

Zwei der Infanteristen gingen zu der Stelle, die Pieper bereits ausgemacht hatte.

„Das ist ja noch ein Kind. Ein dänischer Trommelbube. Schau, die roten Haare und die Sommersprossen. Sieht man selten!"

„Seine Glieder sind völlig zerschmettert. Ist wohl niedergeritten worden!"

„Der wird nicht wieder. Armer Bengel! Am besten, du gibst ihm den Gnadenstoß!" erwiderte der eine. Es waren zwei hartgesottene Kerle, die in ihrem Leben schon viel Elend gesehen hatten. Aber der andere Soldat zögerte. „Ein Kind … ."

„Mensch, das hat doch keinen Sinn mehr. Der quält sich nur noch!"

Der kleine Trommelbube hatte zwar die fremden Laute nicht verstanden, deren Sinn aber sehr wohl erfasst. Er begann, hell zu wimmern. Der erste Soldat riss seinem zögernden Kameraden die Hellebarde aus der Hand und holte aus. Das Wimmern des Trommelbuben wurde zu einem entsetzlichen Schrei … !

Der Soldat schlug mit aller Kraft zu. Der Schrei hallte noch für einen Moment nach und brach dann unvermittelt ab.

## 24 Die Suche

Ende August gelangte die Kunde über die furchtbare Schlacht bei Lutter nach Göttingen.

General Tilly hatte einen weiteren und entscheidenden Sieg errungen. Der dänische König war mit den wenigen ihm verbliebenen Truppen nach Wolfenbüttel geflohen.

Lucia erhielt keine Nachricht von ihrem Mathias.

„Vielleicht ist er zu sehr beschäftigt, als dass er dir eine Nachricht zukommen lassen konnte!“ versuchte Pastor Husemann sie zu beruhigen. „Wahrscheinlich ist General Tilly mit seinen Truppen dem Gegner nachgesetzt!“

„Aber eine kurze Nachricht mit einem der Kurierreiter hätte er mir doch zukommen lassen können!“

„Er wird es sicher getan haben und der Brief ist nur verloren gegangen!“ Es war der gutgemeinte Versuch, das Mädchen zu beruhigen. Seine wahren Gedanken verschwieg der Pastor lieber.

„Gestern habe ich schon versucht, hier beim Garnisonskommandanten etwas zu erfahren,“ sagte Lucia verzweifelt. „Man hat mich nicht hineingelassen. Meinen Brief an Mathias wollte man nicht einmal annehmen. Es sei wichtigeres zu tun!“

„Liebe Lucia, nun beruhige dich! Morgen habe ich ohnehin beim Kommandanten etwas hinsichtlich unserer Kirche zu bereden. Bei dieser Gelegenheit werde ich nach deinem Falkenburg fragen!“

Die Unterredung brachte keine Klarheit über das Schicksal des Rittmeisters. Man habe von Göttingen aus keinen Überblick über solche Dinge. Es sei nur bekannt, dass General Tilly selbst noch nicht weitergezogen, sondern in Bockenem Quartier genommen habe.

„Und was nun?“ fragte Lucia, die von Tag zu Tag unruhiger wurde.

„Liebe Lucia! Da mir klar war, dass du keine Ruhe geben würdest, habe ich dem Stadtkommandanten die Zusage abgerungen, dass du auf einem Versorgungstreck mitfahren darfst. Der Trossführer ist ein zuverlässiger Mann. Er bricht in vier Tagen auf. Der Treck geht über Bockenem. Dort findest du den Obristen Casselius, der dir hoffentlich Genaueres mitteilen kann! Ich werde dich vorher über einen der Kurierreiter ankündigen lassen und dir auch ein Begleitschreiben mitgeben!“

„Vielen Dank, Herr Pastor! Aber so lange mag ich nicht warten. Ich gehe zum Kommandanten und bitte um ein Pferd und die Erlaubnis, mich gleich einem Kurier anschließen zu dürfen!“

„Kannst du denn überhaupt reiten, Lucia?“

„Auf meinem Eselchen bin ich manchmal geritten. Jedenfalls so lange, bis er bockte!“

Der Pastor lachte: „Ein kleiner Esel und ein ausgewachsenes Pferd sind aber zweierlei! Lucia, du musst nicht immer mit dem Kopf durch die Wand wollen! Mit Geduld erreicht man manchmal mehr“

„Geduld – warum hat mir der Herr nicht mehr davon gegeben?“

Pastor Husemann schüttelte nur den Kopf. Kurz darauf steckte die junge Dame in Beinkleidern und Stiefeln von einem der Söhne des Pastoren und machte sich auf den Weg. Zwei Stunden später war sie wieder da, mit zerrissenem Zeug und recht lädiert.

„Mein Gott, Mädchen! Wie siehst du denn aus?“

„Ich bin nur ein wenig verschrammt! Die Kavalleristen haben sich einen Spaß daraus gemacht, mir das Reiten beizubringen. Leider habe ich in meinem Eifer nicht bemerkt, dass sie mir einen Hengst untergejubelt hatten. Erst bewegte sich das Pferd überhaupt nicht und dann habe ich ihm meine Absätze in die Flanken gegeben!"

„Oh weh!"

„Genau, o weh. Ehe ich mich versah, stieg das Pferd kerzengerade hoch und hat mich unter dem brüllenden Gelächter der Soldaten abgeworfen."

„Und dann mochtest du nicht mehr?"

„Nein, Pastor Husemann, Ihr hattet recht. Es ist wohl besser, wenn ich mit den Versorgungstreck fahre!"

Die Wagenkolonne benötigte lediglich drei Tage für den Weg von Göttingen nach Bockenem. Der Trossführer, ein sehr erfahrener älterer Offizier, ließ halten, als die kleine Stadt im Harzvorland in Sichtweite lag. „Höre, Mädelchen!" sagte er. „Wir fahren weiter nach Wolfenbüttel, wo unser Pappenheim die Dänen belagert. Du gehst nun die Straße bis zum Stadttor weiter, danach immer geradeaus. Schließlich kommst du an eine lange Treppe. Oben, linker Hand am Ende dieser Treppe findest du ein großes dreistöckiges Haus mit einem Anbau an der linken Seite. Dort sind unser General Tilly und sein Offiziersstab untergebracht. Gleich hinter dem Quartier steht die Sankt-Pankratius-Kirche. Solltest du es nicht gleich finden, so frage nach dem Bugenhagenschen Haus!"

„Johannes Bugenhagen, der Mitstreiter Martin Luthers?"

„Mädelchen, ich weiß nichts von dem Mann, aber frage einfach nach diesem Haus. Das kennt dort jeder! Viel Glück!"

Lucia bedankte sich aufrichtig und ging los.

Das Haus war bald gefunden. Lucia trug ihr Begehren, den Obersten Casselius sprechen zu wollen, vor und reichte den Wachposten das Begleitschreiben. Aber diese hielten sie auf.

„Ohne eine Leibesvisitation auf Waffen kommst du hier nicht hinein!"

„Das könnte Euch wohl so passen, ihr Lustvögel! Entweder Ihr lasst mich jetzt hinein oder ich schreie die ganze Garnison zusammen!"

„Entweder du bist jetzt fein stille oder du wanderst mit dem Profoss ins Stockhaus!"

„Ihr, Ihr ...!" Lucia wurde zornrot und die Wachposten hatten ihren Spaß.

Eine ältere Marketenderin, die gerade die Treppe heraufkam, mischte sich mit resolutem Tonfall ein. „Dass ihr jungen Kerle das Mädchen nicht anfasst, ist wohl klar!" Und mit ironischem Unterton fügte sie hinzu: „Mit der gütigen Erlaubnis aller hier Versammelten nehme ich die Durchsuchung der jungen Dame vor – wenn es denn recht ist!"

„Nur zu!" Die Wachposten lachten und Lucia nickte ergeben.

„Mach dir nichts draus, Mädchen!" Sie tastete Lucia mit flinken Händen ab, durchsuchte ihre Kleider und sagte schließlich zu den Wachsoldaten. „Ihr könnt sie hineinlassen, sie hat nicht einmal ein kleines Messerchen dabei!"

Der zweite Posten ging in das Haus und kam bald darauf wieder: „Oberst Casselius erwartet Euch!" Mit einer tiefen Verbeugung und einer entsprechenden Handbewegung sagte er: „Bitte sehr, liebreizende Dame!"

Lucia hätte ihm am liebsten die Zunge herausgestreckt. Der Soldat öffnete ihr die Tür: „Die Treppe hinauf. Der Oberst befindet sich im zweiten Stock!"

Langsam stieg das Mädchen die knarrende Holztreppe hinauf. Als sie den Absatz passierte, hörte sie, wie oben eine Tür geöffnet wurde. Das kräftige Auftreten von Stiefeln war zu hören. Der Mann kam die Treppe herunter. Sie schaute auf – und erstarrte.

Es war bekanntlich das Quartier des Generals Tilly und nun trat er ihr leibhaftig entgegen.

„Nanu, eine junge Dame!“ hörte sie die sonore Stimme des Grafen. „Was wollt Ihr denn hier?“ Es klang nicht ablehnend, sondern eher verwundert. Lucia spürte nur, wie ihr das Blut in den Kopf schoss. Dieses Ungeheuer stand direkt vor ihr! Sie krampfte sich am Treppengeländer fest und hörte sich selbst sagen: „Zum Obersten Casselius möchte ich. Die Wache hat mich angemeldet!“

„Ihr müsst noch ein Stockwerk höher steigen! Ihr sucht wohl nach Eurem Liebsten?“

„Woher – woher wisst Ihr das, General?“

Graf Tilly nickte. „Nach einer Schlacht, zumal nach einer solchen, suchen viele Frauen nach ihren Männern ... .“

Lucia hielt ihre Hände an den Kopf. Es war, als explodiere in ihr etwas. Sie sah nichts mehr. Ihr wurde schwarz vor Augen. Sie schrie, aber sie hörte ihre Stimme nicht mehr.

„Tilly, Ihr seid ein Ungeheuer, ein Teufel. Ihr verderbt die Menschen im Namen Gottes. Ihr vollbringt nicht das Werk des Allmächtigen. Der Satan persönlich hat Euch geschickt ... .“

Sie schrie, schrie, schrie – und sie hörte nichts.

Nach einer Weile kam sie wieder zu sich. Wo war der General? Doch seine Schritte waren längst verklungen, die Tür lange zugeschlagen und der Hufschlag seines Pferdes zwischen den Häusern verhallt. Vor ihr stand einer der Wachtposten. Er schaute auf die am Boden liegende Lucia. „Was ist mit Euch? General Tilly sagte, auf der Treppe sei ein Mädchen zusammengesunken. Ich solle mich um Euch kümmern!“

„Es ist nichts. Mir ist nur ein wenig schwindlig geworden!“

Der Soldat nahm ihre Hand und zog sie langsam wieder hoch. „Geht es? Ich begleite Euch zum Obristen!“

Ob er sonst auch so behutsam mit Frauen umging? Was hatte dieser Soldat wohl in Münden gemacht?

Der Oberst stand in der Tür: „So sehen wir uns wieder. Kürzlich wart Ihr noch mit dem Rittmeister von Falkenburg bei mir in Göttingen. Setzt Euch. Was kann ich für Euch tun?“ Der Oberst war wieder die Liebenswürdigkeit in Person. Er rief nach seinem Diener, der Lucia einen Krug Milch brachte. „Eine kleine Erfrischung nach der langen Fahrt! Pastor Husemann hatte Euer Kommen bereits angekündigt.“

Lucia nickte. „Nach Mathias von Falkenburg suche ich. Seit der Schlacht habe ich nichts mehr von ihm gehört. Kein Lebenszeichen!“

Der Oberst legte seine Stirn in nachdenkliche Falten. „Wisst Ihr, Lucia, ich will Euch nichts vormachen. Ich weiß nicht, wo er geblieben ist. Er hatte von General Tilly den Befehl erhalten, die Regimenter unter Oberst Dufour bei Lutter in den Rücken der gegnerischen Truppen zu führen. Zum Zeitpunkt des Aufbruches habe ich ihn zum letzten Male gesehen. Gleich nach der Schlacht und dem ersten Fahnenappell, bei dem der Rittmeister fehlte, habe ich nach ihm suchen lassen. Er war schließlich Offizier des Generalstabs. Es gab naturgemäß mehrere Möglichkeiten. Bei manch einem andern hätte ich eine Desertion in Betracht gezogen. Aber das passte nicht zu Mathias von Falkenburg. Oberst Dufour konnte mir nur sagen, dass er den Rittmeister kurz vor dem Kampf aus den Augen verloren hatte. Ich ließ die Lazarettzelte durchsuchen und die Feldärzte befragen. Nichts - es ergab sich keine Spur Falkenburgs. Wir müssen, so schwer es Euch werden mag, der Möglichkeit ins Auge sehen, dass er in der Schlacht gefallen ist!“

„Habt Ihr," das Mädchen schluckte. „Habt Ihr auf dem Schlachtfeld nach ihm suchen lassen?"

„Nein! Das war nicht möglich. Es hat Tausende von Toten gegeben. Sie mussten schnell bestattet werden, allein schon auf Grund der Seuchengefahr. Es war sehr heiß in diesen Augusttagen und der Geruch hing bereits über dem Schlachtfeld. Man hat die Toten eilends in Massengräbern beigesetzt."

Dem Mädchen liefen die Tränen über das Gesicht.

„Ihr wollt Gewissheit." fragte der Oberst. „Auch wenn es weh tut?"

Lucia nickte wortlos.

„Eines werde ich noch versuchen. Ich werde die Soldaten befragen lassen, die zu den Bestattungen kommandiert waren. Vielleicht kann sich einer von ihnen erinnern. Der Rittmeister mit seiner Maske war schließlich eine sehr auffällige Erscheinung. Wenn Ihr möchtet, werde ich das veranlassen."

„Bitte, wenn Ihr das für mich tun wollt?"

„Ihr wundert Euch, dass ich überhaupt nach dem Verbleib des Rittmeisters forschen lasse?"

„Ein wenig schon. Es haben noch sehr viel mehr Frauen ihre Männer verloren, nach denen keiner mehr suchen wird!"

Der Oberst lehnte sich zurück. „Ich will Euch den Grund erklären. Es wird vielleicht ein wenig seltsam in Euren Ohren klingen und ich würde es kaum zu einem anderen Menschen als Euch sagen. Mir hat das Schicksal eine Familie verwehrt. Angesichts der wirren Zeitenläufe war es vielleicht auch besser so. Andererseits habe ich es manches Mal bedauert. Als ich damals bei der Lagebesprechung in Holzminden den Rittmeister zum ersten Male erlebte – hat er Euch davon erzählt, Lucia?"

Das Mädchen nickte: „Ich kenne den Vorfall mit seiner unbedachten Äußerung! Auch, dass Ihr ihm geholfen habt!"

„Er hatte diese fröhliche unbekümmerte Art der Jugend, nichts richtig ernst zu nehmen. Jedenfalls kam mir damals der merkwürdige Gedanke, dass Mathias von Falkenburg ohne weiteres mein Sohn sein könne. Ein Sohn, den ich nie hatte. Es waren sentimentale Gedanken, die so gar nicht in diesen Krieg passen wollten. Ich fühlte mich immer ein wenig verantwortlich für ihn. Zwar habe ich ihm geholfen, indem ich ihn vor dem Strafdienst an der Pike bewahrte. Doch damit brachte ich ihn ungewollt später in eine viel schlimmere Situation. Als ich von der schweren Verletzung erfuhr, die ihm auf seiner Mission zugefügt wurde, habe ich dafür gesorgt, dass der Sattler feinstes Leder für die Maske und noch einen zusätzlichen Obulus bekam. An seine Berufsehre habe ich ihn erinnert. Er möge ein feines Stück fertigen, wie es ihm auch gelungen ist."

Der Oberst erhob sich. „Von Zeit zu Zeit gehen Kuriere nach Göttingen ab. Sollte ich etwas erfahren, gebe ich Euch Nachricht. Aber auch im anderen Falle, wenn alle Nachforschungen nichts gebracht haben, werde ich es Euch wissen lassen."

„Ich danke Euch, Oberst Casselius!"

Es vergingen Wochen. Eines Tages, es war schon im Oktober, kam der Pastor Husemann zu Lucia. „Draußen steht ein Offizier des Generals Tilly und möchte Euch sprechen!"

„Ein Offizier?"

„Casselius heißt er!"

Lucia raste wie ein Blitz nach draußen. „Oberst, wie schön, dass Ihr selbst gekommen seid! Was könnt Ihr mir berichten?" Das Mädchen sah ihn erwartungsvoll an.

„Liebes Kind!" Der Oberst nahm sie sanft bei den Schultern. „Darf ich hereinkommen?"

„Natürlich! Gibt es Nachricht von Mathias?"

Der Oberst schwieg einen Moment. „Lasst uns hineingehen!"

Pastor Husemann erfasste die Situation sofort. „Es wird besser sein, wenn ich mich zurückziehe! Nehmt in der Wohnstube Platz!"

Lucia schwieg beklommen. Das hatte nichts Gutes zu bedeuten. Sonst hätte der Oberst es ihr gleich gesagt.

„Lucia, ich wollte Euch die Nachricht nicht mit einem Kurierreiter übermitteln. Darum habe ich eine Inspektion der Göttinger Garnison mit meinem Besuch bei Euch verbunden!"

Das Mädchen nickte: „Ihr könnt es mir sagen. Ich habe es die ganze Zeit geahnt. Er ist tot!"

„Ja, leider!" Der Oberst schaute sie ernst an. „Jede andere Nachricht hätte ich Euch lieber gebracht!"

Lucia schaute ihn an. „Wisst Ihr, es ist besser, wenn ich Gewissheit habe."

„Das verstehe ich. Möchtet Ihr nähere Umstände erfahren?"

Die junge Frau nickte, während ihr die Tränen herunterliefen.

„Es ist mir tatsächlich gelungen, bei einem der Bestattungstrupps einen Soldaten ausfindig zu machen. Dieser konnte sich an einen Gefallenen erinnern, der eine lederne Gesichtsmaske trug. Er fand ihn im Osten des Schlachtfeldes. Der Soldat hat mir die Stelle recht genau beschrieben. Sie lag vor der Gegend, in der die Regimenter Dufours auf den Gegner getroffen sind. Ich kann es nur so erklären, dass der Rittmeister der übrigen Kavallerie vorausritt, um den Weg zu weisen. Dort muss er unvermutet auf einen der gegnerischen Vorposten getroffen sein. Dieser hat ihn, der Verletzung nach zu urteilen, vom Pferd geschossen. Der Soldat, der ihn fand und bestattete, sagte, dass Mathias von Falkenburg nicht gelitten hat. Vielleicht ist das ein kleiner Trost!“

Lucia weinte lautlos und haltlos. Oberst Casselius ließ einige Zeit verstreichen und nahm schließlich die Hand des Mädchens. „Lucia, ich weiß nicht, ob es richtig ist, wenn ich Euch noch etwas sage!“

Das Mädchen sah ihn durch einen Tränenschleier an. „Was ist es denn?“

„Nun, ich habe die lederne Maske von dem Soldaten bekommen, Er fand sie so merkwürdig, dass er sie dem Toten abgenommen und zunächst behalten hat! Wenn Ihr sie haben möchtet, vielleicht als Erinnerung. Es ist leider das Einzige, das ich Euch von ihm überbringen kann.“

„Ja, bitte gebt sie mir!“ Lucia weinte und lachte nun zugleich. Der Oberst sah sie erschrocken an.

„Es gibt noch etwas anderes, das mich an Mathias erinnern wird!“

„Und was ist das, wenn ich fragen darf?“

„Ich bekomme ein Kind von ihm. Und ich will es haben und aufwachsen sehen, ganz gleich, wie schwierig es wird!“

„Oh!“

„Dem Pastor habe ich es vor ein paar Tagen erzählt. Er hat sich gefreut und gesagt, dass irgendwann dieser unselige Krieg vorbei muss und wir jeden Menschen brauchen werden!“

Der Oberst räusperte sich. Irgend etwas beschäftigte ihn. Er griff in sein Lederkoller, nestelte darin herum und brachte neben der Maske einen kleinen ledernen Beutel zum Vorschein. Er drückte Lucia die beiden Gegenstände in die Hand. „Wenn Ihr gut auf den Beutel acht gebt und sparsam mit seinem Inhalt umgeht, wird er Euch lange Zeit über manche Schwierigkeit hinweghelfen!“

„Oberst Casselius!“ stotterte Lucia vollkommen perplex. „Das kann ich doch gar nicht ...!“

„Doch, Widerrede dulde ich nicht! Ich habe niemanden, dem ich es vererben könnte. Und sollte mich in der nächsten Bataille das Schicksal ereilen, ist es sowieso dahin!“

„Vielen Dank, Oberst. Ich weiß gar nicht ... !“

„Schon gut. Es wird wohl der letzte Dienst sein, den ich dem Rittmeister und Euch erweisen kann!“

Der Oberst stand auf, verabschiedete sich von Lucia und dem Pastor. Er ging zur Tür. Das Mädchen begleitete ihn. Der Oberst band sein Pferd los und drückte Lucia kurz die Hand: „Alles Gute für Euch und Euer Kind!“ Er schwang sich in den Sattel.

Andreas Casselius, Obrist der katholischen Liga, schalt sich heimlich einen närrischen alten Esel und ritt langsam davon. Eine zierliche winkende Gestalt sah ihm noch lange nach.

# Epilog

Der 27. August des Jahres 1676

Eine kleine hellgraue Reisekutsche hatte Hahausen in nördlicher Richtung verlassen und näherte sich der Pöbbeckenmühle.

„Noch etwa fünf Meilen, mein Herr!“ rief der Kutscher.

„Also eine knappe halbe Stunde,“ erklang die Antwort. Die Fenster des Wagens standen offen, denn es war recht heiß an diesem Tage. Die Pferde hatten keine Mühe, das Gefährt auch über längere Strecken hinweg recht zügig zu bewegen, wenn die Beschaffenheit der Straßen dies zuließ. Die Kutsche war solide gebaut, aber dennoch recht leicht konstruiert. Der geschlossene Aufbau gab zwei Reisenden Platz. Der Wagenkasten war in neumodischen gebogenen Metallfedern anstelle der früher verwendeten Lederriemen aufgehängt. So bot das elegante kleine Gefährt einen bemerkenswerten Komfort. Der Kutscher ließ die Peitschenschnur durch die Luft schnalzen. Die beiden braunen Traber griffen munter aus. In schneller Fahrt näherte man sich dem Ziel.

Vor dem Dorfgasthaus in Lutter kam der Wagen zum Stehen. Solch eine Kutsche sah man hier nicht alle Tage. Zufällig des Weges Kommende betrachteten das ungewöhnliche Gefährt.

Der Kutscher war unterdessen vom Bock gestiegen und öffnete den Wagenschlag. Ein recht groß gewachsener Herr stieg aus. Die Körperhaltung war straff, fast militärisch. Das Gesicht wies erste Falten auf. Die Haare waren blond, gingen aber in einigen Partien schon ins Weiße über. Sein Alter war schwer zu schätzen. Er mochte am Ende des vierten Lebensjahrzehnts stehen. Der Wirt kam aus dem Hause und eilte dienstbeflissen auf den Gast zu. „Seid gegrüßt in unserer Herberge, Herr von Germersheim!“

Der Angesprochene lachte. Es war der uralte Witz, den der Wirt jedes Jahr machte.

„Gott zum Gruße, mein lieber Dieckmann. Aber das Adelsprädikat hat sich bei mir noch nicht eingestellt. Wenn man es nicht bei Geburt erhielt, ist es schwer zu erwerben. Aber es lebt sich auch recht gut ohne dieses!“

„Wofür Ihr das beste Beispiel seid,“ antwortete der Wirt, fast ein wenig neidisch den Blick auf die feine Kleidung seines Gastes richtend. „Das Mittagessen ist schon bereitet. Wenn Ihr in der Gaststube Platz nehmen möchtet?“

„Gerne! Was tischt Ihr denn heute auf?“

„Einen Hirschbraten. Dazu Rotkraut und wenn Ihr mögt, eine seltene Knolle, schmackhaft zubereitet!“

„Ihr macht mich neugierig. Um welche Pflanze handelt es sich denn?“

„Die Spanier haben sie aus der Neuen Welt mitgebracht. Ihre Knollen wachsen in der Erde. In Frankreich bezeichnet man sie daher als *pommes de terre,* hierzulande Erdäpfel genannt!“

„Davon hörte ich schon. Und wie bereitet Ihr sie zu?“

„Da sie roh nicht schmecken, legen wir sie eine gute halbe Stunde in kochendes Wasser. Danach ziehen wir die Haut ab. Mit ein wenig Quark munden sie köstlich!“

„Nur zu, ich bin gespannt!“

Der Gast wartete am Tisch, während der Wirt das Essen auftrug. „Euer Kutscher wird derweil in der Küche bewirtet, wenn es recht ist.“

„Wie jedes Mal, wenn ich Euch hier besuche.“

„Da wäre noch etwas, Herr Germersheim!“

„Ja, erzählt!“

„Die beiden Honoratioren dort drüben am Tisch, unser Bürgermeister und der Herr Pastor wären sehr erfreut, wenn sie Eure Bekanntschaft machen dürften!“

„Gerne!“ Der Herr Germersheim schaute hinüber und nickte den beiden freundlich zu. „Da sich ein Gedeck leichter bewegen lässt als deren zwei, komme ich der Einfachheit halber zu Euch herüber!“

Der Wirt brachte das Essen an den anderen Tisch, während der Gast die beiden Herren noch einmal förmlich begrüßte und bei ihnen Platz nahm.

„Verzeiht unsere gewisse Neugier, Herr Germersheim,“ begann der Pastor das Gespräch. „Aber wenn ich gleich *in medias res* gehen darf, uns fiel auf, dass Ihr schon öfter zu diesem Datum hierher kamt!“

„Es ist bekanntlich der Jahrestag der furchtbaren Schlacht!“

„Heute ist es fünfzig Jahre her,“ bemerkte der Bürgermeister. „Tausende von Menschenleben hat dieses schreckliche Gemetzel damals gekostet!“

Der Gast nickte: „Mein Vater fiel in dieser Schlacht. Das ist auch der Grund meiner Anwesenheit!“

„Oh, verzeiht,“ antwortete der Pastor. „Das war uns nicht bekannt. Wir wollten Euch nicht zu nahe treten und keineswegs alte Wunden aufreißen!“

„Macht Euch keine Gedanken. Schließlich bin ich derjenige, den es immer wieder hierher treibt!“

Bürgermeister und Pastor schwiegen zunächst. Allerdings verriet ihre gewisse Anspannung nur zu deutlich, dass sie gerne mehr erfahren hätten.

„Warum sollte ich nicht darüber sprechen?“ sagte der Gast. „Im Laufe der Zeit wandelt sich vieles. Die Gefühle haben sich zwar nicht geändert, aber sie sind ein selbstverständlicher Teil meines Lebens geworden, von Kind auf an!“

„Ihr habt Euren Vater wohl nie kennen gelernt?“ fragte der Pastor.

Der Herr Germersheim nickte. „Er starb, bevor meine Eltern heiraten konnten und bevor ich geboren wurde. Meine Mutter hat mich allein aufgezogen. Mein Vater muss einen großen Eindruck bei ihr hinterlassen haben. Sie hatte auch später nie einen anderen Mann.“

„Sie muss eine tapfere Frau sein,“ merkte der Bürgermeister an.

„Das war sie. Leider ist sie vor zehn Jahren gestorben. Friedlich ist sie im achtundfünfzigsten Lebensjahr dahingegangen. Ihre letzten Worte waren: ‚Nun sehe ich meinen Mathias wieder!‘ Sie starb mit einem Lächeln. Meine Mutter hat mir übrigens den Vornamen meines Vaters gegeben.“

„Wie lautete denn der Familienname, wenn ich fragen darf?“

„Von Falkenburg. Meine Mutter hatte brieflich Verbindung zu der Familie aufgenommen, da sie es gerne gesehen hätte, wenn ich seinen Namen hätte tragen können. Sie lebte damals im Haushalt eines Göttinger Pastors, der sie auch in dieser Hinsicht unterstützte. Aber die Familie von Falkenburg befürchtete wohl irgendwelche Erbansprüche, die ich eines Tages stellen könnte und hat mich nicht als Nachfahren anerkannt. Der Pastor, Johannes Husemann hieß er, riet ihr schließlich, den eigenen Familiennamen weiterzugeben. Ihr Vater war Stadtschreiber in Heidelberg und damit auch ein sehr ehrenwerter Mann. Er wurde mit seiner Frau von Tillys Soldaten ermordet!“

„Ja, die Tillyschen waren furchtbare Verbrecher!“ seufzte der Bürgermeister. „Hier haben sie ebenfalls viel Unheil angerichtet!“

„Mein Vater stand auch auf der Seite des Generals Tilly!“

„Jetzt habe ich aber etwas gesagt!“ stammelte der Bürgermeister.

„Guter Mann!“ Mathias Germersheim lächelte. „Ich nehme es Euch keineswegs übel. In gewisser Weise habt Ihr durchaus recht. Allerdings beweisen sowohl die Historie als auch die Geschichte meines Vaters, dass man die Menschen differenziert beurteilen sollte. Wenn es Euch nicht langweilt, will ich davon erzählen!“

Es wurde Nachmittag und auch der Wirt und schließlich sogar der Kutscher des Herrn Germersheim gesellten sich der Runde hinzu.

„Meine Mutter hat mich, wie schon vorhin gesagt, allein aufgezogen. Und der Inhalt des Beutels, den ihr der Obrist Casselius geschenkt hat, war dabei eine große Hilfe.“

„Aber wie seid Ihr zu Eurem Beruf gekommen? Euch eilt der Ruf eines ausgezeichneten Juristen voraus,“ warf der Wirt ein. „Ein Studium der Rechte ist sicher nicht alltäglich, schon gar nicht in der damaligen Zeit!“

„Das hat noch der gute Pastor Husemann arrangiert. Er besaß entsprechende Verbindungen nach Marburg. Der Betrieb der Universität lag im Kriege allerdings großenteils darnieder. Aber einige Professoren hielten ihre Vorlesungen vor einer kleinen Anzahl ausgewählter Studenten in ihren Häusern ab. Der Umstand, dass die Schwedischen Marburg im Jahre 1646 besetzten, machte die Situation nur noch schwieriger. Examiniert wurden wir schließlich in einer Kirche, weil die Schweden die Universität als Vorratslager missbrauchten.“

„Und heute habt Ihr Eure Kanzlei in Göttingen?“

„Ja, dort arbeiten mittlerweile mehrere Juristen auf den unterschiedlichen Gebieten des Rechts.“

„Welches war Euer interessantester Fall?“ wollte der Bürgermeister wissen.

„Wisst Ihr, ich habe mich seit vielen Jahren auf das Vertragsrecht spezialisiert. Dort gibt es im allgemeinen nichts Spektakuläres. Aber ich kann Euch von meiner schönsten Arbeit berichten. Diese trug sich kurz vor meinem Examen im Jahre 1648 zu!"

„Damals wurde doch der Westfälische Frieden zu Münster und Osnabrück geschlossen!" rief der Pastor. Es klang schon fast aufgeregt. „Habt Ihr etwa daran mitgewirkt?"

„Nein, es wäre vermessen, das zu behaupten. Und doch hatte meine Arbeit mit den Friedensverträgen zu tun!"

„Erzählt - bitte!"

„Nun, dazu muss ich etwas weiter ausholen. Es war etwa um das Jahr 1640, vielleicht ein wenig später, als sogar den Verantwortlichen dieses irrsinnigen Schlachtens auffiel, dass es so nicht weitergehen konnte. Aber allein das Streiten in den Vorverhandlungen, wer an den eigentlichen Verhandlungen teilnehmen durfte, wo sie stattfinden sollten bis hin zu tausend läppischen Kleinigkeiten zog sich über Jahre hin, während überall weiter gehungert, gemordet und gestorben wurde. In der letzen Phase kam es noch zu schweren Kämpfen bei Prag. Es war nur noch kurze Zeit bis zur Unterschrift der Verträge, als manche Gesandtschaften weitere Änderungswünsche an die Vertragswerke stellten, die eigentlich schon als abgeschlossen galten. Es mussten diverse Artikel, Präambeln, Fußnoten und dergleichen in mehrfacher Ausfertigung neu verfasst werden. Das aber war in der verbleibenden Zeit beinahe ein Ding der Unmöglichkeit, zumal es juristisch gebildeter Personen bedurfte, die dem großen Werk den letzten Schliff geben sollten. Aus verschiedenen deutschen Universitätsstädten, sofern sie denn überhaupt mit Studenten aufwarten konnten, wurden bereits examinierte Juristen als auch solche, die kurz vor der Prüfung standen, hinzugezogen. So kam ich nach Münster. Wir haben in Tagen und Nächten die Verträge auf den letzten Stand gebracht. Die Unterzeichnung durch alle Parteien konnte zeitgerecht erfolgen. Als im großen Rathaussaal zu Münster die letzte Unterschrift geleistet worden war, standen meinem alten Professor Muthesius, der maßgebend an einigen der Verträge mitgewirkt hatte, die Tränen in den Augen. ‚Endlich ist Frieden,' rief er und umarmte mich vor lauter Rührung. Die Klänge von Kirchenglocken drangen an unsere Ohren. ‚Hört Euch das an', rief der Professor. Er ging zu einem der großen Fenster des Saales und öffnete es. Deutlich hörte man die großen Glocken läuten. Dann krachten die Salutschüsse aus den Kanonen auf den Stadtwällen. Siebzig Geschütze sollen es gewesen sein, die dort abgefeuert wurden. Aber viel schöner war das anhaltende Läuten der Kirchenglocken. Im gesamten Deutschen Reich läuteten die Glocken, um nach dreißig Jahren endlich den Frieden zu begrüßen. Es war das bewegendste Erlebnis in meiner ganzen Juristenkarriere!" Mathias Germersheim schwieg ein wenig erschöpft vom vielen Erzählen.

Die übrigen Männer in der Runde saßen sinnend da. Als erster ergriff der Pastor wieder das Wort: „Nun ist der Friedensschluss ebenfalls bald dreißig Jahre her. Aber man sieht immer noch die Narben des Krieges. Zu viele Menschen sind gestorben, zu viele Dörfer zerstört und nicht wieder aufgebaut worden. Es mahnen die Ruinen und Wüstungen, wenn man durch die Lande reist!"

„Es hat lange gedauert, bis sich wieder ein halbwegs normales Leben einstellte," ergänzte Mathias Germersheim. „Die letzten ausländischen Truppen, die schwedischen Besatzer der Festung Vechta rückten erst im Jahre 1655 ab. Viele Jahre machten noch Marodeure die Gegenden unsicher. Es hat nachgelassen, genau wie die Kriegskrüppel weniger werden. Sie sterben langsam aus. In den

Städten sieht man gelegentlich noch welche, meist am Sonntag nach dem Kirchgang. Dann sitzen und liegen sie dort und betteln um ein paar Pfennige. Den armen Kerlen gebe ich immer etwas. Ich denke auch nicht darüber nach, was sie dereinst als Soldaten angestellt haben mögen. Aber ich frage meist, woher sie kommen. Ganz Europa ist vertreten, tausende von Meilen haben die meisten im Laufe des Krieges und danach zurückgelegt. Dann erzählen sie, nennen auch die Orte, an denen sie sich ihre Blessuren zugezogen haben. Es fallen wieder die alten Namen von Stadtlohn über Breitenfeld, der ersten schweren Niederlage des Grafen Tilly bis hin zu Rain am Lech, wo der alte General im Jahre 1632 tödlich verwundet wurde. Von Lützen – dort fiel der Schwedenkönig Gustav Adolf – über Wittstock hin zu Nördlingen und Prag. Es wird noch lange dauern, bis sich unser Land gänzlich vom Kriege erholt hat. Bleibt nur zu hoffen, dass der Frieden länger halten möge."

Mathias Germersheim leerte seinen Krug: „Meine Herren, es hat mich sehr gefreut, Eure Bekanntschaft machen zu dürfen. Aber es ist bereits später Nachmittag und ich möchte nun aufbrechen!"

Die Herren bedankten sich und brachten ihre Hoffnung zum Ausdruck, einander im nächsten Jahr wieder zu treffen. Man verabschiedete sich voneinander. Der Gast bestieg die Kutsche und in rascher Fahrt ging es in südlicher Richtung davon. Nahe Hahausen zügelte der Kutscher die Pferde. Langsam bog der Wagen in einen Weg ein, der nach Langelsheim führte.

Die Gedanken des Mathias Germersheim gingen weit in die Vergangenheit zurück. Seine Mutter hatte er einmal gefragt, wie sein Vater ausgesehen habe. Schließlich gab es kein Bildnis von ihm. Er möge sich nur im Spiegel anschauen. Ausgesprochen ähnlich sähe er seinem Vater. Wie sei er ihr in seinem Wesen, in seiner Art erschienen? Er habe ihr spontan aus einer gefährlichen Situation geholfen. Aber jung und ein wenig unbedarft, fast wie ein großes Kind sei er ihr bei der ersten Begegnung vorgekommen. Er, der damals manches nicht so recht einzuordnen wusste, wie es ihr schien. Aber von einem geraden unverfälschten Charakter sei er beseelt gewesen. Ein liebenswerter Mensch, der fortan ihre Gedanken nicht mehr verlassen hatte. Bei ihrer zweiten Begegnung habe er einen deutlich ernsteren und nachdenklicheren Eindruck gemacht, durch das Erlebte der wenigen Monate in seinem Wesen älter geworden. Mathias Germersheim dachte an den Briefwechsel seiner Mutter mit dem Obersten Casselius. Er hatte noch über Jahre hinweg regen Anteil am Gedeihen des heranwachsenden Mathias genommen, bis schließlich die Verbindung abriss. Was mochte aus dem Obristen geworden sein? In einem seiner Briefe hatte Oberst Casselius die Stelle, an der Mathias von Falkenburg tödlich getroffen worden war, recht genau beschrieben und mit einer Skizze illustriert. Eine mächtige Buche bildete den Orientierungspunkt, da es keine bezeichnete Grabstelle gab. Der Wagen hatte unterdessen angehalten. Mathias Germersheim öffnete den Wagenschlag und stieg aus. Der Kutscher fuhr langsam ein Stück weiter. Es bedurfte schon lange keiner Worte mehr. Er wusste, dass sein Herr in diesen Augenblicken alleine sein wollte. Mathias schaute auf eine Waldlichtung, eine Wiese. In einiger Entfernung verlief ein schmaler Weg. Er sah den Himmel und die Sonne, deren Licht durch die Wolken flutete. Langsam neigte er den Kopf und schloss die Augen. Er faltete die Hände und sprach ein stilles Gebet … .

*… aus der Ferne näherten sich zwei Menschen. Langsam schritten sie durch die Wiesen. Ein großer schlanker blonder Mann, begleitet von einer zierlichen jungen Frau, deren langes*

*schwarzes Haar im Sonnenlicht fast bläulich schimmerte. Der Mann hatte seine rechte Hand um ihre Taille gelegt. Sie unterhielten sich angeregt und schauten einander von Zeit zu Zeit lächelnd an. Sie blieben stehen und er pflückte am Wegesrand ein paar Blumen, band mit Gräsern einen Strauß davon und überreichte ihn der jungen Frau. Sie lachte und bedankte sich mit einem Kuss. Weiter gingen die beiden durch die Wiesen, bis sie in der Ferne verschwanden. Nur das Jubilieren der Singvögel war zu vernehmen ... .*

ENDE

## Nachwort

Schon häufiger wurde die Frage nach den Gründen gestellt, die mich zum Schreiben dieses Buches bewegten. Daher möchte ich sowohl die wesentlichen Motive als auch die Entstehungsweise darlegen, zumal sie einen weiteren Einblick in die Historie bieten.

Neben meinem allgemeinen Interesse an der Geschichte der Neuzeit gab die Broschüre GEO Epoche ‚Der Dreißigjährige Krieg' den unmittelbaren Anlass. Hier fand sich unter anderem eine chronologische und topografische Darstellung der Schlacht bei Lutter am Barenberge. Dort brachte, wie auch in meiner Erzählung dargestellt, der Feldherr der Katholischen Liga, Graf Tilly dem dänischen König Christian IV. als protestantischem Heerführer am 27. August 1626 eine vernichtende Niederlage bei.

Beim Betrachten der Karte stellte ich fest, dass ich schon etliche Male das Schlachtfeld überquert hatte, ohne im mindesten zu ahnen, auf welch historischem Boden ich mich bewegte. Ausgerüstet mit weiterem detailliertem Material suchte ich dieses Terrain noch einmal auf. Die Topographie entspricht noch weitgehend den damaligen Gegebenheiten. Denkt man sich die modernen Verkehrswege und die damals noch nicht existierende Ortschaft Neuekrug einmal fort, so lässt sich anhand verschiedener Überlieferungen der Schlachtenverlauf recht gut nachvollziehen. Vor Ort erinnert freilich kaum noch etwas an dieses Ereignis, mit dem vor nunmehr bald vierhundert Jahren europäische Geschichte geschrieben wurde. Lediglich am Parkplatz ‚Zum General', der an der Bundesstraße 248 zwischen den Abzweigungen nach Nauen und zur Pöbbeckenmühle liegt, erinnert ein Denkmal an den hier gefallenen Johann Fuchs von Bimbach. Westlich, am Höhenzug der Osterköpfe findet sich eine Aussichtsplattform, von der aus man einen gewissen Teil des Terrains überblicken kann. Außerdem wurde im Heimatmuseum von Lutter ein Raum mit Ausstellungsstücken eigens dieser Schlacht gewidmet.

Nun stellte sich die Frage nach den strategischen und vor allem den politischen Hintergründen, die zu dieser gewaltigen Auseinandersetzung geführt hatten. Es gibt bekanntlich viele Publikationen über die Geschichte des Dreißigjährigen Krieges. Auffällig ist jedoch, dass kein zusammenhängendes Werk über die damaligen Ereignisse im südniedersächsischen Kreis existiert. Je weiter ich mich in die Historie vertiefte, je mehr mich das Schicksal der Städte Münden und Göttingen mit ihren Einwohnern in seinen Bann schlug, desto weiter reifte in mir der Entschluss, dies alles zusammenfassend niederzuschreiben. Mein erster Gedanke galt einem Sachbuch, welches all die gesammelten Fakten mitsamt ihren teils widersprüchlichen Darstellungen wiedergegeben hätte. Allerdings wäre ein solches Buch den schicksalhaften Erlebnissen so vieler Menschen nicht gerecht geworden. Dies konnte nur in emotionaler Form geschehen. So entstand die Idee zu einer Erzählung, die sich weitgehend an den Geschehnissen der Zeit orientieren sollte. Das aber war leichter gesagt als getan.

Der allgemeine Handlungsverlauf war natürlich vorgegeben. Es fehlten noch die Protagonisten, die den Leser durch die Erzählung führen sollten. Fündig wurde ich in einem Text von Dr. Bernd Warlich, Volkach über den Mündener Stadtkommandanten Sewis von Lawis. Hier heißt es unter anderem (Zitat):

*Bereits am 14.12.1625 war ein Kurier Tillys mit einem Auftrag Wallensteins „wieder zurück nach Münden kommen“, mit seinem Diener „in die Weßer gejagt“ und der Diener erschlagen worden. Der Kurier, zudem noch „ein Cölnischer von Adell, einer von Hentrig", konnte sich bei Vaake aus der Weser retten, wenn auch „mit einem Schuß durch die Nase" verwundet. Der Bericht endete ahnungsvoll: „wie das gerochen werden wirdt, daz wird vieleicht ein Unschuldiger gewahr werden."*

Dieser Text bot in seiner gewissen Widersprüchlichkeit eine ganze Fülle von Anregungen. Sicher wurde der Diener zuerst erschlagen und dann in die Weser geworfen. Aber wie sollte der vermutlich auf der Flucht befindliche von Hentrig mit einen Schuss *durch* die Nase verwundet worden sein? Man muss sich nur einmal die groben Kaliber der damaligen Handfeuerwaffen sowie den möglichen Schussverlauf vor Augen führen. Und wie sollte sich der in den Fluss gejagte von Hentrig nach etwa zwölf Kilometern bei Vaake aus der Weser retten? Bei den Temperaturen, die Mitte Dezember herrschen, hätte er das unmöglich überleben können.

Während der von Hentrig wieder im Dunkel der Geschichte verschwand, erstanden in meinen Gedanken die beiden Hauptfiguren, der Rittmeister von Falkenburg und sein Diener Meinrad. Die Auflösung besagter Widersprüche ist in der Erzählung nachzulesen. Eine gewisse Freiheit nahm ich mir angesichts der Formulierung: „ ... *ein Kurier Tillys mit einem Auftrag Wallensteins ...*". Letzterer taucht nur als Randfigur in meinem Buch auf. Über ihn und seinen Charakter ist sich die Nachwelt weitgehend einig. Als machtgieriger Finsterling, nur auf seinen eigenen Vorteil bedacht, wird Wallenstein allgemein dargestellt. Bewusst ordnete ich den Rittmeister von Falkenburg gänzlich dem Feldherrn Tilly zu, einem der ungewöhnlichsten Heerführer seiner Zeit. Er dürfte vielleicht der einzige gewesen sein, der sich nicht von persönlichen Vorteilen, sondern von seinem tief verwurzelten Glauben und der Gefolgstreue zu seinem Herrn, dem Herzog und späteren Kurfürsten Maximilian von Bayern leiten ließ. Er war ein genialer Stratege, der seine Truppen in fast ununterbrochener Folge von Sieg zu Sieg führte. Erst in dem wesentlich jüngeren König Gustav Adolf von Schweden fand er seinen Bezwinger. Bis heute polarisiert die Person des Grafen Tilly die Menschen. Die einen rücken ihn als aufrechten Kämpfer für den katholischen Glauben in die Nähe eines Heiligen, die anderen sehen ihn in erster Linie als Kriegsverbrecher, dessen militärischem Handeln unter anderem fast die gesamte Bevölkerung zweier Städte, Münden (1626) und Magdeburg (1631), zum Opfer fiel. Mir lag daran, den Charakter gerade dieses umstrittenen Feldherrn anhand seines Verhaltens und seiner Taten ein wenig zu erhellen. Daher wurde Graf Tilly ebenfalls zu einem meiner Protagonisten.

Schon zu Beginn erwähnte ich die Widersprüchlichkeit verschiedener Quellen, die meine Arbeit nicht unbedingt leichter machte. In derartigen Fällen entschied ich mich nach logischen Gesichtspunkten wie etwa bei der Frage des Befehlsstandortes, den General Tilly bei der Eroberung Mündens innehatte. Bei der Besichtigung der Originalschauplätze wurde deutlich, dass der Berg, auf dem heute die Tillyschanze steht, den mit Abstand besten Überblick über die Stadt ermöglicht. Folglich habe ich diesen Aspekt unabhängig von anderen Darstellungen übernommen.

Besonders interessant wird die Quellenlage im Falle der Stadt Göttingen. Die meisten modernen Texte erwähnen, dass General Tilly im Zuge der Belagerung die Leine durch eigens herangeschaffte Harzer Bergleute umleiten ließ. Der Blick auf einen Merianstich aus dem Jahre 1650 zeigte allerdings, dass die Leine keineswegs durch die Stadt in ihren damaligen engeren Grenzen floss. Eine zeitgenössische Karte bestätigte den Flussverlauf zwischen Göttingen und dem Dorf Grone. Durch die Stadt jedoch führte der Leinegraben, ein künstlich geschaffener Parallelarm. Er diente neben der Wasserversorgung vor allem dem Antrieb der Mühlen verschiedener Handwerke und speiste zudem den Stadtgraben. Aus strategischen Gründen mag es dem Grafen Tilly sinnvoll erschienen sein, diesen Kanal trockenzulegen. Dazu bedurfte es jedoch keiner Bergbaukunst, sondern allenfalls entsprechender Erdbewegungen mittels Schaufeln und Spaten. Die Harzer Bergleute hingegen wurden in meiner Erzählung zur Unterminierung der Stadtmauer eingesetzt, einer Methode, die man schon im Altertum anwandte.

Vollends chaotisch wirken die historischen Überlieferungen in der Phase nach der Kapitulation Göttingens und den Ereignissen, die zur Schlacht bei Lutter am Barenberge führten. Dies dürfte im wesentlichen aus dem unschlüssigen und bisweilen kopflosen Verhalten des Dänenkönigs resultieren. Folglich beschreibt das entsprechende Kapitel meines Buches mehr das Chaos als die möglichen Märsche und Gegenmärsche, die damals stattgefunden haben. Manche Berichte gehen davon aus, dass Christian IV. mit seinem Heer Northeim erreicht habe. Andere lassen ihn, wie auch von mir dargestellt, bereits nahe der Stauffenburg bei Seesen mitsamt seinem Heer umkehren. Das anschließende schwere Nachhutgefecht ist jedenfalls belegt.

Die Berichte über den Verlauf der Schlacht bei Lutter hingegen weichen nur wenig voneinander ab. Erst bei den Opferzahlen finden sich wieder recht unterschiedliche Angaben. Von General Tilly wurden relativ präzise ca. 700 Tote auf ligistischer und ca. 4.000 auf dänischer Seite genannt. Andere Quellen berichten von weitaus höheren Zahlen.

Eine Anmerkung zum Schluss, auch wenn die Szene schon zu Anfang des Buches spielt. Den Gasthof ‚Zum Trompeter' hat es in Höxter nie gegeben. Wer dennoch das

Vorbild besuchen möchte, der begebe sich in die Oberpfalz. In dem schönen kleinen Städtchen Falkenberg nahe Weiden gibt es eines der ältesten Wirtshäuser Deutschlands, den sehenswerten ‚Roten Ochsen'. Hier findet sich in ähnlicher Form die beschriebene Gaststube mit dem gewaltigen durchlaufenden Balken und dem großen Kachelofen.

Allgemein mögen die in diesem Buch zweifellos vorhandenen Abweichungen vom tatsächlichen Geschehen sowie unterschiedliche Auffassungen und Wertungen zu meinen Darstellungen als Anreiz dazu dienen, sich einmal selbst in die Historie zu begeben. Geschichte liegt oftmals vor der eigenen Haustür und birgt geradezu erstaunliche Dinge und Begebenheiten, die nur entdeckt werden wollen.

## Personenregister

Die wichtigsten Personen dieser Erzählung, aufgeführt in der Reihenfolge ihres Auftretens bzw. ihrer Namensnennung. Die historisch verbürgten Personen sind mit )* gekennzeichnet.

Die übrigen Personen orientieren sich teilweise am Schicksal und den Erlebnissen verschiedener Menschen, die zu dieser Zeit gelebt haben, ohne jedoch deren Namen und genauen Lebensverlauf wiederzugeben.

**Christof Schiltknecht )***, genannt Stoffel oder auch Winkelstoffel nach seiner Herkunft aus Lippoldsberg. Sein abgebranntes Haus hatte auf dem Lippoldsberger Winkelhof gestanden. Geboren vermutlich zwischen 1590 und 1600, ermordet von seinen eigenen Spießgesellen am 14. Juli 1627 in Bodenfelde, Oberweser. Ursprünglich Bauer, später Rebellenführer, letztlich allgemeine Landplage.

**Mathias Graf von Falkenburg**, zunächst Rittmeister im katholisch-ligistischen Regiment des Grafen von Altenberg, später in den Offiziersstab des Generals Tilly berufen.

**Andreas Casselius**, Obrist und langjähriger Ordonnanzoffizier im Stab des Generals Tilly. Einer der wenigen nichtadligen Offiziere.

**Johann Tserclaes Graf von Tilly )***, geboren im Februar 1559 vermutlich auf Schloss Tilly nahe dem Ort Villers la Ville in Brabant (heute Belgien), schwer verwundet in der Schlacht bei Rain am Lech am 15. April 1632, gestorben in Ingolstadt am 30. April 1632. Jesuitenschüler, seit dem 17. Lebensjahr Soldat. Zunächst in spanischen Diensten, später dem Hause Habsburg als Offizier dienend. Ab dem Jahre 1610 Generalleutnant der bayrischen Armee.

**Maximilian I )*,** geboren am 17. April 1573 in München, gestorben am 17. September 1651 in Ingolstadt. Herzog von Bayern und späterer Kurfürst. Sein Heer unter dem Befehl des Grafen von Tilly bildete das militärische Rückgrat der katholischen Liga.

**Ernst von Mansfeld )***, geboren 1580 in Luxemburg, gestorben am 29. November 1626 in Rakovica, Bosnien. Glückloser Kriegsunternehmer und Söldnerführer auf protestantischer Seite.

**Albrecht Wenzel Eusebius von Wallenstein )*,** geboren am 24. September 1583 in Hermanitz, Böhmen, ermordet am 25.02.1634 in Eger, Böhmen. Auch Waldstein oder ‚Der Friedländer' genannt. Böhmischer Adliger, der zunächst auf eigene Kosten eine Armee aufstellte. Diese führte er in den Diensten des Hauses Habsburg gegen die Truppen der protestantischen Fürsten. Kaiserlicher Generalissimus. Wallensteins Ermordung geschah auf Befehl des Kaiser Ferdinand, da er angeblich geheime Friedensverhandlungen mit der protestantischen Gegenseite aufgenommen hatte

**Christian IV )***, geboren am 12. April 1577 auf Schloss Frederiksborg, dän. Insel Seeland, gestorben am 28. Februar 1648 in Kopenhagen. Dänischer König und Herzog von Holstein. Oberbefehlshaber der protestantischen Truppen von 1625 bis 1629.

**Johann Philipp Freiherr Fuchs von Bimbach )***, geboren vermutlich 1567 nahe Treuchtlingen, gefallen am 27. August 1626 in der Schlacht bei Lutter. Zunächst in bayrischen Diensten, später General des dänisch-niedersächsischen Heeres unter dem Oberbefehl des Dänenkönigs Christian IV.

**Hans Meinrad**, Kavallerist und Diener des Grafen von Falkenburg.

**Lucia,** gehörte zunächst einer Gruppe von Spielleuten an.

**Sewis von Lawis )***. Die Schreibweise seines Namens ist höchst unterschiedlich überliefert. Unter anderem auch Eusebius von Lauwigk genannt. Geburtsdatum unbekannt, erschossen am 10. Juni 1626. Dänischer Obristleutnant.

**Christoph von Mengershausen)***. Die Lebensdaten waren nicht eindeutig zu bestimmen, da es mehrere Personen dieses Namens gab. Der hier Genannte war unter anderem Ratsherr und Bürgermeister der Stadt Münden.

**Jacobus Deventer**, ursprünglich Bader, später Feldarzt und Chirurg im Heer des Grafen Tilly.

**Christian Herzog von Braunschweig-Wolfenbüttel und Bischof von Halberstadt )***, geboren am 20. September 1599 in Gröningen/Bode, gestorben am 16. Juni 1626 in Wolfenbüttel. Auf Grund seiner exzessiven Lebens- und Verhaltensweise auch ‚Der Tolle Halberstädter' genannt.

**Egon VIII. von Fürstenberg-Heiligenberg )***, geboren am 21. März 1588 in Speyer, gestorben am 24. August 1635 in Konstanz. Bayrischer Generalfeldzeugmeister und Heerführer unter dem Oberbefehl des Grafen Tilly.

**David Tönnies )***, Lebensdaten unbekannt. Dänischer Major und zeitweiliger Stadtkommandant von Göttingen.

**Sven Pedersen,** Dänischer Infanteriehauptmann.

**Gabriel von Schnehen )***, Lebensdaten unbekannt. Bürgermeister von Göttingen in den Jahren 1626 und 1627.

**Friedrich Spee von Langenfeld )***, geboren am 25. Februar 1591 in Kaiserswerth, gestorben am 7. August 1635 in Trier. Jesuitenpater und Vorkämpfer gegen Folter und Hexenwahn. Seine bekannteste Schrift war die *Cautio criminalis,* mit der er sich gegen die Auswüchse der Inquisition und weltlicher Gerichtsbarkeiten wandte.

**Dietrich Ottmar von Erwitte )*,** Geburtsdatum unbekannt, gefallen am 17.09.1631 in der Schlacht von Breitenfeld, Reiterobrist unter dem Oberfehl des Generals Tilly.

**Dufour )***, Kaiserlicher Obrist unter Wallenstein. Wurde mit mehreren Regimentern dem General Tilly zur Unterstützung geschickt. Weitere persönliche Daten nicht bekannt.

**Mathias Germersheim,** Anwalt der Rechte in Göttingen.

## Verzeichnis fremdsprachlicher Zitate
sowie heute ungebräuchlicher Begriffe
in alphabetischer Reihenfolge

**Accord, accordieren** – Kapitulation, kapitulieren.

**Bataille** (franz.) - Schlacht

**Eloquenz** - Beredsamkeit

**Fähnlein** – Einheit von etwa 150 – 250 Infanteristen.

**Feldschlange** – Leichtes Feldgeschütz mit einer gewissen Beweglichkeit. Die Reichweite der damaligen Kanonen betrug bis zu etwa einem Kilometer.

**Hellebarde** (auch Hackebarte) – Hieb- und Stichwaffe mit einem etwa 2,50 m langen Schaft.

**Halbredoute** – Geschützstellung, häufig als halbsternförmiger Vorbau in einer Stadt- oder Festungsmauer ausgeführt.

**In medias res** (lat.) – (Sogleich) in die Mitte einer Sache, eines Themas (hineingehen).

**Karriere** – hier auf das Reiten bezogen. Schnellste Gangart eines Pferdes, gestreckter Galopp.

**Kartaune** – Schwere Kanone, deren Rohr meist von der Lafette getrennt transportiert wurde.

**Koller** – Weste, meist aus Leder

**kommod** - bequem

**Lenz** – Frühling, auch als Bezeichnung für ein Kalenderjahr, als Altersangabe gebraucht.

**Muskete** (zu dieser Zeit mit Luntenschloss) – Vorderladergewehr. Für das Nachladen benötigte ein geübter Schütze etwa anderthalb Minuten. Die Reichweite betrug etwa 200 - 250 Meter. Der Umgang mit dieser Schusswaffe war auch für den Schützen recht gefährlich. Da die meisten Soldaten nicht lesen konnten, gab es ein illustriertes Handbuch, in dem die 143 Bewegungsvorgänge für die Handhabung der Waffe veranschaulicht dargestellt waren.

**Musketier** - Musketenschütze

**Partisane** – Stichwaffe mit einem Schaft von etwa 2,0 – 2,5 m Länge, auch zum Werfen geeignet.

**Pike** – Stichwaffe mit einer Schaftlänge von etwa 5,0 m. Überwiegend als Abwehrwaffe gegen anreitende Kavallerie. Der Schaft der Pike wurde in den Boden gerammt und die Waffe dem Gegner schräg entgegengehalten.

**Pikenier** (auch Spießer) – Soldat, der mit einer Pike bewaffnet war.

**Pommes de terre (Erdäpfel)** - Kartoffeln

**Por favor** (spanisch) – bitte

**Profoss** – Gefängnisaufseher, manchmal auch Henker.

**Radschlosspistole** – Schusswaffe mit einem besonderen Zündschloss, welches das Abfeuern der Waffe ohne umständliche Handhabung ermöglichte. Wurde häufig von Reitern benutzt. In Gewehrform als Radschlosskarabiner bekannt. Verschoss leichtere Kugeln als die Muskete. Die Ladedauer einer Radschlosswaffe entsprach etwa der einer Muskete.

**Redoute** – rundum verschanzte Geschützstellung.

**Regiment** – Militäreinheit von etwa 1.500 Mann.

**Schanzkorb** – Mit Erde gefüllter Weidenkorb, der als Kugelfang diente. Vorläufer des Sandsacks.

**Schwadron** (auch Eskadron) – Reitereinheit von etwa 150 – 250 Mann.

**Succurs, succurieren** – Hilfe (militärisch), zu Hilfe eilen.

**Stück** (auch Artilleriestück) – Kanone bzw. Kanonenlauf

**Suum cuique** – Jedem das Seine. Das lateinische Zitat geht auf den römischen Rechtsgelehrten und Staatsmann Gaius Tullius Cicero zurück. Das Ursprungszitat wird dem griechischen Staatsmann Platon zugeschrieben.

**Stockhaus** - Gefängnis

**Tercio** – sogenannter Gewalthaufen von etwa 1.500 Infanteristen. Überwiegend aus Musketieren bestehend, die von Pikenieren gegen Kavallerieangriffe geschützt wurden.

**Tollheit, toll** – Damals im Sinne von Verrücktheit bzw. verrückt gebraucht.

# Quellenverzeichnis,
nach Themengebieten geordnet


**Allgemeines zum Dreißigjährigen Krieg**

Der Dreißigjährige Krieg, C.V. Wedgwood (1938, Ausgabe 2011)

Mit Gottes Segen in die Hölle, Hans-Christian Huf (2003)

Der Dreißigjährige Krieg, GEO Epoche (2008)

Der abenteuerliche Simplicissimus, Grimmelshausen, (Ausgabe 1968)

Peter Hagendorf – Tagebuch eines Söldners aus dem Dreißigjährigen Krieg, Jan Peters, (2. Ausgabe 2012)

1636 - Ihre letzte Schlacht, Leben im Dreißigjährigen Krieg, Sabine Eickhoff, Anja Grothe, Bettina Jungklaus (2012)

Hexen, Prof. Dr. Hans Sebald (1999)

**Stadt Münden**

Geschichte der Stadt Münden, Wilhelm Lotze, (Zweite unveränderte Auflage 1909)

Blutpfingsten 1626, Bernd Huter (2007)

Zu Münden hab ich so gemaust, Thomas Kossert (2004)

Sewis von Lawis (Eusebius von Lauwigk), Kurzbiografie von Dr. Bernd Warlich, Volkach

**Stadt Göttingen**

Göttingen, Geschichte einer Universitätsstadt, Von den Anfängen bis zum Ende des Dreißigjährigen Krieges. Dietrich Denecke, Helga-Maria Kühn (1997)

Geschichte der Stadt Göttingen, Julius Billerbeck (1797)

**Schlacht bei Lutter am Barenberge**

Die Schlacht bei Lutter am Barenberge, Fritz Günther Melzner (1976)

Die Schlacht bei Lutter am Barenberge, aus: Chronik Hahausen, Wilhelm Kalthammer (1983)

1626 – Schlacht bei Lutter, chronologischer Ablauf mit topografischer Karte; aus: Der Dreißigjährige Krieg, GEO Epoche (2008)
Johann Philipp Freiherr Fuchs von Bimbach, Wolfgang Roehl, undatiert.

**Johann Tserclaes Graf von Tilly**

Tilly, der katholische Feldherr, Dr. Marcus Junkelmann (2011)
Johann Tserclaes Graf von Tilly, Franz Keym, Dritte Auflage (1884)
General Tilly, der Siegreiche, Hrsg. J. B. Mehler, Dritte Auflage (1909)
Abgeschafftes Beneficium, Tilly und die Ewigkeit, Bayrischer Rundfunk, Norbert Haberger (Stand 18.01.2012)

## J. F. Schröder

Der Autor wurde 1958 in Westerstede i. O. geboren. Seit 1985 lebt er in einem kleinen Dorf des Weserberglandes. Zunächst erlernte er den Beruf des Schriftsetzers mit anschließender Weiterbildung zum Drucktechniker. In diesem Beruf arbeitet er auch heute noch.

Das Interesse an geschichtlichen Themen weckte sein damaliger Dorfschullehrer Artur Kunadt in ihm. Dieser Pädagoge, für den der Beruf gleichsam Berufung war, vermochte die Historie in geradezu unnachahmlicher Weise lebendig und fesselnd darzustellen. Ihm sei an dieser Stelle posthum gedankt.

Die vorliegende Erzählung ist das Erstlingswerk des Autors. Für die konkreten Recherchearbeiten zu diesem Buch gingen anderthalb Jahre ins Land, während die Erstellung des Manuskriptes etwa ein Jahr dauerte.